重庆文理学院人才引进资助项目（编号2017 RWC43）成果

岳飞故事的文本演变与文化内涵研究

李帅　著

Research on the Text Evolution and Cultural Connotation of Yue Fei Story

WUHAN UNIVERSITY PRESS
武汉大学出版社

图书在版编目(CIP)数据

岳飞故事的文本演变与文化内涵研究/李帅著.—武汉:武汉大学出版社,2021.3(2022.4 重印)
ISBN 978-7-307-21350-0

Ⅰ.岳… Ⅱ.李… Ⅲ.①古典文学—人物形象—文学研究—中国 ②岳飞(1103-1142)—人物研究 Ⅳ.①I206.2 ②K825.2

中国版本图书馆 CIP 数据核字(2019)第 292262 号

责任编辑:郭 静　　责任校对:李孟潇　　版式设计:马 佳

出版发行:**武汉大学出版社** (430072 武昌 珞珈山)
(电子邮箱:cbs22@ whu.edu.cn 网址:www.wdp.com.cn)
印刷:武汉邮科印务有限公司
开本:720×1000 1/16 印张:17.25 字数:240 千字 插页:1
版次:2021 年 3 月第 1 版 2022 年 4 月第 2 次印刷
ISBN 978-7-307-21350-0 定价:50.00 元

前　　言

岳飞是中国家喻户晓的民族英雄、忠臣、民间信仰之神、儒将，也是一位善于“齐家”的家庭管理者。他尽忠报国的爱国精神、文武全器的综合素质、满门忠孝的家庭教育、含冤致死的悲剧命运，都为后人留下了浩如烟海的动人故事。这些故事，就是本文的研究对象。

说到“故事”，学界往往以民俗学视角审视之。例如段宝林先生在《中国民间文学概要》里提出：“民间故事是人民口头创作中叙事散文作品的总称。”①钟敬文先生在《民间文学概论》里认为：“从广义上讲，民间故事就是劳动人民创作并传播的、具有假想(虚构)的内容和散文形式的口头文学作品。”②由此可见，民俗学视角中的“故事”往往强调故事的口头叙述性。而本书由于学科属性和研究方法的差异，更多是在关注与岳飞相关的、具有叙事性的书面文本。这一点是要特别说明的。

就体例而言，本书分为七个部分。绪论部分是对研究现状和研究方法的阐述。首先综述20世纪以来岳飞故事的研究成果，提出有待解决的问题，然后介绍研究方法，阐明书写思路。第一章是对岳飞故事的文本形态演变进行综述。我们选取文体、人物、情节作为考察线索，三线并进、动态推演，旨在厘清岳飞故事文本形态发展流变情况。第二章以爱国文化为中心。这是岳飞成为文学史、文化史上典范人物的最重要原

① 段宝林．中国民间文学概要[M]．北京：北京大学出版社，2002.

② 钟敬文．民间文学概论[M]．上海：上海文艺出版社，1980.

因，也是一个千百年来长期受到广泛关注的话题。本章首先对岳飞是否能够称为“民族英雄”这一问题进行了探讨，然后分析了爱国文化的内涵与表达方式。接下来以时代为序，勾勒出从南宋到清代岳飞爱国故事的发展演变轨迹，在此基础上对各种演变现象后面的文化动因一一展开分析。第三章以忠奸斗争文化为中心。“孤忠竟陨英雄恨，青史犹存正气开”。岳飞尽忠报国的故事家喻户晓，它不仅作为历史镜鉴而存在，实际上早已内化为我们民族精神的重要文化坐标。本章首先对忠奸斗争文化做一个总体上的回顾与探讨。然后以时间为序，分析忠奸斗争主题笼罩下岳飞故事在宋、元、明、清阶段的变化，并揭示政治局面、社会思潮、士人心态等方面对岳飞忠奸斗争故事的塑型作用。第四章围绕“儒将”话题展开讨论。首先考察“儒将”一词在古代文化史上的变化，然后以时间先后为序，分析岳飞儒将故事各个阶段的不同风貌与相关文化动因。第五章以岳飞信仰主题为中心。岳飞自南宋开始，就一直是民间信仰里面的重要神灵，承载着不可忽视的文化价值。首先，我们就“民间信仰”的概念、范畴做一番探讨。然后动态分析岳飞神形象的演变与文化意蕴。第六章以家庭教育为主题。岳飞的家庭文化是他成长为一代忠昭日月爱国儒将的沃土。有其母必有其子，有其父必有其女。本章以岳飞母亲和女儿银瓶为突破口，探寻岳飞的家庭教育。首先阐释家庭教育文化的含义、方式和重要性。然后考镜源流，分别从岳飞母亲姚氏、岳飞女儿银瓶两个角度揭开岳飞家庭教育的神秘面纱。

本书试图沿着上述思路，引领读者走进岳飞故事与岳飞文化深处。希望能对相关研究有所裨益。当然，由于笔者学识所限及研究基础的薄弱，不足之处在所难免，还望方家批评指正。

目　录

绪　论

岳飞是中国古代杰出的军事将领，也是家喻户晓的民族英雄、传奇人物。岳飞在世时，各种围绕他的故事就已纷至迭出；去世后，与之相关的文学作品更是层出不穷。从南宋时期的史传、诗文、笔记，到明清阶段的各种小说、杂剧、传奇，岳飞故事在不同文体中不断蜕变，人物形象和故事情节也不断变化，成为中国文学史和文化史上一道不容忽视的瑰丽景观。本书以岳飞故事南宋至清阶段的文本形态与文化内涵为研究命题。在研究过程中，力图做到历时性与共时性的双向兼顾，以南宋、元、明、清四个阶段中涌现出的相关史书、笔记、小说、戏剧、诗歌、讲唱文学、绘画、雕塑等为考察对象，从爱国、忠奸斗争、儒将、民间信仰、家庭教育五个角度考察岳飞故事的文本动态变化历程与文化内涵。

一、20世纪以来岳飞故事研究综述

恰如王自忠《郢州忠烈行祠记》里概括的那样，岳飞具有忠、虚心、整、廉、公、定、选能、不贪功等优点。也正因如此，几百年来岳飞形象深入民心，岳飞故事篇帙腾涌，岳飞故事研究也随之成为一门显学。目前，按研究范式，我们可把成果划分为两类：一类是专人、专书的静态传统研究范式，一类是故事嬗变历程的动态关照范式。为了更清晰准确地总结经验、发现问题、探寻研究空间、更新研究路径，我们将分别沿着上述两种分类思路，对20世纪以来的阶段性研究成果做出回望和总结。

(一)专人、专书的静态传统研究范式

专人专书的传统研究热点主要集中在岳飞故事经典作品上，这些作品通常指的是《东窗事犯》《大宋中兴通俗演义》《精忠旗》《如是观》《说岳全传》。研究角度可分为三类。

第一类属于实证性研究，努力求证文本、本事、版本、作者与接受者的本来面貌，注重研究成果的客观性与科学性。比如《双红堂文库藏别本〈牛头山〉传奇考》(黄仕忠、仝婉澄，《中国典籍与文化》，2007 年第 1 期)考察了东京大学东洋文化研究所双红堂文库藏清抄本《牛头山》，发现其内容与李玉《牛头山》传奇(存丹徒严氏藏旧抄本)完全不同，而是与《精忠记》前半部分尤其吻合。结合《远山堂曲品》对《阴报记》“前半与《精忠》同”的评价，推测该书可能为明青霞仙客《阴报记》的清初演出本。日本磯部祐子于 2012 年《文学遗产》第 4 期发表的《日本所藏内府钞本〈如是观〉四种剧本之研究》考察了日本东北大学所藏《如是观》等四种清代宫廷演出戏曲抄本的版本、剧本来源以及与原本的差异，从题材选择和字句改动增删情况来解析皇家贵族对戏曲的欣赏取向和戏曲文化政策。曾果果的《〈如是观〉为张大复所作献疑》(《海南大学学报》2012 年 05 期)通过考察作者生平与文本细读两种方法，得出推论：《如是观》不是张大复作品，有可能是明末吴玉虹所作。邹贺《〈说岳全传〉辨疑——兼论〈说岳全传〉和〈大宋中兴通俗演义〉的关系》(《太原理工大学学报》2011 年第 3 期)围绕作者身份和成书过程问题抛出三个观点：(一)通过作品内容自证提出钱彩是说书艺人，金丰是小书商。(二)《说岳全传》虽然前后差异较大，但出于一人之手。(三)《说岳全传》受到《大宋中兴通俗演义》的影响极小，可能作者根本没有读过《大宋中兴通俗演义》。这对传统看法构成了挑战。伏涤修《〈精忠旗〉所涉史实问题考辨》(中央戏剧学院学报《戏剧》2010 年第 4 期)从戏曲文学本事取材角度考证，还原了《精忠旗》情节所涉史实，在文本对读过程中加深了我们对这部戏虚构性与真实性关系的总体把握。此外福建师范大学杨华慧2008年硕士学位论文《熊大木〈大宋中兴通俗演义〉研究》围绕《大宋中兴通俗演义》版本、题材来源、编纂方式展开探讨，也比较有代表性。这些研究成果标志着岳飞故事实证性研究的进步。

第二类致力于作品思想的探究。例如《〈说岳全传〉中的因果报应辨析》(胡胜，《辽宁大学学报》，1996年第1期)从思想性角度论述了《说岳全传》因果报应情节设置的必然性，将这种因果报应情节视为现实伦理世界的折光。《〈精忠记〉传奇思想艺术新探》(陈少华，《扬州大学学报》，1999年第3期)剖析了《精忠记》对揭示岳飞精忠报国精神的积极意义以及封建迷信思想在剧中对忠奸斗争文化意蕴的消极作用。

第三类专注于作品艺术技法、形象塑造、作品间联系的探讨。《〈说岳全传〉的形成与编纂》(邓骏捷，《明清小说研究》，2013年第3期)考察了明末清初《夺秋魁》《续精忠》《牛头山》对《说岳全传》的成书影响，也分析了明代以来《三国演义》《隋唐演义》《封神演义》等名著在技艺层面对《说岳全传》创作方法的启迪。《论〈说岳全传〉的通俗小说性质及其在文体上的表现》(钱志熙，《东方丛刊》，2006年第2期)通过分析《说岳全传》故事情节、人物形象，揭示了通俗小说文体特点，阐发了通俗小说叙述模式与民间大众接受群体在知识结构与审美趣味之间的关联，这种尝试为拓展通俗小说研究思路带来启发。《论〈说岳全传〉与佛教之因缘》(王路坚，《海南师范大学学报》2014年第10期)归纳了《说岳全传》对佛教素材加工的三种方式以及这些方式对构成“因果报应”结构布局、“忠奸—出世”双重主题、“鹏—龙”型人物组合的重要意义。《〈大宋中兴通俗演义〉与〈精忠录〉的关系》(涂秀虹，《文学研究》2015年第1期)从附图、正文等方面围绕《大宋中兴通俗演义》和现存嘉靖本《精忠录》展开了比较研究，得出《精忠录》对《大宋中兴通俗演义》成书具有关键性作用的结论。另有台湾地区张火庆的两篇文章《由〈说岳全传〉看通俗小说天命与因果系统下的英雄造型》《以岳传的牛皋为例——中国战争中的丑角》，从形象塑造角度讨论《说岳全传》的艺术造旨，读来也颇具启发。这些成果为深化岳飞研究做出了有益尝试，把岳飞故事研究推向了新的高度。

(二)岳飞故事嬗变历程的动态关照范式

1929年郑振铎先生发表的《〈岳传〉的演化》一文具有拓荒性质，首次改变了岳飞故事“只照一隅，不观通衢”的研究状况，为后世动态考察岳飞故事嬗变历程与文化解读起到导夫先路的示范作用。但此后很长一段时间这种研究方式消歇衰微，到1979年以后(特别是20世纪90年代初至今)，才开始逐渐增多。按照研究对象，这种研究可划分为三个类型。我们试分而述之。

第一种致力于对岳飞故事中的某一题材流变情况进行研究。康保成、李琳、朱文广、谭笑等学者均在这一领域发表了一系列重要研究成果。其中康保成《岳飞〈满江红〉词在元明戏曲中的衍变》(《河南师大学报》，1983年第2期)一文以《满江红》词为研究对象，梳理了它在元明戏曲中的变化以及时代变更、政策变革给这种变化带来的影响。在另一篇文章《从〈东窗事犯〉到〈东窗记〉〈精忠记〉》里，康保成又以“东窗事犯”为研究对象，作者指出：“从《东窗事犯》到《东窗记》，再到《精忠记》，既反映了从元至明中叶戏剧形式的演变，也反映了岳飞故事母题在内容方面的嬗变。中国古代的戏剧形式大致有一个从民间到文人、由粗而精的过程。”①此外，《佛教轮回果报观下岳飞转世故事的演变》从转世题材入手，分析了宋、元、明清时期关于岳飞转世的数种传说(主要涉及鹄鹏转世、猪精转世、张飞转世、大鹏金翅鸟转世)，在分析各种文本基础上，揭示了各种传说蕴含的不同深意。作者认为：“关于岳飞转世的说法，历代并非一成不变，正史和野史、笔记小说等文艺作品中的说法也不一样。岳飞的转世经历了一个由只有象征意义的鹄鹏，到具有初步果报预言思想的猪精，再到蕴有佛家深意的张飞、大鹏金翅鸟

① 康保成．从《东窗事犯》到《东窗记》《精忠记》[J]．艺术百家，1990(1)．

的转变。而这一演变，突出表现了民间道德的正义感和对英雄人物的美好期望，是百姓心愿的一种宣泄。”①李琳《何立入冥故事流变研究》选取何立入冥故事作为切入点，详细梳理了该故事发展的来龙去脉。作者认为“何立入冥”故事的起点是宋人笔记，波峰在清代文学，文学化历程由简至繁、由微而著，强调的是道德意义与出世之思。② 在另一篇文章《精忠报国故事源流考辨》里李琳又以“精忠报国”刺字故事作为研究对象，作者将该故事的生成过程概括为：“‘精忠报国’作为涵盖岳飞精神、事功的主题词汇，实由刺字‘尽忠报国’、御赐‘精忠’旗二事捏合而成。在明代，‘尽忠’与‘精忠’二者泾渭分明，各有其专属意义。‘尽忠’源于岳飞刺字，是岳飞对自身行为的期许，对自我价值的肯定；‘精忠’源于皇帝嘉奖，体现了社会评价对岳飞精神、功业的认可，代表以帝王为代表的外界评判。在清初，这种自我评判与外界评判实现合流，出现了融二者于一体的‘精忠报国’。‘精忠’取代‘尽忠’，说明以帝王言行为代表的官方评价、社会评价以强大的力量、绝对的权威压倒个人的自我评价，最终在历史进程中占据主导地位。在漫长的演化过程中，‘精忠报国’成为岳飞一生行事、精神之象征，并内化为国民精神，影响深远。”③

第二类致力于对某一文体中的岳飞故事进行考察。这方面研究也成果颇丰，伏涤修、宋晓军、母进炎等研究者有力推动了它的良性发展。其中伏涤修《岳飞题材戏曲流变考述》(《浙江艺术职业学院学报》，2008年第3期)锁定戏剧这一文体，以岳飞故事在宋、元、明清各时期戏剧中的发展为线索，展示了岳飞如何从历史上的悲剧英雄转型成超历史的文化英雄。宋晓军《岳飞戏创作研究》(西北师范大学，2011年硕士学位论文)也以戏剧为研究对象，考察岳飞戏作品在宋元明清各时期的创作

① 朱文广．佛教轮回果报观下岳飞故事的演变[J]．集美大学学报，2009(1)．

② 李琳．何立入冥故事流变研究[J]．渤海大学学报，2004(5)．

③ 李琳．精忠报国故事源流考辨[J]．中州学刊，2005(11)．

变化情况，分析推动岳飞戏题材生成、演变的作家因素与社会根源。母进炎《传播与接受——岳飞形象在明清通俗小说中的嬗变》(《贵州民族学院学报》，2003年第5期)选择从明清通俗小说角度审视岳飞故事的发展变化。作者得出结论："文学形象的形成与嬗变，与作家的创作观念，甚至传播方式的选择大有关系。考察岳飞形象在明清长篇通俗小说中的形成、流播与嬗变，可以达成这样的共识。"①这些论文的接踵出现，标志着从文体角度动态考察岳飞故事流变已经成为许多研究者的学术自觉。

第三类追求进一步打破题材和文体限制，形成跨题材、跨文体的岳飞故事综合研究。马幼垣曾说："过去研究中国通俗文学的学者，绝大多数都是以一书或一作者为范围，遇上《说岳全传》《三侠五义》一类作品，其主要人物是通过漫长岁月演衍而成，变异的过程也不限于一种文体，单以一书为研究范围，即使穷尽此书的上穷下变，局限性仍不能免。"②为了突破这种局限性，一部分学者进一步尝试对岳飞故事进行综合研究，换言之，他们试图打破单个作品、单一文体畛域，勾连更多不同文体当中的不同作品来更加全面地展示岳飞故事。在这方面走得最远的是母进炎教授的研究著作——《岳飞形象史研究》(贵州人民出版社，2003年)。该书分十个部分书写，具体包括：岳飞的生平、历史文献中的岳飞形象、历代诗文中的岳飞形象、古代小说中的岳飞形象、古代戏曲雅部中的岳飞形象、花部戏及近现代地方戏中的岳飞形象、民间文学中的岳飞形象、岳飞形象的多重比较、岳飞形象的影响、历代岳飞研究与评论。该书对岳飞故事资料进行了系统爬梳整理，资料丰富翔实，是目前岳飞故事资料整理最全的作品。白璧微瑕之处在于：仍有很多资料尚待补充整理；对岳飞形象嬗变的线条勾勒比较粗疏，只注意到大的关节点，很多有意义的细节被忽略；对嬗变背后的文化意蕴解读比较浮

① 母进炎．传播与接受——岳飞形象在明清通俗小说中的嬗变[J]．贵州民族学院学报，2003(5)．

② 马幼垣．三现身故事与清风闸[N]．(台北)联合报，1978(4)．

泛，尚有较多有待深化和拓展的空间。但毫无疑问，这本书为我们全面、系统研究岳飞故事打下了良好基础。此外大量论文也在这方面作出了有益探索，有几篇尤为值得关注。包绍明的《岳飞故事的流传和演变》(上)(《福建师范大学学报》，1994 年第 4 期)一文梳理了从宋代到明代岳飞形象的发展变化。文章指出，南宋时期的岳飞史料已经有了民间传说色彩，又以《东窗事犯》《岳飞破虏东窗记》《精忠记》《大宋中兴通俗演义》这几部隶属于不同文体的重要作品作为转捩点勾连出岳飞故事的大致发展演变轨迹，并分析了时代带给这些作品的影响。澳门学者邓骏捷的文章《岳飞故事的演变》(《明清小说研究》，2000 年第 3 期)也以小说、戏剧、曲艺为研究对象，勾勒了岳飞故事南宋初创期、明代发展繁荣期、清代成熟定型期的流变过程。根据故事内容，作者将岳飞故事划分为三种类型，第一类是以岳飞为中心的故事，第二类是以岳飞故事里面其他人物为中心、岳飞作为配角出现的故事，第三类是岳家小将故事。这种归类方式对我们了解岳飞故事的总体面貌具有引领作用。另有王振东 2008 年山东大学硕士学位论文《试论岳飞形象的演变——以国家和民间的互动为中心的考察》值得关注。作者在文中辨析了不同阶层的审美趣味、意识形态对岳飞形象变化带来的影响，剖析了岳飞正统形象和民间形象互动过程中所蕴涵的思想意识、家族形态、宗教文化，并进一步指出："今日岳飞形象的形成不仅仅来源于国家史书的记载，很大程度上还来自民间史学，包括文学、戏曲。他是一位功勋卓越的英雄，同时也是一个有血有肉，有情有义的普通人。在现实中，岳飞的形象深入人心，岳飞的精神流传绵延，岳飞故事在不同时代、不同阶层有着各种不同的丰富内涵。意识形态与民间话语，文人雅士与野老村夫，历史真实与文学虚构，共同塑造了多样的岳飞人物形象。在这种历史与民间的互动中，戏曲、小说、说唱各体兼备，并出现了《精忠旗》《说岳全传》等优秀之作。"北京师范大学李琳博士的《宋元明清岳飞故事研究》也为岳飞故事动态演变做出了重要贡献。该论文通过纵向考察和横向解剖两个角度深入分析了岳飞故事在动态变迁里透射出的文化内蕴。从纵向上以时间为序，分为宋元初兴期、明代繁荣期、清代成熟期，从横向上则分为岳飞出身故事和出生故事、岳飞“精忠”故事演变、岳飞东窗事犯故事的演变。美中不足之处在于，这种主题分类方式不够全面，使得部分岳飞故事受到了忽视，研究的广度因而受到制约。

通过上述分析，不难发现，无论是传统静态研究范式，还是具有破冰意义的动态研究范式，都已经取得丰富成果。在肯定这些努力的同时我们也需要注意总结不足。首先，研究范围狭小。学术研究往往存在某几种文体、某几个作家、作品占据了研究者大量精力的现象，这也意味着很多其他文体、作家、作品受到了忽略。若干年前，彭定安先生在谈及明清文学研究中的弊端时曾指出：“对于明清小说，除了那些历史名著之外，又有‘艺术性不高’的习惯看法。因此研究得就更少了。其实，那些历史名著，固然应该去注意它们的艺术特征、美学构成(事实上这是最薄弱的环节)，就是那些‘等而下之’的众多的作品，也应该去研究，既要研究它的长处、优点，又要研究它的短处和缺点，前者固然可以借鉴，后者又何尝不是可以借鉴的资料呢?”①岳飞故事研究其实也存在这种盲区。学界无论静态关照作家、作品还是勾连岳飞故事动态嬗变，多把力量集中在《岳飞破虏东窗记》《精忠记》《精忠旗》《如是观》《说岳全传》等较为耳熟能详的少数作品上，岳飞故事链上的许多小作品、小作家被长期忽视。这种现象在讲唱文学领域尤其突出。其次，就故事主题与文化单元而言，岳飞和秦桧的忠奸斗争故事历来是研究重点。相较之下，爱国、民间信仰、儒将、家庭教育等方面的专题讨论成果较少，而且形式零散，缺乏系统性。第三，对岳飞故事由点及面的变化情况认识不足。近年来，从社会文化角度把岳飞故事贯穿起来研究其发展流变者有之。然而能够真正打破各种文体界限和时代局限、贯通串联比较分析的作品仍然属于少数，且缺乏深入系统研究。第四，研究方

① 彭定安．关于开展明清小说研究的设想[C]．明清小说论丛：第一辑．长春：春风文艺出版社，1984.

法与研究视角的整合与更新方面有一些滞后。要言之，这些不足也指明了将来我们研究需要努力的空间和方向。

二、关于深化岳飞故事研究的几点看法

从整体上看，20 世纪以来岳飞故事研究方兴未艾，取得了丰硕成果。但需要承认的是，仍然存在一些亟待解决的问题。针对这些不足，笔者提出了以下几点深化岳飞研究的看法：

首先，要继续大力推动相关文献的整理和出版工作。对岳飞故事、诗文、奏章、谱牒的整理古已有之。例如宋代岳珂的《鄂国金佗稡编》和《续编》、宋代谢起岩的《忠文王纪事实录》、元代住山僧可观的《岳忠武王庙名贤诗》、明代徐阶的《岳武穆遗文》、清代钱汝雯的《宋岳鄂王文集》等。20 世纪以来，文献整理工作更上一层楼，出现了《岳飞故事戏曲说唱集》(杜颖陶、俞芸编，古典文学出版社，1957 年首次出版，1985 年上海古籍出版社再版)、《鄂国金佗稡编续编校注》(王曾瑜先生校注，中华书局，1989 年首次出版，1999 年再版)、《精忠录》(涂秀虹点校，上海古籍出版社，2014 年出版)、《文渊阁四库全书岳飞资料汇编》(王德保、岳朝军主编，中国社会科学出版社，2015 年出版)为代表的一批高质量文献整理成果。然而尽管文献收集整理工作如此蓬勃，我们仍需注意两点：①已经出版的各种文献整理往往各自为阵，多是针对某本书或者某类文体进行小范围的点校整理。如果我们能够更进一步，推出更多打破各种文体壁垒和时代壁垒的汇编、汇注、汇评类综合性成果，必将为研究工作提供更多参考。②还有很多有价值的资料由于战争、保存状况等原因依然散落在大江南北，研究者或者不知道它的具体存在，或者久闻其名却难以一睹真容，如果我们能目的明确、深入系统地开展对这类文献的搜集整理工作，无疑会有许多令人振奋的新发现。这必将有利于岳飞学术文化的普及。

其次，扩大研究的视域覆盖，加强岳飞故事流变情况的整体研究。岳飞故事在后世流传过程中得到史学家、文学家、宗教家等不同主体的

加工，人物形象、传播载体、故事情节都发生了巨大变化。在过去，由于历史原因或者学术惯性，我们更倾向于从著名作家、经典作品、个别文体角度静态分析岳飞故事。20世纪90年代以来，动态研究范式逐渐增多，但也往往受到文体或者文化单元限制。在今后的岳飞故事研究中，我们要进一步注意“通”与“专”的有机结合，进一步打开研究思路，拓展研究格局。横向上，我们要注意打破文体局限，把握同一时间横切面上史书、小说、戏曲、诗歌乃至于绘画、雕塑等多个领域所体现的岳飞故事；纵向上，则要打破时代拘囿，考察不同时间阶段的岳飞故事。

第三，研究方法结合、互补，多角度挖掘查找岳飞故事的文化内涵。当岳飞从历史殿堂迈入文学世界的众妙之门，他的事迹也就成为了文学家笔下的意象与题材，他的精神元素也就开始在文学作品里涌动。在这种从史学到文学的位移过程里，岳飞从“元历史”中单数的岳飞变成了加工改造过程后呈现出的复数多元化样态的岳飞。不同的社会历史、意识形态、学术思潮、创作者心态，都会影响岳飞故事的塑型。换言之，岳飞故事的盛衰消歇也折射出了各个历史环境下社会价值观念等方方面面的取向。面对这些复杂现象，我们应当注意多学科交叉融合，尝试将文学研究与美学、史学、心理学、政治、经济、伦理、宗教、以及性别学等其他领域的研究视角和方法结合起来，加深对岳飞故事文化内涵的整体把握。

三、研究方法与研究思路

马克思主义文学观认为：“承认用与对象的本质相适应的各种可能的方法，从文学的各个方面来研究文学是有可能的和有必要的。”①岳飞故事系统作为一个与社会生活环境、文化语境密切相连的开放动态系统，与之相应，研究方法也应该具有多样性和综合性特征。有鉴于此，本书将主要采用中国叙事文化学的研究方法，同时注意吸收心理学、社

① 布什明．文艺学的方法论问题[J]．国外社会科学，1982，(2)．

会学、人类学、伦理学、美学、比较研究等多种方法，将纵向与横向相互交织、历时性和共时性双向兼顾，以文本形态与文化内涵为切入点，把岳飞故事置于文学、历史、文化互涵互动的动态系统中进行考察。

首先，本书将运用中国传统文献考据手段和当代各种电子数据库全面搜集岳飞故事。就研究对象的文体分布状况而言，我们以史传、小说、戏曲为主，同时兼顾笔记、诗文、方志、通俗讲唱文学等相关文献。其次，在对材料充分把握基础上，纵向上将岳飞故事分为南宋、元、明、清几个阶段。横向上围绕五个故事主题与文化单元展开。以文体、人物形象、故事情节为主要线索，追寻、勾勒岳飞故事文本形态的发展轨迹。最后，借助多种研究方法将个案剖析与整体研究起来，考察和揭示塑型岳飞故事的种种文化动因。

第一章　宋元明清时期岳飞故事形态演变综述

经由南宋、元、明、清四阶段，岳飞故事在形态演变过程中，一方面完成了从历史到文学的过渡，另一方面也完成了由英雄人物向民间信仰之神的转化。为了更加清晰准确地呈现岳飞故事从内容到形式的种种渐变，为文化内涵分析做好铺垫和准备，本章将主要从文本简况、人物和情节三方面入手，梳理岳飞故事文本动态嬗变轨迹，其中文本简况部分主要根据不同文体属性划分，并根据内容择要介绍。

第一节　南宋：岳飞故事的形成期

一、文本简况

岳飞首先是一个历史人物，随着后人演绎才逐渐成为文学经典。与这个事实相伴而行的另一个事实是，史书是岳飞故事之源。南宋时期记载岳飞故事的史书代表作有秦熺主编的《高宗日历》、李心传的《建炎以来系年要录》和《建炎以来朝野杂记》、徐梦莘的《三朝北盟会编》、岳珂的《鄂国金佗稡编》和《续编》、潜说友的《咸淳临安志》等。其中《高宗日历》是宋高宗在位期间的主要编年体史书，由秦桧的儿子秦熺主编。史实在桧党手里被篡改得面目全非："桧乞禁野史，又命子熺以秘书少监领国史，进建炎元年至绍兴十二年《日历》五百九十卷。熺因太后北还，自颂桧功德凡二千余言，使著作郎王扬英、周执羔上之，皆迁秩。自桧再相，凡前罢相以来诏书章疏稍及桧者，率更易焚弃，日历、时政亡失已多，是后记录皆熺笔，无复有公是非矣。”①在这种局面下，岳飞形象必然要遭到诋毁，岳家军的功绩也难逃被掩盖的命运。这本书由于歪曲事实而对之后出现的一系列史书产生了不良影响，今已亡佚。《三朝北盟会编》成于光宗绍熙五年(1194年)，作者徐梦莘搜集了大量原始文件，不同说法之间多有相互抵牾之处，他的处理方式是兼收并蓄。《建炎以来系年要录》据考证书成不迟于宁宗嘉泰二年(1202年)。该书以《高宗日历》为底本，在此基础上广泛参阅各种资料。这两部书都对岳飞持肯定态度，但也转抄了一些宋高宗和秦桧污蔑岳飞的言论。这很大程度上是受了秦桧等人篡改历史、运用文字狱控制舆论等行为的影响。

另有岳飞之孙岳珂作的私史《鄂国金佗稡编》和《续编》值得关注。其中《稡编》于宋宁宗嘉定十一年(1218年)在嘉兴府刻板印书，《续编》于宋理宗绍定元年(1228年)在镇江府刻板印书。这两部书是为了“表王之忠，暴王之枉”而作，是研究岳飞最丰富详赡的史料，它通过大量搜集岳飞奏折、记录岳飞史迹、考辨真伪，为还原历史真相作出了卓绝贡献与重要努力。就成书过程而言，这本书是在两代人的共同努力下完成的。岳珂之父岳霖曾一方面考于闻见、访求遗卒，花大力气搜集资料；另一方面请国子监博士顾杞整理出一个岳飞传记的草稿。岳霖去世后，儿子岳珂完成了岳霖未竟的事业。他“束发游京师，出入故相京镗门，始得大访遗轶之文，博观建炎、绍兴以来纪述之事。下及野老所传，故吏所录，一语涉其事，则笔之于册”②，并对顾杞的草稿进行了修改加工。除了广采博收，这本书还以确凿的证据恢复了很多史实，否定了对岳飞的污蔑之词。比如《三朝北盟会编》和《建炎以来系年要录》继承了

① (元)脱脱等．宋史[M]．北京：中华书局，1977.

② (南宋)岳珂编，王曾瑜校注．鄂国金佗稡编续编校注[M]．北京：中华书局，1999.

《高宗日历》的写法，认为岳飞曾经有意逗留，拒不支援淮西，而岳珂则用高宗亲笔书信推翻了这种不实之词。又比如孝宗总结的“中兴以来十三次战功”完全不计岳飞功劳，而岳珂则以皇帝的一份奖谕诏证明岳飞郾城之战的重要性。如此等类，不胜枚举。要言之，岳珂的这本书在丰富和可信程度上是胜过《三朝北盟会编》和《建炎以来系年要录》的。此外《咸淳临安志》涉及岳飞民间信仰传播接受情况，也比较重要。

除了史书，笔记是另外一个承载岳飞故事的重要载体。相关作品主要有《朝野遗纪》《大宋宣和遗事》《独醒杂志》《梦粱录》《习学记言》《入蜀记》《枫窗小牍》《梦林玄解》《武林旧事》《夷坚志》《睽车志》《宾退录》。相对于史书对岳飞连篇累牍的记载，笔记对岳飞的书写方式是片段式的，形式短小，书写内容多是撷取了岳飞生活中一个吉光片羽的细节或侧面。这些资料一方面可以补史之阙，另一方面也体现出岳飞从历史走入文学的动态演进。按内容分类，可分为五类。首先，一些资料记录了对忠臣奸臣爱憎分明的态度，如《老学庵笔记》载：“‘张德远诛范琼于建康狱中，都人皆鼓舞；秦桧杀岳飞于临安狱中，都人皆涕泣。’是非之公如此。”①又如《梦林玄解》将占卜卜得“岳飞”视为吉，卜得“秦桧”视为凶。其次，一些文献描述了岳飞的形象特征和才能。如《齐东野语》《容斋随笔》《鹤林玉露》《宾退录》记录了岳飞的治军风采，反映了他作为军事领导者出色的管理才能。第三，反映岳飞故事在传播过程中广受欢迎的历史现实。如《梦粱录》卷二十《小说讲经史》云：“讲史书者，谓讲说《通鉴》、汉唐历代书史文传，兴废争战之事，有戴书生、周进士、张小娘子、宋小娘子、邱机山、徐宣教；又有王六大夫，原系御前供话，为幕士请给，讲诸史俱通，于咸淳年间，敷演《复华篇》及《中兴名将传》，听者纷纷，盖讲得字真不俗，记问渊源甚广耳。”②《醉

① （南宋）陆游．老学庵笔记[M]．北京：中华书局，1997.

② （南宋）吴自牧．梦粱录．东京梦华录(外四种)[M]．北京：文化艺术出版社，1998.

翁谈录》卷首《舌耕叙引·小说引子》："也说黄巢拨乱天下，也说赵正激恼京师。说征战有刘、项争雄，论机谋有孙、庞斗智。新话说张、韩、刘、岳；史书讲晋、宋、齐、梁。《三国志》诸葛亮雄材；收西夏说狄青大略。说国贼怀奸从佞，遣愚夫等辈生嗔；说忠臣负屈衔冤，铁心肠也须下泪。"①第四方面则是对岳飞之死的强烈关注。以《朱子语类》《齐东野语》《夷坚志》为代表。第五方面以《睽车志》《梦粱录》为代表，提供了岳飞神信仰方面的信息。《睽车志》写的是临安雨溪寨军将子弟请仙的故事。他们延请紫姑神，而岳侯降之，大书其名。《梦粱录》记载了岳飞成为土地神的过程。

此外，南宋时期诗文也是岳飞故事的重要体裁。主要涉及怀古诗和咏史诗两类，代表作有《六州歌头·吊武穆鄂王忠烈庙》(刘过)、《岳王坟》(叶绍翁)、《拜岳王墓》(林景熙)、《周将军庙观岳侯石像》(薛季宣)、《谒岳王墓》(徐集孙)、《题祁门岳王庙》(方岳)、《岳鄂王墓》(董嗣杲)、《读岳武穆王传》(吴龙翰)、《岳忠武祠》(袁甫)、《夜读范至能〈揽辔录〉言中原父老见使者多挥涕感其事作绝句》(陆游)等。这些诗歌内容往往将对时局昏暗的感慨、对奸臣误国的痛恨、对英雄岳飞的敬仰缅怀交织在一起。

绘画方面，刘松年的《中兴四将图》为我们了解岳飞长相提供了直观的参考，也是重要资料。

二、人物

岳飞：南宋时期的岳飞形象在政治上经历了从抗金功臣变为朝廷罪臣、复又恢复忠臣名誉的转变。整个变化过程在《鄂国金佗稡编》和《续编》里有着完整记录。这也是历史上首次完整再现他文武双全儒将风采的文献。此外岳飞神形象也发生了变化。生前他因有功于民获立生祠，这意味着在世之时就初步获得了神格。去世后在尚未平冤昭雪阶段，他

① 丁锡根．中国历代小说序跋集[M]．北京：人民文学出版社，1996.

被放在城隍庙偷偷祭祀（见《南昌武宁县城隍祠岳忠武王遗像记》）；平冤后，据《咸淳临安志》记载，他逐渐成为了太学土地神。在军事上，他的卓著战绩使得他获得中兴四将之末的地位，《醉翁谈录》和《中兴四将图》皆对这一地位有所反映。

岳飞故事中的主要人物除了岳飞，还可以分为两大类，一类是与岳飞政治、军事活动有关的人物。一类是岳飞的家庭人物。

与岳飞政治、军事有关的人物主要包括宋高宗、金兀术、宗泽、秦桧、万俟卨、张俊、张宪、牛皋、王贵等。

宋高宗：由于岳飞迎还二圣、勠力抗金的政治理想和军事行动危及宋高宗皇位的稳定，高宗顾虑重重，政治态度比较游移。有时候，他鼓励、安抚岳飞，也有时候，高宗在岳飞抗金急需支持的时候，经常采取抑制策略。面对岳飞的悲剧命运，他对岳飞之死到底负有多大责任？在这一点上，学界尚有争议。有人认为杀害岳飞罪在高宗。这种观念以龚延明《岳飞研究》一书最有代表性。该书第九章第六节《高宗是杀害岳飞的元凶》认为高宗在逮捕岳飞以后有以下非杀岳飞不可的理由：(1)释放岳飞会影响和议。(2)释放岳飞会向人民证明当初自己亲手制造了冤狱，舆论上陷于被动地位。(3)岳飞有可能怀恨在心，伺机报复。在指明高宗责任的基础上，该书指出，秦桧、王俊、万俟卨等人皆是执行皇帝意愿的帮凶。① 也有人认为元恶大憝其实是秦桧。邓广铭《岳飞传》第二十章《秦桧是杀害岳飞的元凶》一文具有代表性。作者强调秦桧是“身在南宋心在金”的奸细，他在南宋和金对峙的政治格局中逐步达到专政擅权的地位，成为女真贵族代理人，这也意味着他“不再是居于皇帝赵构之下，而是能够玩弄赵构于股掌之上，是赵构必须仰承他的鼻息的一个人物了”。并指出秦桧死后高宗的诏书声明秦桧经常“已奉特旨”，作者认为“已奉特旨”的同意语即“假传圣旨”。② 这两种观念无论

① 龚延明．岳飞研究[M]．北京：人民出版社，2008.

② 邓广铭．岳飞传[M]．北京：生活·读书·新知三联书店，2007.

哪种成立，宋高宗都与岳飞之死脱不了干系。就宋代文献来看，岳飞和高宗的交往集中于史书《三朝北盟会编》《鄂国金佗稡编》和《续编》，它们都淡化了高宗罪责，突出了秦桧之恶，认为高宗不是害死岳飞的元凶，主导者实是秦桧。与此不同，《建炎以来朝野杂记》则记录了高宗对决定岳飞之死所起的作用。此外一些诗歌如杨万里的《初入淮河四绝句》、刘过的《六州歌头》也对高宗颇有微词。

秦桧：秦桧形象的转变和岳飞形象的嬗变是背道而驰的。秦桧生前“太平翁翁十九年，父子气焰可熏天。”位高权重的他曾一度授意秦熺等篡改史书，试图运用政治力量排斥异己、美化自我、维护形象。但“防民之口甚于防川”，他并没有逃过历史的审判。“我到庙前愧姓秦，人从宋后少名桧”，他死后，人们将其视为酿成岳飞悲剧命运的罪魁祸首大加鞭挞，形象迅速走低。就南宋文献而言，《建炎以来系年要录》《三朝北盟会编》《鄂国金佗稡编》和《续编》《老学庵笔记》等记载了他勾结金人的事迹、与岳飞等忠臣的龃龉，呈现了他谋害岳飞的过程。在这些文献里，他被塑造为勾结敌人、祸国殃民、设计冤死岳飞的奸臣形象。除了上述史书和笔记，还有很多诗歌言简意赅地表达了对这个误国贼子的痛恨。

金兀术：金兀术是金太祖完颜阿骨打之子。汉名完颜宗弼，宋人多呼为“四太子”。他曾数次带兵南下攻宋，先后在汤阴、东京、青州、临朐、建康、临安等地大败宋军，也曾追逼宋高宗避难海上。他还直接参与过黄天荡、富平、和尚原、仙人关、郾城、颍昌等宋金战争中的重要战役，与宋名将韩世忠、岳飞、刘锜、吴璘等均有交战。也曾直接主导了“绍兴和议”，迫使宋室称臣。宋代文献中提及他的主要有《鄂国金佗稡编》和《续编》《三朝北盟会编》《建炎以来系年要录》等史书，这些文献记录了金兀术作为异族统治者与岳飞等南宋将领交战的情况，主要凸显了他的才智与残忍，放到和岳飞的较量中，重点突出其狼狈。此外还有一些文献，如程珌《洺水集》卷九《书岳王家所藏高宗御札录后》凸显的是对他异族侵略者形象的痛恨。其他文献如《朱子语类》卷131《本朝五》和乐雷发的《雪矶丛稿》卷三《听友人谈蜀道事》突出对他才能的认可。

除了以上人物，牛皋、王贵、张宪等也值得关注。他们在南宋阶段是岳飞的军事伙伴，双方是上下级的关系。《鄂国金佗稡编》和《续编》有多处提及他们配合岳飞、一同御敌的作战情况，他们作为岳飞“左膀右臂”好帮手的形象在这些记录中得以确立。其中张宪后来在岳飞冤案里，遭受酷刑，不肯自诬认罪，后来被定罪处死。王贵在秦桧罗织岳飞罪名时，被胁迫诬告了岳飞。牛皋后来被田师中毒死。

此外，张俊、罗汝楫、万俟卨等人在审理岳飞案件中扮演的不光彩角色不可不提。张俊是中兴四将之一，但他对岳飞的才能颇为嫉妒，与秦桧合谋污蔑岳飞。罗汝楫是秦桧的忠实党羽，曾污蔑岳飞不出兵救淮西、又欲弃山阳而不守，此外弹劾了何彦猷、何铸。万俟卨亲自参与了岳飞案件的审理，他按照秦桧之意担任御史中丞，接替何铸审理此案，在秦桧的授意下积极罗织罪名，将岳飞置于死地：“有辅者投书于秦桧，言飞反状已明。桧以书付狱。卨即致飞于死。”①

何铸、何彦猷、李若朴力求公正审案，对岳飞持有同情和支持态度，他们扮演的是正面人物的角色。据《建炎以来系年要录》卷 142 记载，岳飞入狱时，朝廷“命御史中丞何铸、大理卿周三畏鞫之”。② 何铸为岳飞辩诬，“日延过客，密议朝政，以欲缓岳飞之死”。所以明升暗降，调离审讯岳飞案件的岗位：“庚辰，以何铸党援岳飞，不主和议，责授秘书少监，徽州居住。”③撤换何铸后改由秦桧党羽万俟卨主审岳飞一案。大理寺丞李若朴、何彦猷等对岳飞冤狱持同情态度，但没有直接参加诏狱审讯和议刑。“寺丞何彦猷、李若朴独喧然以众议为非，欲从轻典，皆坐黜。”④

---

① (南宋)徐自明．宋宰辅编年录[M]．北京：中华书局，1986.
② (南宋)李心传．建炎以来系年要录[M]．北京：中华书局，1956.
③ (元)脱脱等．宋史[M]．北京：中华书局，1977.
④ (元)脱脱等．宋史[M]．北京：中华书局，1977.

周三畏在岳飞冤案中起到的作用是有所争议的。据《建炎以来系年要录》卷146记载："大理寺丞李若朴、何彦猷谓飞罪当二年，白于大理寺卿周三畏。三畏是日遂白于中丞万俟卨，卨不应，三畏曰：'当依法，三畏岂惜大理卿耶！'"①另一种则认为周三畏实际上扮演了不光彩角色，理由是他和万俟卨在岳飞案了结后双双都得到了升迁。绍兴十二年，"御史中丞万俟卨、大理卿周三畏同班入对，以鞫岳飞狱毕故也"。② 不久后，万俟卨升为参知政事，周三畏升为刑部侍郎，后来又升为刑部尚书。这种升迁经历导致李心传对"三畏岂惜大理卿之语"提出了质疑，他认为"此语未必有也，更须详考"。③

以上介绍的是与岳飞在军事、政治领域密切相关的人物。此外，岳飞的家庭成员也不可不提。《鄂国金佗稡编》卷四记录了岳飞父母的情况：

> 父和，故赠太师、隋国公，妣姚氏，故封魏国夫人，赠周国夫人。④
>
> 自先臣成而下，皆以力田为业。及先臣和时，有瘠田数百亩，仅足廪食。河北屡歉，饥者多。先臣和常日以脱粟数升，杂蔬为糜，与家人旦暮食，取半饱。尽以其余呼道路之饥者，均而饲之。家人有不堪者，先臣和谓之曰："彼饥者亦人尔，而能一、二日不食。吾与若日再食，而犹欲求饱耶？吾欲裁吾之仅有，济人之绝无耳。"人有侵其地以耕者，割而予之，无争意。有贷其财而弗偿者，折券弃之，无愠色。虽甚窭乏，未尝悔，乡人重敬之。⑤

---

① （南宋）李心传．建炎以来系年要录[M]．北京：中华书局，1956.

② （南宋）李心传．建炎以来系年要录[M]．北京：中华书局，1956.

③ （南宋）李心传．建炎以来系年要录[M]．北京：中华书局，1956.

④ （南宋）岳珂编，王曾瑜校注．鄂国金佗稡编续编校注[M]．北京：中华书局，1999.

⑤ （南宋）岳珂编，王曾瑜校注．鄂国金佗稡编续编校注[M]．北京：中华书局，1999.

岳飞女儿安娘在《鄂国金佗稡编》中有记载。但是后世经常被人提及的岳飞女儿银瓶在南宋史书中不见记录。南宋末年随着银瓶故事的传播，寺庙里出现了“银瓶娘子签”，用来预卜吉凶。岳飞几个儿子的记录集中出现在《鄂国金佗稡编》里：

> 云，年十二，从张宪战，宪得其力，大捷。号约“赢官人”。军中皆呼焉。先臣征伐，未尝不与。京西之役，手握两铁椎，重八十斤，先诸军登城。攻下邓州，又攻破随州。颍昌之役，大战无虑十数合，出入虏阵，甲裳为赤，体被百余创。然每战捷，先臣独不上，故其功多不闻。历任先臣机幕、带御器械、提举醴泉观，官至左武大夫、忠州防御使。死之日，年二十三，赠安远军承宣使。
>
> 雷，忠训郎、阁门祗侯，赠武略郎。
>
> 霖，故任朝请大夫、敷文阁待制致仕，赠太中大夫，自有传。
>
> 震，故任朝奉大夫、提举江南东路常平茶监公事。
>
> 霆，故名霭，孝宗皇帝改赐今名，任修武郎、阁门祗侯。①

就岳飞故事的壮大与发展而言，这五个儿子中以岳霖和岳云最为重要。岳霖收集了大量资料、四处采访故旧，为《鄂国金佗稡编》和《续编》的成书作出巨大贡献。岳云在早期史书记载中体现出卓越的军事素养，是岳飞严格教育之下的一名猛将。这为他日后成为文学宠儿打下了良好基础。

对岳飞第一任妻子刘氏的交代在《三朝北盟会编》里有过蜻蜓点水的记录，对第二任妻子李氏的交代在《秦国夫人李氏遗事》。

---

① (南宋)岳珂编，王曾瑜校注．鄂国金佗稡编续编校注[M]．北京：中华书局，1999.

三、情节

岳飞故事初始阶段受到政治因素的影响较大，同一故事情节在不同文献里往往呈现出不同面貌，甚至相互之间抵牾。就主要有争议的情节陈述如下：

(1)关于朱仙镇一战真实性的争议。《鄂国金佗稡编》卷8《鄂王行实编年》记载了朱仙镇一战的来龙去脉，此外《皇宋十朝纲要》卷23、《续宋中兴编年资治通鉴》卷5、《中兴大事记》《大金国志》卷11、《文献通考》卷315也记录了朱仙镇一战。但也有人质疑朱仙镇战役的真实性。质疑原因有二：首先，比《鄂国金佗稡编》更早出现的史料或者大约同时出现的文献都没有关于朱仙镇的相关记载，因此缺乏过硬的旁证；其次，朱仙镇一役没有捷奏流传于世。王曾瑜先生针对上述质疑在《岳飞和南宋前期政治与军事研究》一书提出了自己的看法，他认为这种质疑虽然有一定道理，但是却并不能成为否定朱仙镇确实存在的充分理由。因为相关资料的缺失很有可能是高宗和秦桧大兴文字狱、钳制舆论带来的恶果。《三朝北盟会编》和《建炎以来系年要录》等史书都曾受桧党编纂的《高宗日历》影响，对岳飞的记载多有残缺错讹之处，因此相关资料的缺失并不能否定朱仙镇存在的客观真实性。

(2)关于朱仙镇班师回朝。以《鄂国金佗稡编》和《续编》为代表的一批资料持奉诏班师说，认为岳飞因为朝廷诏书的压力逼不得已才班师回朝。具体言之，《鄂国金佗稡编》卷8《鄂王行实编年》记载，高宗接到岳飞十八日上奏，允许暂时停止班师，秦桧听到了这个消息很害怕，于是先诏韩世忠、张俊、杨沂中、刘锜各位将领返回，然后再以"先臣孤军不可留"的理由连发十二道金牌催促岳飞班师。关于这种说法的真实性，王曾瑜先生考证后予以否定，他认为这是为了诿过秦桧、为高宗开脱而作的曲笔。因为："第一，如前所述，宋高宗发暂止班师手诏时，岳飞早已班师了。第二，岳飞班师仅晚于张俊，比刘琦和韩世忠都早，杨沂中更是在岳飞班师后，才开赴前线的。但是，宋高宗和秦桧迫令岳飞班师，确实成为其他各军相继撤军的关键。因为除岳家军以外，其他各军都无单独挺进，而与完颜兀术大军周旋的能力。”①《三朝北盟会编》卷204里出现了另一种说法，认为岳飞当时是自动撤军：“二十一日壬戌，岳飞自郾城回军。岳飞在郾城，众请回军，飞亦以(为)不可留，乃传令回军。而军士应时皆南向，旗靡辙不整，飞望之，口呿而不能合，良久，曰：‘岂非天乎！’”②

(3)关于秦桧矫诏一事。《三朝北盟会编》里的《岳侯传》记录为：“俄将张宪、岳云杻械，送大理寺根勘。上闻，惊骇。秦桧乞将张宪、岳云同证，明其事。是时，侯尚不知，良久，秦桧密遣左右传宣：‘请相公略到朝廷，别听圣旨。’侯既闻宣诏，即时前去，却引到大理寺。”③岳珂引用了这段文字，并说，这足以证明：“先臣下吏，上初不许，桧实矫诏，舆致大理。”然而《建炎以来朝野杂记》乙集卷12《岳少保诬证断案》记录岳飞刑案原件时写道：“奉圣旨，就大理寺置司根勘闻奏。”④

(4)关于岳飞入狱后的遭遇和表现，南宋出现不同版本的记载。《鄂国金佗稡编》等文献记载岳飞不认罪。而《三朝北盟会编》卷207则认为岳飞有无奈自诬认罪的行为：“有狱子事飞甚谨，至是狱子倚门斜立，无恭谨之状。飞异之，狱子忽然而言曰：‘我平生以岳飞为忠臣，故伏侍甚谨，不敢少慢，今乃逆臣耳。’飞闻之，请问其故。狱子曰：‘君臣不可疑，疑则为乱。故君疑臣则诛，臣疑君则反。若臣疑于君不反，复为君疑而诛之。若君疑于臣不诛，则复疑于君而必反。君今疑臣矣，故送下棘寺，岂有复出之理？死固无疑矣。少保若不死，出狱则复

① 王曾瑜．岳飞和南宋前期政治与军事研究[M]．开封：河南大学出版社，2005.

② (南宋)徐梦莘．三朝北盟会编[M]．上海：上海古籍出版社，1987：1470

③ 王德保，岳朝军．文渊阁四库全书岳飞资料汇编[M]．北京：中国社会科学出版社，2015.

④ (南宋)李心传撰，徐规点校．建炎以来朝野杂记[M]．北京：中华书局，2000.

疑于君，安得不反？反既明甚，此所以为诛也。’飞感动，仰天移时，索笔著押，狱子复事之恭谨如初。”①

另有《浪语集》卷7《周将军庙观岳侯石像二首》的诗注记载：“侯初下大理狱，吏执笔请辞，大书其纸尾，而胁之曰：‘汝观今世乌有大臣系狱而生者？趣具成案，吾为汝书！’”②

(5)关于处死岳飞一事的不同记载。《金佗稡编》卷24《张宪辨》引用《野史》：“按《野史》，方狱之未成也，秦桧自都堂退入小阁，食柑，以手书柑皮者竟日。俄以小纸付老兵，持至寺，而先臣遂报死，初未有旨也。呜呼！桧其欺君哉！”③这是为了凸出秦桧的罪恶，为高宗开脱。《朝野遗记》则记载王氏撺掇秦桧杀岳飞：“秦桧妻王氏素阴险，出其夫上。方岳飞狱具，一日，桧独居书室。食柑玩皮，以爪画之，若有所思。王氏窥见笑曰：‘老汉何无一决耶？捉虎易，放虎难也。’桧掣然当心，致片纸付入狱。是日，岳王毙于棘寺。”这种描写实是元明清通俗文学写王氏牝鸡司晨、进一步将忠奸斗争复杂化的端倪。而在《建炎以来朝野杂记》乙集卷12则记载处死岳飞是经过皇帝授意之后执行的，并非如其他文献所云，由秦桧一力促成。书中写道，高宗下旨：“岳飞特赐死。张宪、岳云并依军法施行，令杨沂中监斩，仍多差兵将防护。”④

(6)关于岳飞初葬和改葬的记录。岳飞初葬根据相关史料显示，可以分两种不同说法。一种以《朝野遗记》为代表。《朝野遗记》记载：“其毙于狱也，实请具浴，拉胁而殂。”⑤死后由狱卒隗顺将其尸体偷偷运出，葬在北山之湄，并用身上带的玉环给岳飞殉葬，在其坟墓上种植了

① 王德保，岳朝军．文渊阁四库全书岳飞资料汇编[M]．北京：中国社会科学出版社，2015.

② (南宋)薛季宣．薛季宣集[M]．上海：上海社会科学院出版社，2003.

③ (南宋)岳珂编，王曾瑜校注．鄂国金佗稡编续编校注[M]．北京：中华书局，1999.

④ (南宋)李心传撰，徐规点校．建炎以来朝野杂记[M]．北京：中华书局，2006.

⑤ (清)转引自丁传靖．宋人轶事汇编[M]．北京：中华书局，1981.

两棵橘子树做标记。隗顺临死前将这个秘密告诉了儿子，让他在日后朝廷访求岳飞尸体的时候将这件事上报上去，后来朝廷为岳飞平冤，四处寻找岳飞尸体，在隗顺儿子的指引下终于找到。这里所指的埋葬之地，据周必大《龙飞录》记载，当在钱塘门外：

> （绍兴三十二年七月）丙辰，临安访求岳飞坟，在钱塘门外，当时私号贾宜人坟，今将以一品礼葬之。①

今人多从此说。关于初葬地点第二种说法以《三朝北盟会编》为代表，该书卷207将岳飞死亡方式记成“中毒而死”，将初葬地点记为临安菜园：“绍兴十年冬十一月二十七日，侯中毒而卒，葬于临安菜园内。”②后来冤案昭雪，改葬地点选址在栖霞岭。

（7）除了上述历史事实问题的不同说法，还有很多充满虚构和想象力的情节萌发出来，值得我们关注。关于岳飞神奇出生，南宋有两种说法。一种是鹄鸟说，见于《鄂国金佗稡编续编》。一种是猪精转世之说，见于《独醒杂志》。在此基础上出现了猿精转世之说，见于《夷坚志》。此外入冥故事开始与岳飞故事结合。《江湖杂记》和《夷坚志》分别以何立和方士伏章作为入冥故事的主人公，写他们在地狱见到受苦的秦桧，让他们为夫人传语，告诉她东窗事已发。《信笔录》则以广西宪台属官为入冥故事主人公，写他在地狱遇见受苦的秦桧，为他妻子传语之处并非“东窗事发”，而是“西窗事发”。施全为岳飞报仇行刺秦桧的情节也开始出现。相关材料集中在《三朝北盟会编》和《老学庵笔记》，两者记载的情节大致相同，前者更为详细，都写施全的身份是殿前司军人，岳飞死后他愤而刺杀秦桧，却为轿子所隔没有刺中，最后被捕惨遭杀害。

---

① （南宋）岳珂编，王曾瑜校注．鄂国金佗稡编续编校注[M]．北京：中华书局，1999.

② 王德保，岳朝军．文渊阁四库全书岳飞资料汇编[M]．北京：中国社会科学出版社，2015.

除此之外，《癸辛杂识》记录了人们用“银瓶娘子签”占卜吉凶。《娱书堂诗话》记录了岳飞因爱惜毛国英才华而放其过河的情节。《睽车志》出现了岳飞死后借紫姑神之手复书一绝的情节。

第二节　元代：岳飞故事的发展期

一、文本简况

元代史书中，《宋史》最为醒目，对岳飞的记载也最为丰富。《宋史》成书方式是径自把宋朝纪传体国史删繁就简，拼凑成书。正因如此，清代赵翼《廿二史札记》指出：“宋代国史，国亡时皆入于元，元人修史时，大概只就宋旧本稍为排次，今其迹有可推见者。”①其中与岳飞相关的记录主要集中在《岳飞传》《秦桧传》《张俊传》《何铸传》《高宗本纪》《孝宗本纪》等，皆因循南宋《鄂国金佗稡编》等史料汇编整理而成，对岳飞的历史记载基本没有脱离宋代史书的窠臼。微妙不同之处在于：对高宗在岳飞冤案中的责任点评更加犀利；将秦桧直接列在《奸臣传》；首次记载了岳飞刺字故事；对岳飞的肯定性评价也得到飞跃提升。这些变化对推动岳飞形象进一步文学化产生巨大影响。马端临的《文献通考》也记载了岳飞生前的轶事。另有陈栎的《历朝通略》卷四《南宋》，在态度上更为强烈地表达了作者对高宗重用小人、轻视君子的不满。

元代笔记方面按照内容也可以大致分为以下三类。第一类以《说郛》里面的《武穆狱案》为代表，对岳飞冤案的具体情况有所交代。第二类以《遂昌杂录》和《南村辍耕录》为代表，反映的是岳飞信仰的变迁。第三类围绕东窗事犯进行。《钱塘遗事》是这方面的代表，书中有关于王氏唆使秦桧下定决心杀死岳飞以及秦桧阴间受审的记录。

元代杂剧方面可见的作品代表作为《宋大将岳飞精忠》《秦太师东窗

① （清）赵翼．廿二史札记[M]．南京：凤凰出版社，2008：331.

事犯》等。徐调孚编的《现存元人杂剧书录》和王季烈撰写的《孤本元明杂剧提要》均录有《宋大将岳飞精忠》。该文本的时代划分一直存在争议。内地学者伏涤修、张晓军以及澳门地区学者邓骏捷，台湾地区学者张火庆、洪素珍、张清发都曾讨论过这个问题。其中张晓军的硕士毕业论文晚出，在前人研究基础上，他从民族情感这个角度入手，否定了元代异族统治对该剧诞生于元代的干扰，认为当划入元代。本书认为这种说法更有说服力，因此将其列入元代。《东窗事犯》存在不同版本。有的版本作者记为孔文卿，有的则题为金仁杰。明代贾仲明天一阁本《录鬼簿》把孔作记作《地藏王证东窗事犯》，金作则简记为《东窗事犯》，清曹寅辑刻本《录鬼簿》，于孔文卿名下著录《秦太师东窗事犯》。本文所探讨的版本是孔文卿的版本。

元代诗歌和岳飞有关的依然以咏史诗和咏物诗为主。按主要内容分几个方面。第一类重在凭吊、歌颂岳飞。或扼腕于他的班师回朝、功亏一篑，或赞美他的骁勇善战、功绩卓著，或表达百姓对他的真挚怀念。代表作有：《岳王庙》（林泉生）、《朱仙镇》（贯云石）、《岳武穆王》（郑元祐）、《过岳鄂王墓》（朱德润）、《岳王庙》（段天佑）、《吊岳武穆文》（陈基）、《岳飞传》（叶颙）、《岳鄂王歌》（张宪）、《岳鄂王歌》（杨维桢）、《古墙行》（郑元祐）、《宋岳德裕如大都》（方回）、《竹枝词》（倪瓒）、《岳坟行》（迺贤）等。第二类围绕岳飞之死，重在批判高宗昏聩、秦桧奸诈，对岳飞孤忠表达同情感慨。代表作有：《岳王祠》（李孝光）、《岳鄂王坟上作》（张昱）、《满庭芳·看〈岳王传〉》（周德清）、《西湖岳王坟》（尹廷高）、《岳武穆精忠庙》（白珽）、《岳鄂王墓》（赵孟頫）等。第三类，写岳飞开始和其他历史人物合祠祭祀的情况。代表作是吕彦贞的《四贤祠》。该诗小序写道："祠祀范文正公、岳武穆王、胡文定公、文忠烈公。"除了以岳飞为主要人物的诗歌，还出现了吟咏岳飞故事中的配角的诗歌。比如张昱的《咏何立事》、王逢的《银瓶娘子辞有引》、杨维桢的《银瓶女》。

二、人物

元代岳飞抗金英雄形象首次从中兴四将之末跃至首位，这在方回的诗歌《送岳德裕如大都》、郑元祐的诗歌《古墙行》和杂剧《宋大将岳飞精忠》中都有所反映。岳飞在忠奸斗争中抗争性和妥协性交织在一起的冤臣形象使得他的忠臣形象更加丰富立体，这首次体现在孔文卿的杂剧《东窗事犯》当中。此外岳飞忠臣形象里掺入了空幻意识，也是一个新动态。这集中体现在两种文体：杂剧和散曲。岳飞神信仰在元代初期被忽略，后来在百姓、岳飞子嗣、地方官和朝廷的各方努力下，逐渐得到重视和精心呵护。这在《南村辍耕录》等笔记里有清晰记录。

秦桧形象持续走低。《宋史》直接把他列入《奸臣传》。《宋大将岳飞精忠》用戏剧手法揭露他卖国误国的奸臣嘴脸。《东窗事犯》写他在阴司恶有恶报。这都体现出人们对他的痛恨厌恶，此外在大量诗歌里，他也是作为忠臣岳飞对立面出现，遭到了强烈抨击与谴责。

至于高宗，元人对他的懦弱、自私和他对岳飞之死所担负的责任没有像宋人那样讳莫如深。随着时代变化，人们越来越能勇敢而又无所顾忌地审视高宗缺点并大加鞭挞。这在《宋史》《历朝通略》等史书和《东窗事犯》、元诗里都有所体现。

该时期一些岳飞故事中的配角也更为文学化。《氏族大全》写牛皋舞袖破敌。张昱的《咏何立事》咏叹入冥故事的主人公何立。此外何铸作为历史上岳飞一案的主审官，在《宋史》里因为看到岳飞“尽忠报国”的刺字而大为感动，转而向秦桧提出反对意见。在这种虚构的情节中，他的形象更为高大。银瓶形象因为与缇萦、精卫相提并论而得到提升。

三、情节

刺字情节首次出现在《宋史·岳飞传》《宋史·何铸传》。岳飞冤魂向皇帝倾诉、请他为自己伸张正义的情节，首次见于《东窗事犯》。岳飞和秦桧白热化的唇枪舌战情节首次出现在《宋大将岳飞精忠》。此外，还有一些情节在宋代基础上更加稳固。例如秦桧冥报故事的主人公逐渐固定为何立。故事结构固定为：入冥—目睹秦桧地狱惨状—返回人间、宣传果报思想。

第三节　明清时期：岳飞故事的繁荣期

一、文本简况

史书方面代表作品主要涉及《宋史纪事本末》《资治通鉴后编》《明会典》《明史纪事本末》《明儒言行录》《皇朝通典》等。这些史书对岳飞的记录延续了前代的书写方式，从抗金平寇、含冤而死、平冤昭雪几方面讨论和岳飞相关的史实。在这些史书当中，岳飞故事和时事的紧密结合成为一个新动态。当人们遇到困惑的现实问题(特别是政治问题)，往往援引岳飞故事进行讨论，试图从中找到解读现实的途径。这一点在清代谷英泰的《明史纪事本末·东林党议》一节有很好的反映：

> (崇祯十五年)八月，召还黄道周，仍任少詹事。时周延儒承上眷最深，凡人怒莫能回，延儒能谈言微中。先是，道周在狱，人谓必不可救。延儒以微词解之，得减放。至是，上偶言及岳飞事，叹曰："安得将如岳飞者而用之?"延儒曰："岳飞自是名将。然其破金人事，史或多溢辞。即如黄道周之为人，传之史册，不免曰其不用也，天下惜之。"上默然，甫还宫，即传旨复官。①

史书方面的另一个新动态是，清代统治者也加入了对岳飞品评的行列，而且颇为认真地围绕岳飞以及相关南宋史实写了一些文章，比较有

① 王德保，岳朝军．文渊阁四库全书岳飞资料汇编[M]．北京：中国社会科学出版社，2015.

代表性的是康熙的《宋高宗父母之仇终身不雪论》。文章高度肯定了岳飞的对内忠君之情，却对他对外的抗金行为不以为然。

此外，方志作为明清时期承载岳飞故事、特别是岳飞神信仰状况的重要载体，也不容忽视。据笔者统计，明清阶段约有 18 种方志对岳飞神信仰进行了记录，反映了岳飞庙和其他神灵合祠祭祀的状况。首先，在《湖广通志》里首次出现了岳飞和屈原、马援、唐介共同祭祀的现象。该书卷二十五《祀典志【祠庙附】·常德府·武陵县》记载："四贤祠，在府学前，祀屈原、马援、唐介、岳飞。"其次，在《姑苏志》首次出现了岳飞和张巡、伍子胥共祀的现象。该书卷二十八《吴江县》记载："三忠祠，在长桥。洪武元年，知州孔克中立，以奉吴伍子胥、唐张巡、宋岳飞。"第三，在《明一统志》首次出现了岳飞和文天祥、谢枋得共祠的现象。该书卷四十九记载："大忠祠，在府城四道后街，祀宋忠臣岳飞、文天祥、谢枋得三人。"这些不同时代的英雄豪杰之所以能够"上下千年同室坐"，正是因为"物以类聚，人以群分"，他们的性情品质存在高度一致性。

笔记方面除了转述宋、元时期笔记已经提到的内容，还有一些新内容涌现，大致可以分为五类。第一类将岳飞和奸臣的生前对抗延伸到岳飞去世后他的亡灵和奸臣亡灵及其奸臣后代的对抗上。代表作为《坚瓠集》《玉几山房听雨录》《池北偶谈》《埋忧集》。第二类记录岳飞戏对人"熏浸刺提"的功效，代表作是清代焦循的《剧说》。第三类集中在对岳飞信仰的记录上，代表作《西湖游览志》《万历野获编》《酌忠志》《静志居诗话》《香祖笔记》《春明梦余录》。第四类写岳飞、秦桧转世投胎前世今生的故事，比如《见闻录》《埋忧集》。第五类反映岳飞外表，比如《七修类稿》里称岳飞为"大小眼将军"，又比如阮元《石渠随笔》卷三《刘松年宋中兴四将图》描绘了岳飞的外貌特征。

小说方面，分为文言小说和白话通俗小说。前者的代表是《续东窗事犯传》《秦桧》。《续东窗事犯传》写胡迪骂阎，出自明初赵弼所作的传奇小说集《效颦集》。该书笔法效法洪迈，故曰"效颦"。《秦桧》条收录在蒲松龄《聊斋志异》当中，写秦桧转世为猪和奸臣跪像的变迁：

青州冯中堂家，杀一豕，燖去毛鬣，肉内有字云："秦桧七世身。"烹而啖之，其肉臭恶，因投诸犬。呜呼！桧之肉，恐犬亦不当食之矣！

闻益都说：中堂之祖，前身在宋朝为桧所害，故生平最敬岳武穆。于青州城北通衢旁建岳王殿，秦桧、万俟卨伏跪地下。往来行人瞻礼岳王，则投石侩、卨，香火不绝。后大兵征于七之年，冯氏子孙毁岳王像。数里外，有俗祠"子孙娘娘"，因舁桧、卨其中，使朝跪焉。百世下，必有杜十姨、伍髭须之误，甚可笑也。

又青州城内，旧有澹台子羽祠。当魏珰炬赫时，世家中有媚之者，就子羽毁冠去须，改作魏监。此亦骇人听闻者也。①

后者的代表作是《大宋中兴通俗演义》《岳武穆精忠传》《岳武穆尽忠报国传》《西游补》《说岳全传》《后水浒传》《续金瓶梅》等。《大宋中兴通俗演义》是熊大木作的文学史上第一部关于岳飞的白话通俗小说，又名《大宋演义中兴英烈传》《大宋中兴岳王传》《武穆王演义》等，8 卷 80 则，叙岳飞一生经历，同时也夹杂韩世忠、吴玠、吴璘等其他南宋名将事迹。创作理念上受到"羽翼信史""史贵于文"传统观念的影响，题材来源取材史书，收录各种文献资料，按史铺演，对于史的推崇贯彻全书，他的书写方式被陈大康《明代小说史》概括为"熊大木模式"，开创了岳飞故事的新纪元。《岳武穆精忠传》，作者是否邹元标学界尚有争议，从内容看实为熊大木《大宋中兴通俗演义》删节本。《岳武穆尽忠报国传》，作者为明末进士于华玉、门人余邦缙，就内容而言该书也是《大宋中兴通俗演义》的删节本。《后水浒传》写的是南宋初年洞庭湖杨幺起义之事。《西游补》《续金瓶梅》拓展了入冥母题下的秦桧冥报故事。

---

① （清）蒲松龄．聊斋志异[M]．北京：中华书局，2015.

《说岳全传》是说岳故事的集大成之作。编次者钱彩和增订者金丰生平资料匮乏，学界多认为这两人是下层文人。该书创作理念比较先进，金丰曾在《说岳》序中交代："从来创说者，不宜尽出于虚，而亦不宜尽出于实。苟事事皆虚，则过于诞妄，而无以服考古之心；事事忠实，则失之平庸，而无以动一时之听。"①这种进步的小说观推动该书艺术成就达到说岳故事的顶峰。就内容而言，该书六十回前虚实相生，六十回后写岳飞去世后的身后之事，则基本上不受史传所限制，想象和虚构皆非常大胆。

诗歌方面，就内容而言，第一类重在颂扬岳飞精神、赞美岳飞才能、叹息岳飞命运、表达追慕之情。代表作有：《淮安忠武王祠》(袁华)、《栖霞岭》(钱子义)、《岳王墓》(高启)、《哭岳飞》(黄福)、《尉氏怀古》(李昌祺)、《栖霞岭上》(夏基)、《谒岳王坟次东坡韵》《三怀诗》(陈如纶)、《岳飞墓次吴府判韵》(克新)、《朱仙镇谒岳王庙》(王九思)、《莫须有》(朱显槐)、《朱仙镇岳祠》(施闰章)、《岳庙》(侯方域)、《岳武穆王墓》(洪昇)、《恭和御制岳武穆墓诗元韵》(沈德潜)、《岳少保墓》(方孝标)等。第二类思考岳飞之死，重在批判高宗和秦桧。代表作有：《岳王墓》(陶安)、《咏史十五首·岳武穆》(陶安)、《岳鄂王墓》(张羽)、《岳王墓》(邓林)、《谒鄂王祠》(韩雍)、《谒朱仙镇武穆祠》(沈周)、《读〈精忠录〉》(浦杲)、《三字狱》(李东阳)、《谒武穆》(李昆)、《谒岳武穆王墓》(李渔)、《三字狱》(吴翌凤)、《岳忠武墓》(钱大昕)、郑鄤的《题小人图》等。

第三类吟咏的是岳飞故事里面的其他人物。比如陈懿典的《施全咏》、茅元仪的《题宋义士施全庙》、沈虹的《岳母祠》等。

戏剧方面也非常繁荣。明清时期岳飞戏主要有《岳飞破虏东窗记》《精忠记》《精忠旗》《岳飞大破太行山》《岳飞三箭吓金营》《施全祭主行

---

① (清)钱彩编订，金丰增次．说岳全传[M]．北京：人民文学出版社，2014.

刺》《岳夫人收尸》《金牌记》《阴抉记》《龙虎啸》《后精忠》《夺秋魁》《如是观》《牛头山》《碎金牌》《快人心》《大造化》《扫秦》《朱仙镇》《镇潭州》《八大锤》《挑滑车》《岳家庄》《岳母刺字》《汤阴县》《潞安州》《岳侯训子》《枪挑小梁王》《王佐断臂》等。其中《岳飞破虏东窗记》简称《东窗记》，是最早一部搬演岳飞一生事迹的戏剧作品。《精忠记》是《东窗记》的改写本，这两部戏首次刻画岳飞的愚忠形象。《精忠旗》由冯梦龙改编、李梅实创作而成。在《精忠旗》序言中冯梦龙称："旧有《精忠记》，俚而失实，识者恨之。从正史本传，参以汤阴庙记事实，编成新剧，名曰《精忠旗》。"①该剧在真实和艺术之间求取平衡，既能反对浪演，又能较为合理地虚构，依据史书增添了若水效节、书生扣马、世忠诘奸等情节。同时突破史实限制，将赐旗背景置换为抗金。《如是观》《碎金牌》等是岳飞戏中的翻案之作，按照人们的美好善良愿望重写了岳飞命运，融入更多虚构和喜剧元素。《夺秋魁》打破了以往戏剧专注于写岳飞抗金和冤死的书写惯性，第一次以未成名时的岳飞为主人公形象，讲述他的成长故事。《大造化》《续精忠》《岳家庄》等主要是刻画岳家小将的作品。

说唱文学也是该时期重要的故事载体。代表作有：弹词《精忠传弹词》《十二金牌弹词》，子弟书《胡迪骂阎》《调精忠》，宝卷《精忠宝卷》《伏魔宝卷》《护国灵威降恩真君宝卷》，八角鼓《精忠》，石派书《风波亭》，南词小引《岳武穆》，鼓子曲《岳武穆奉诏班师》等。

雕刻、绘画作品方面，明代武穆半身遗像画像碑已经在1937年的武汉出土，但不够清晰；明代在岳飞墓前设置的罪人秦桧、王氏、万俟卨、王俊下跪铁像是非常重要的文化景观，现在杭州岳王庙里还可以看见秦桧等跪像；《精忠录》里录有三十多副战功图和岳飞画像价值颇高；明代《历代功臣像轴》里的《宋岳飞座像轴》保存较好，也有很高的研究价值；此外清代杨柳青年画、清代宗教画如《道正宗师图》《八大元帅像

① 苏毅．中国古典戏曲序跋汇编[M]．济南：齐鲁书社，1989.

轴》也有岳飞身影。

二、人物

岳飞的“忠”逐渐呈现出愚忠化的趋势。从明代《东窗记》开始，岳飞形象里面的愚忠特征正式萌芽；再到《精忠记》，这种趋势持续加强；发展到清代《说岳全传》，岳飞愚忠形象多方位立体化表现得淋漓尽致；到清末《岳侯训子》，已经愚不可及。把握住这几个关键性节点，我们可以看到，随着集权统治的不断强化，岳飞身上的愚忠色彩日益加深。另外，岳飞还在该时期因为民间结义情节而被赋予了草莽色彩和江湖气息，这集中体现在《说岳全传》和一些说唱作品。从《如是观》《夺秋魁》《说岳全传》《后水浒传》《枪挑小梁王》等一系列作品开始，岳飞又因为武状元身份的获得、牛皋的烘托而更好地体现出儒将风采。此外，多种神格的加持使得岳飞神信仰更加繁荣，不仅有官方祭祀，也有民间百姓追随，不仅在群体事件中扮演着主持公道的精神寄托角色，也逐渐开始通过和行业神共祀于一庙而得以和百姓日常生活走得更近。还有一点值得注意：岳飞对奸臣及其子嗣的复仇性较之以往更加强烈。这集中于《坚瓠集》《玉几山房听雨录》等文献中。该阶段岳飞的感情生活也成了百姓津津乐道的话题，从一个感情生活略带落寞和遗憾色彩、被前妻抛弃又再婚的无奈形象变成一个感情美满幸福的形象，这为他的儒将形象涂上了世俗化色彩。这种转折发生在《夺秋魁》和《金莲仙史》《说岳全传》等作品中。

高宗在明清诗文、史书里被鞭挞的比较厉害。文徵明的《满江红·题宋思陵与岳武穆手敕墨本》比较有代表性，充分揭露了他的懦弱、自私、残忍：

> 拂拭残碑，敕飞字，依稀堪读。慨当初，倚飞何重，后来何酷。果是功成身合死，可怜事去言难赎。最无辜，堪恨更堪悲，风

波狱。岂不念，中原蹙；岂不惜，徽钦辱，但徽钦既返，此身何属。千古休夸南渡错，当时自怕中原复。笑区区、一桧亦何能，逢其欲。①

类似诗歌不胜枚举。例如茹纶常诗云：“儿皇帝前臣构后，传之史册洵可丑。十二金牌促班师，遂弃中原如敝帚。”计发诗云：“高庙有心诛大将，两宫无骨瘗龙沙。”孙原湘诗云：“构兮构兮木不良，大厦以桧为栋梁，长城如檀翻见戕。”方孝标诗云：“向使二圣还，康王何所适。君心在偏安，小人何能逆。”张埙诗云：“父老争传三字酷，君王不喜两宫回。”

除了诗歌，史书对高宗的罪责也洞若观火。张尚瑗的《三传折诸·左传折诸》卷七犀利指出，高宗是杀死岳飞的元凶：“宋高宗杀岳武穆，金人酌酒相贺。毁干城以资敌国，古来此等甚多。”②此类分析评论，在明清不计其数。这或许和史学的繁荣、朴学的兴盛有关。

但区别于史书和诗歌，在小说、戏剧里为了凸出奸臣之奸，通常把高宗塑造成一个被奸臣蒙蔽了圣聪的角色，对他的批评也比较缓和，这意味着在文学作品里，他坑杀岳飞的主导性被削弱，而岳飞和秦桧的矛盾相应加强。如果说历史上真实的岳飞要面对的内部政治矛盾是与统治者和奸臣的双重矛盾，那么明清小说和戏剧里的岳飞要面对的主要内部矛盾则主要体现在和奸臣的较量上。

秦桧和王氏：秦桧夫妇被写得“奸者愈奸”，和金兀术的勾结越发不堪，这种现象首先出现在《精忠旗》和《如是观》里。此外在翻案戏的推动下，他们的结局不仅仅是在死后接受阴间惩罚，而且生前接受了岳飞的正义审判。在一系列入冥故事里，他们在地狱受到的惩罚也越来越

① 傅炳熙，傅乃芹．宋元明清咏岳飞广辑［M］．郑州：中州古籍出版社，2015.

② 王德保，岳朝军．文渊阁四库全书岳飞资料汇编［M］．北京：中国社会科学出版社，2015.

沉重。除了戏曲和小说，人们常常在诗文里对他们进行无情鞭挞。质言之，秦桧和王氏的奸臣形象到清代由于虚构等手法的运用，被塑造得越发令人不齿。

金兀术：金兀术到了明清阶段，形象起了重要变化。他狼狈、凶残的特征在岳飞故事里逐渐消减、淡化；与此同时，生出了辨忠奸、识礼数、宽厚仁慈等颇多深受儒家肯定的优点。这集中体现在《如是观》《说岳全传》等作品里。

岳家小将：岳家小将群体在明清戏份逐渐增加，他们的崛起体现出对岳飞忠孝精神的致敬。除了历史上确有其人的岳云、岳雷参加战斗，虚构而生的岳电，甚至银瓶也开始参战。见《小英雄》《说岳全传》《大造化》《岳家庄》。

此外，岳飞故事里涌现出一些新的人物，比如胡迪、孙悟空、佛舍、道月和尚等。胡迪首次出现在《续东窗事犯传》。孙悟空在岳飞故事里的首次亮相是在《西游补》里。佛舍首次出现于《金瓶梅续书》当中。道月在明代《东窗记》《大宋中兴通俗演义》等作品里开始出现。原有的人物关系也有变动，王贵、牛皋等本是岳飞属下，但明清阶段他们逐渐因为结义而成为了岳飞的好兄弟，关系更加密切。

三、情节

该时期情节依然以岳飞奇生、抗金、班师、死亡、平冤等为核心事件。一方面尊重了史实，许多重大事件皆在史书里有迹可循。另一方面又大胆创造出许多新情节。就岳飞出生故事而言，在南宋时期猪精转世说、鹄鸟说基础上衍生出了焕然一新的张飞转世说、张辅转世说、大鹏金翅鸟转世说。就岳飞抗金故事而言，王氏和金人的勾结使得敌情越发复杂，斗争越发困难。此外，岳飞朱仙镇班师回朝的故事也发生了变动，他被十二道金牌召回后写信骗岳云和张宪同去赴死、风波亭就义是这个故事里新出现的两个新情节。就岳飞和秦桧忠奸斗争而言，翻案戏的出现改写了充满遗憾的结局，他得以大破金兀术并亲自审问秦桧等人。除了上述情节，岳飞英灵向奸臣及其子嗣复仇、岳家小将子承父志保家卫国也开始陆续出现。

巴尔特的叙事理论认为，故事里面重要的事件可称之为“核心”事件（Kernel），意义相对小的则称“卫星”事件（Satellites）；“核心”不能省略，省略掉会破坏基本的叙事逻辑，而“卫星”事件不那么重要，即使省略，故事的逻辑也不会遭到破坏，还可以重新布局，甚至让其他“卫星”事件取而代之。这个理论对于审视岳飞故事颇有启发。如果说以上提及的很多情节可以被视为“核心”情节，那么周三畏遵训赠宝剑、岳飞作为武举子赴汴京应试并枪挑小梁王、牛皋扯旨、王佐断臂、岳夫人收尸等大量情节则可视为新出现的卫星情节。

第二章　岳飞故事与爱国主题

岳飞之所以在中国文学史上占据非常重要的一席之地，得到许多作家和读者的喜爱与尊敬，和他抗金故事所体现出来的爱国文化是分不开的。他的以爱国主义为核心的民族精神以及在这种精神主导下的各种爱国实践活动构成了一种蓬勃向上、坚韧不拔的内在文化驱动力，激励了世代中国人为维护国家和人民利益而奋勇拼搏。甚至在日本发动侵华战争、中华民族面对最严峻考验的时候，他还被塑造为能够凝聚全民族同心协力、一致抗战的精神旗帜和文化符号，其影响力可见一斑。

学界从史学角度关注岳飞爱国事迹的文章汗牛充栋，然而系统、全面地以动态视角考察宋、元、明、清时期岳飞爱国故事演变轨迹与文化内涵的学术成果颇为少见。本文拟围绕这个问题做一番探讨。

第一节　爱国文化概论

岳飞为反抗金人入侵、捍卫南宋朝廷和人民的利益作出了可歌可泣的不朽贡献。我们认为岳飞是当之无愧的具有爱国主义精神的民族英雄。然而在如何称誉岳飞问题上，曾存在争议。争议来自两个方面。第一点以《全日制普通高级中学历史教学大纲(试验修订版)》为代表，认为宋金战争不是国与国侵略与反侵略的战争，一个是汉族，一个是女真族，所以是兄弟民族“家里打架”，岳飞没有反抗外来民族侵略、保家卫国的功劳，也就不能称为“民族英雄”。第二点以潘毅的《岳飞不能称为中华民族的民族英雄》为代表。他认为，由 56 个民族组成的中华民族大家庭，是元朝以后才形成的，岳飞是远在中华民族大家庭形成前出现的“民族英雄”，因此只能称为“汉民族英雄”。

龚延明教授对这两点皆提出有力辩驳。针对第一点，他提出，岳飞抗金不是“兄弟阋墙、兄弟打架”的战争，因为考之史实，女真族领袖阿骨打 1115 年建立的大金，“是与宋王朝对峙的独立国家，这是毫无疑问的铁的事实”。① “金王朝发动对宋王朝的战争，完全是一场血腥的掠夺战争。”②基于这种认识，龚延明教授认为，宋金战争用“兄弟阋墙、兄弟打架”来掩饰其性质是完全不妥当的。

至于第二点，龚延明教授指出：“中华民族的形成，是一个数千年渐进的过程，不同历史时期有不同的中华民族的内涵。”那种认为“中华民族大家庭是在元朝以后开始形成的”的说法源于对历史的无知。此外，龚延明教授指出，“岳飞抗金不可能仅仅代表汉族人为保卫先进的宋代文明而战，当然包括了宋疆域内的少数民族利益在内，承认了岳飞是南宋抗金的民族英雄，难道不就是承认了中华民族英雄了吗”？“仅仅因为岳飞是汉族人，曾与少数民族女真人作战，就‘避嫌’‘谦让’民族英雄的历史地位，不但不能加强民族团结，相反，只能搞民族分裂”。③

本文支持龚延明教授的观点。在此基础上我们认为，不仅仅那些国家与国家之间发生冲突矛盾时候挺身而出反抗侵略的人是民族英雄，那些在民族与民族之间发生矛盾时站在正义一方为反抗其他民族入侵、保卫领土、维护民族利益与尊严、捍卫人民生命与财产安全而浴血奋战的豪杰也可以被视作民族英雄。因此，在近代涌现出的抵抗外国侵略的林则徐、邓世昌、关天培、冯子材，以及国共两党的千千万万浴血抗侮、保家卫国的抗日英雄可以被称为民族英雄；在中国古代涌现出的霍去

---

① 龚延明．岳飞研究[M]．北京：人民出版社，2008.

② 龚延明．岳飞研究[M]．北京：人民出版社，2008.

③ 龚延明．岳飞研究[M]．北京：人民出版社，2008.

病、文天祥、于谦等站在正义一方抵抗外族侵略的军事人才可以被称为民族英雄。

民族英雄的核心是爱国主义。《辞海》将"爱国主义"解释为："是对祖国的忠诚和热爱。是千百年来巩固起来的对自己的祖国的一种最深厚的感情。它在不同的历史时期和对不同的阶级有不同的内容。"①这种解释强调的是情感要素。也有学者不满这种简单的界定，他们认为爱国主义是"把关心和维护祖国利益、推动祖国进步作为自己最高职责的思想观点和行为准则"，这主张的是"情"与"行"的融合，以爱国之情为基础，以报国行为为关键，以强国之心为动力。我们认为这种理解更加准确严谨。

爱国之情很好理解，是对祖国的热爱。这种热爱之所以产生，有时是基于"我们的幸福依赖于国家安全"这样一种理性判断。正如多里亚曾指出的那样："人民应当如同植物对其土壤一样热爱他们居住的国家，因为如果国家一旦解体了，他们就不能享受其财产、人身安全以及所有生命的福祉了。"②但更多时候，人们爱国之情的产生，是源于一种直接经验："如果其经验是生活在那里令人愉快且安全，那么他们就可能热爱祖国，而这又通过公正、一致与好习俗来得以实现。"③

爱国之情发乎于心，体现为报国之行，具体方式因人而异、多种多样。对于民族英雄们而言，投入舍生忘死的反侵略斗争中，是爱国行为当中最具说服力的一种体现。比如西汉霍去病面对匈奴南下掠夺、骚扰中原民族、"暴害滋甚""反复无信，百约百叛"的暴行，投入到反击匈奴的战争中，以过人胆识和出色军事作战能力取得河西之战、漠北之战的伟大胜利，《史记》称他"最骠骑将军去病，凡六出击匈奴，其四出以

① 辞海编辑部．辞海[M]．上海：上海辞书出版社，1980.

② 毛里齐奥·维罗里著，潘亚玲译．关于爱国——论爱国主义与民族主义[M]．上海：上海人民出版社，2016.

③ 毛里齐奥·维罗里著，潘亚玲译．关于爱国——论爱国主义与民族主义[M]．上海：上海人民出版社，2016.

将军，斩捕首虏十一万余级”①，为汉匈战争立下汗马功劳。而对于那些不擅长行兵打仗的读书人，将自己对家国的感情倾注到艺术作品中，也是一种具有感染力的爱国方式，这方面最有代表性的是屈原。屈原处于战国后期七国纷争的年代。当时七国当中，秦楚最强，有所谓“纵合则楚王，横成则秦帝”一说。然而楚国政治被一些没有远见、苟安享乐的腐朽贵族集团把持着，以至于形成了“群臣相妒以功，谄谀用事，良臣斥疏，百姓心离，城池不修”②的局面。在这种情势之下，屈原关心楚国的前途和命运，为了强盛楚国而四处奔走，内政方面奉令起草“宪令”，修明法度，举贤授能，限制旧贵族利益；外交方面两次出使齐国，合纵抗秦，然而却因为贵族势力的诬陷而失去楚王信任，楚王“怒而疏屈平”，两次流放屈原。在这种官场失意、屡遭放逐的逆境里，屈原仍然坚持理想而矢志不渝，被逐后仍“眷顾楚国，系心怀王，不忘欲反”(《史记·屈原列传》)，写下《离骚》等爱国诗篇，以“长太息以掩涕兮，哀民生之多艰!”抒发对人民苦难的同情，以“阽余身而危死兮，览余初其犹未悔”表白自己坚持理想、忠于祖国的心迹。屈原以后，许多心系国家命运的文人也以笔写心，表达出渴望报效国家、为国出力的宏伟志向，成为了屈原的异代知音。比如李贺以诗明志，“男儿何不带吴钩，收取关山五十州”“桥头长老相哀念，因遗戎韬一卷书”。又比如杜甫，他虽然生活坎坷、处境艰难，却仍然有着“致君尧舜上，再使风俗淳”的强烈使命感，以诗歌关心百姓的疾苦与国家命运。此外，需要指出的是，在中国历史上也有一批爱国之士，其爱国方式实现了上述几种方式的交融并汇。他们既能在国家或者民族遭受危难时慷慨从戎、挥戈跃马、征战沙场，也能够翰墨淋漓，书写动人心魄的爱国主义文学作品。比如陆游曾经亲自参与抗金恢复大业，亲身投入到金戈铁马的抗金战斗中，此外，他还做到了“六十年间万首诗”，以文学的方式记录了

① (汉)司马迁．史记[M]．北京：中华书局，1959.

② 杨冬．尚书·国语·战国策[M]．呼和浩特：远方出版社，1998.

自己的爱国感情。他叹息“太息贫家似破船，不容一夕得安眠”(《太息》)。他宣誓：“飞霜掠面寒压指，一寸赤心唯报国!”(《江北庄取米到作饭香甚有感》)甚至在卧病在床时，也依然“僵卧孤村不自哀，尚思为国戍轮台。夜阑卧听风吹雨，铁马冰河入梦来”。去世前还叮嘱“王师北定中原日，家祭无忘告乃翁”。又比如范成大，他曾亲自参加抗金斗争，并将个人生死置之度外，以一种大无畏精神代表宋出使金进行谈判，据史书记载，“临行帝谓之曰：‘朕以卿气宇不群，亲加选择。闻外议汹汹，官署皆惮行，有诸?’成大对曰：‘无故遣使，近于起衅，不执则戮。臣已立候后，为不还计’”。① 此外他还留下大量使金诗，表达对金人的痛恨、对宋文化的骄傲。又比如林则徐，既能力主禁销鸦片、反抗外国侵略，又能书写“苟利国家生死以，岂因祸福避趋之”这样的爱国名篇。可以说，陆游、范成大、林则徐等人本身是文武双全的复合型人才，所以他们的爱国方式也比较多元，既可以有征战沙场、出生入死的冒险，也可用生花妙笔传达对国家与民族的热爱。岳飞本身是一位文武全器的将才，因此，他的爱国行为实践也实现了军事行动、文学创作等多种方式的交融。

第二节　宋代：岳飞爱国故事的初始期

作为家喻户晓的民族英雄，岳飞的爱国者形象在宋代已经确立，他是征战沙场、反抗侵略的民族英雄，也是以笔写心的爱国主义作家。对于这位爱国志士，宋代史书、笔记里面承载着关于他的丰富记载，此外岳飞本人的诗文以及别人书写他爱国者形象的诗文，也是人们了解他的重要文献资料。这些材料为以后的文学创作提供了现实依据和进一步加工创造的灵感。就内容而言，此时期他和高宗之间表达政见的书信往来、巧使计谋智破伪齐的壮举、牛头山之战、郾城之战、朱仙镇之战的

① (明)陈邦瞻. 宋史纪事本末[M]. 北京：中华书局，1977.

辉煌战绩，以及他大量的诗文创作皆同爱国主题息息相关。

一、宋代岳飞爱国故事的历史还原

岳飞是历史人物，史书是岳飞故事的起始点。南宋史书记载了岳飞爱国故事的历史原貌，为我们确立了了解岳飞真实爱国者形象的坐标。

(一)直言上书，不畏权贵

岳飞赤胆忠心，“胆气堂堂贯斗牛，誓将直节报君仇”。他的奋斗目标是“殄胡虏，复三关，迎二圣，使宋朝再振，中国安强”。① 然而高宗却并不以此为真正目标。高宗的顾虑大而言之有两点。首先，宋代军事以守为主，总体比较被动，在崇文抑武的国策下，军事能力发展受到很大限制，所以对南宋军事作战能力缺乏信心，他顾虑到，如果不仅不能殄灭胡虏，反而激怒了他们，那自己岂不是连半壁江山都保不住？其次，他也担心如果真的迎回二圣，自己的位置又当如何安放的问题。因此高宗和主张求和的秦桧等人意见比较一致。然而岳飞并不因为面对的是皇权与权臣而改弦更张、明哲保身，而是坚定不移地反复表达自己主张抗金的观点态度。

早在岳飞人微言轻之时，他就为了唤醒统治者对政局的清醒认识而把个人利益置之度外，大胆谏言。建炎元年五月，赵构初称帝，不肯顺应民心从南京(河南商丘)返回汴京、担当起抗金大任。他提出的“京师未可住，当巡幸中原，为避敌之计”意味着采取了规避敌人的消极战略。岳飞大为不满，越级、越职提出：

> 奉车驾日益南……有苟安之渐，无远大之略，恐不足以系中原之望。为今之计，莫若请车驾还京，罢三州巡幸之诏。乘二圣蒙尘

① (南宋)岳珂编，王曾瑜校注．鄂国金佗稡编续编校注[M]．北京：中华书局，1999.

未久、敌穴未固之际，亲帅六师、迤逦北渡，则天威所临，将帅一心，士卒作气，中原之地指望可复。①

岳飞的这份书奏“大忤用事之臣”，于是得到“小臣越职，非所宜言，夺官归田里”的处分。然而岳飞并不曾因为这种打击而放弃原有的抗金立场，事实证明，随着军事才华的显露、政治地位的上升，他慷慨谏言的次数也越来越多。在很多写给高宗的劄子里都坚定不移地表达出自己主张积极抗金的政治立场和收复河山的强烈愿望。

比如在《乞会诸帅兵破敌奏》里，他呼吁：

臣契勘目即上流未有贼马侵犯，欲乞圣慈令臣提军前去，会和诸师，同共掩击，兵力既合，必成大功。伏望速赐指挥施行。谨录奏闻，伏候敕旨。②

在《乞乘机进兵劄子》里他写到：

臣契勘金贼近累败衄，其虏酋四太子等皆令老小渡河。惟是贼众尚徘徊于京城南壁一带，近却发八千人过河北。此正是陛下中兴之机，乃金贼必亡之日，若不乘势殄灭，恐贻后患。伏望速降指挥，令诸路之兵火急并进，庶几早见成功。取进止。③

在《乞出京洛奏略》里，他提议：

① (南宋)岳珂编，王曾瑜校注．鄂国金佗稡编续编校注[M]．北京：中华书局，1999.

② (南宋)岳珂编，王曾瑜校注．鄂国金佗稡编续编校注[M]．北京：中华书局，1999.

③ (南宋)岳珂编，王曾瑜校注．鄂国金佗稡编续编校注[M]．北京：中华书局，1999.

契勘虏既举国来寇，巢穴必虚，若长驱京、洛，虏必奔命，可以坐制其弊。①

此外，当高宗企图诱惑他放弃主战立场、不做和议绊脚石时，他的态度也丝毫不为所动。绍兴八年七月，皇帝希望他肯定议和，他却坚定不移地回答："夷狄不可信，和好不可恃，相臣谋国不臧，恐贻后世讥议。"这既使得秦桧衔恨，也使得皇帝颇为不悦。

绍兴九年，南宋正式宣告和金人达成和议，宋作出巨大让步，内容包括宋向金称臣纳贡、宋每年向金缴纳25万两白银，25万匹布等。高宗和议成功，仍然对耿直的岳飞心有余悸，特地写御札美化求和，遮掩宋方损失，企图获得岳飞支持。岳飞并不领情，让幕僚张节夫起草了明褒暗讽的《谢讲和赦表》来摆明态度。皇帝见此并不甘心，又以加封"开府仪同三司"、增加食邑等方式笼络岳飞。而岳飞又通过上书辞免的方式再次申明立场。《鄂国金佗稡编》曾经清晰记载过此事：

绍兴九年正月，复河南，赦天下，飞表谢，亦寓和议未便之意。十一月，授飞开府仪同三司，加食邑。时三大帅皆以和议成，进秩一等。飞独力辞，且谓："虏情变诈，可忧而不可贺，可训以备不虞，不可行赏论功，取笑夷狄，万一臣冒昧而受，将来虏寇叛盟，似伤朝廷之体。"上三诏，犹不受，复温言奖激，不得已，乃拜。②

由此可见，岳飞的抗金立场没有在皇权压力面前改弦更张，他的爱国原则与恢复之志是坚定不可动摇的。

---

①（南宋）岳珂编，王曾瑜校注．鄂国金佗稡编续编校注[M]．北京：中华书局，1999.

②（南宋）岳珂编，王曾瑜校注．鄂国金佗稡编续编校注[M]．北京：中华书局，1999.

(二)翰墨淋漓，秉笔写心

岳飞的爱国之情不仅仅贯穿在立场坚定、敢于直谏的实际行动中，也体现在他的诸多律诗、词、题记、檄文和奏略、劄子当中。他在《广德军金沙寺壁题记》里抒发了对金人的痛恨以及对迎回二帝的强烈盼望："然俟立奇功，殄丑虏，复三关，迎二圣，使宋朝再振，中国安强，他时过此，得勒金石，不胜快哉！"在《题翠岩寺》里，也体现出击退敌人、迎回二帝的壮志："行复三关迎二圣，金酋席卷尽擒归。"此外，这种爱国情怀在《满江红·写怀》里得到了最集中体现：

怒发冲冠，凭栏处，潇潇雨歇。抬望眼，仰天长啸，壮怀激烈。三十功名尘与土，八千里路云和月。莫等闲，白了少年头，空悲切！

靖康耻，犹未雪；臣子恨，何时灭。驾长车，踏破贺兰山缺。壮志饥餐胡虏肉，笑谈渴饮匈奴血。待从头，收拾旧山河，朝天阙！①

① 宋人记载中确实没有提到过这首《满江红》词。它的真伪性就变成了一个扑朔迷离的问题。这种争议在前文研究综述部分也有所述及。面对这个问题，本文支持的是王曾瑜先生的看法，认为它的作者是岳飞。王曾瑜先生之所以如此认为，是因为他把宋代史料搜索范围扩大到了明清载记中转引的宋人著述，并在里面有所发现。王曾瑜先生注意到，在清沈雄《古今词话》和康熙《御选历代诗余》卷117对南宋后期陈郁的《藏一话腴》进行征引时，比《豫章丛书》本多出了一段非常重要的文字："(武穆)又作《满江红》，忠愤可见。其不欲'等闲白了少年头'，可以明其心事。此外，清人潘永因《宋稗类钞》卷3《忠义》里有一则材料提到："武穆家谢诏雪表云：'青编尘乙夜之观，白简悟壬人之谮。'最工。武穆有《满江红》词云：'怒发冲冠，凭栏处，潇潇雨歇。抬望眼，仰天啸，壮怀激烈。三十功名尘与土，八千里路云和月。莫等闲白了少年头，空悲切！靖康耻，犹未臣子恨，何时灭？驾长车踏破，贺兰山缺。壮志饥餐飜恨(应为胡虏，乃出自清人篡改)肉，笑谈渴饮匈奴血。待从头收拾旧山河，朝天阙。'"通过材料比对发现这是《鹤林玉露》另一个版本，且根据该版本乙编自序所云年代为南宋淳祐辛亥(1251年)。这个时间晚于岳珂《鄂国金佗稡编》和南宋最后一版的刊印时间——端平元年(1234年)。由此可知，他反映的是《鄂国金佗稡编》成书后的新发现。"既然如今尚得以见到南宋后期有两处记载，《满江红》词确是岳飞所写，便无可疑者。"(王曾瑜先生语)笔者认同此说。

岳飞之所以在不同的文学样式里一以贯之地抒发爱国理想和经纶济世的宏愿，和以下两方面有密切联系。

首先，岳飞文学作品里的淑世襟怀受到了宋代重建儒家文统、道统的社会思潮影响。儒家传统积极入世精神历来提倡人们对社会现实问题热切关注、对道德人格自我完善，追求一种济世情怀。到了唐代，韩愈“文起八代之衰，道济天下之溺”，第一次全面、系统提出“道统”“文统”问题，旗帜鲜明地倡明儒道，反对佛老，注重文章的道义担当，为宋人树立了学习的榜样。宋人政治本质上是文人政治，社会中下层世俗地主知识分子通过科举进入仕途成为了社会真正的主人，掌握了上至宰相、下至州县官员的各个层级权力，这种政治地位决定了他们要将治国平天下作为一种应尽的义务，这个义务要求他们必须面对现实、解决实际问题，因此他们不满意五代以来浮靡轻艳的文风和片面注重辞藻与音律的做法，受到韩愈启发，做出了一系列恢复儒家道统和文统的努力。在欧阳修、范仲淹等人古文书写的努力下，宋代古文运动序幕正式被拉开。人们开始讲究文以明道，非常强调文学的政治教化作用。宋初文人回避社会矛盾的创作趋势得到有效遏制，经世致用的济世思想逐渐成为一种社会思潮，推动了诗文革新与儒学复兴的结合，强化了士人们的社会使命感和责任感。岳飞之所以反复以或慷慨激昂或沉郁苍凉的笔调书写恢复中原之志、重整山河之心，当是受到这种追求道统、文统结合的经世致用思潮影响。这种思潮给岳飞带来的影响在《鄂国金佗稡编》里也有提及：“臣窃惟先臣飞刻意于学，涉猎经史，尤喜《春秋左氏传》与孙、吴之书，不为章句，不事华靡，直欲致之实用。”①

其次，家庭教育对岳飞文学作品中涌动的爱国情思起到培养和壮大作用。《鄂国金佗稡编续编》曾经介绍过岳飞父亲岳和对幼年岳飞进行的爱国教育：

---

① （南宋）岳珂编，王曾瑜校注．鄂国金佗稡编续编校注[M]．北京：中华书局，1999.

生而有神力，未冠，能引弓三百斤，腰弩八石。尝学射于乡豪周同。一日，同集众射，自眩其能，连中的者三矢，指以示先臣，曰："如此而后可以言射矣。"先臣谢曰："请试之。"引弓一发，破其筈，再发又中。同大惊，遂以其所爱弓二赠先臣。后先臣益自练习，能左右射，随发輙中。及为将，亦以教士卒，由是军中皆善左右射，屡以是破敌锋。

同与先臣别，未几而死。先臣往吊其墓，悲恸不已。每朔望则鬻一衣，设卮酒鼎肉于同冢上，奠之而泣。引所遗弓，发三矢，又泣，然后酹酒瘗肉于冢之侧，徘徊凄怆，移时乃还。衣就尽，先臣和觉而索之，默不言，挞之亦不怨。后伺其出而窃从，往视之，尽见其所为，乃问之曰："尔所从射者多矣，独奠泣于周同墓，何也?"曰："飞向者学射于周君，而特与飞厚，不数日，尽其道以归。念其死，无以报，聊于朔望致礼耳。"又问其故，曰："射三矢者，汝异日得为时用，其徇国死义之臣乎!"先臣应之曰："惟大人许飞以遗体报国家，何事不敢为!"先臣和乃叹曰："有子如此，吾无忧矣!"①

此外，《鄂国金佗稡编》卷9《遗事》还记录下了岳飞母亲对他进行的舍小家、顾大家的谆谆教诲：

先臣天性至孝，自北境纷扰，母命以从戎报国，辄不忍。屡趣之，不得已，乃留妻养母，独从高宗皇帝渡河。河北陷，沦失盗区，音问绝隔。先臣日夕求访，数年不获。俄有自母所来者，谓之曰："而母寄余言：'为我语五郎，勉事圣天子，无以老媪为念也。'"乃窃遣人迎之，阻于寇攘，往返者十有八，然后归。先臣欣

① (南宋)岳珂编，王曾瑜校注．鄂国金佗稡编续编校注[M]．北京：中华书局，1999.

拜且泣，谢不孝。①

综合上述两则材料来看，无论是岳飞父亲还是母亲，都非常支持岳飞尽忠报国。当我们读到岳飞父亲对岳飞“惟大人许飞以遗体报国家，何事不敢为！”报国之志的肯定和赞叹时，我们能够强烈感受到岳和对儿子尽忠报国的期盼，哪怕儿子以身殉国也在所不惜。这种国家利益高于一切的爱国理念传递给岳飞后，势必成为他一种深入骨髓的信念，“不思量，自难忘”，常常非常自然地流诸笔端。

（三）征战沙场、反抗侵略

岳飞的主要事功是抗金。我们评价岳飞是民族英雄，主要基于他抗金的史实。岳飞曾自言其志：“自夷狄乱华，飞立志慷慨，誓不与贼俱生。自建炎初元至绍兴十一年，凡十余年间，屡与虏战。攘却群盗，出入江西、湖、广亦五六年。其志每以取中原、灭金虏为念。虽平大盗，如李成、曹成、马友、彭友、杨么，皆飞之功，然其经行见于诗咏，则以群盗为蝼蚁之群也，岂足为功，北踰沙漠，喋血虏廷，复二圣，还故疆，乃吾志耳。”②他将这种壮大的爱国情思贯彻到了杀敌报国、反抗侵略的实践行动中。

在抗金过程中，岳飞从一个普通士兵成长为位列三公的朝廷重臣和名重一时的抗金英雄。按照时间顺序，他的抗金过程可以分为以下几个阶段。第一阶段从宣和六年到靖康二年，以黄河以北为防守重点。第二阶段从建炎二年到建炎四年，以江南为防守重点。第三阶段从建炎四年后半年到绍兴七年。第四阶段从绍兴八年到绍兴十二年，这是岳飞抗金活动末期。

---

① （南宋）岳珂编，王曾瑜校注，鄂国金佗稡编续编校注[M]．北京：中华书局，1999.

② （南宋）岳珂编，王曾瑜校注．鄂国金佗稡编续编校注[M]．北京：中华书局，1999.

在诸多战斗中，牛头山大捷、郾城和颍昌大捷、朱仙镇大捷是岳飞取得的几次影响较大的军事胜利。关于牛头山大捷，《鄂国金佗续编》记载如下：

五月，兀术复趋建康，飞设伏牛头山上，待之夜，令百人衣黑衣，混虏中，扰其营。金兵惊，自相攻。益逻卒于营外。飞遣令壮士衔枚于其侧，伺而擒之。初十日，兀术次于龙湾，要索城中金银、缣帛、骡马及北方人，飞以骑三人、步卒两千人，自牛头山驰至南门新城为营。遂战，大破兀术之众，所获负而登舟者，尽以戈殪其人于水，物委于岸者山积。斩首秃发耳垂环者三千余级，僵尸十余里，降其卒千余人，万户、千户二十余人，得马三百匹，铠、仗、旗、鼓以数万计，牛、驴、辎重甚众。兀术奔淮西。飞入城抚定，虏无一骑留者。①

关于郾城之战，《鄂国金佗稡编》卷16记载如下：

今月初八日，探得有番贼酋首四太子、龙虎、盖天大王、韩将军亲领兵军一万五千余骑，例各鲜明衣甲，取径路，离郾城县北二十余里。寻遣发背嵬、游奕马军，自申时后，与贼战斗。将士各持麻札刀、提刀、大斧，与贼手拽厮劈。鏖战数十合，杀死贼兵满野，不计其数。至天色昏黑，方始贼兵退，那夺到马二百余匹，委获大捷。②

关于颍昌之战，《王贵颍昌捷奏》显示：

---

①（南宋）岳珂编，王曾瑜校注．鄂国金佗稡编续编校注[M]．北京：中华书局，1999.

②（南宋）岳珂编，王曾瑜校注．鄂国金佗稡编续编校注[M]．北京：中华书局，1999.

> 自辰时至午时，血战数十合，当阵杀死万户一人，千户五人。贼兵横尸满野，约五千余人，重伤番贼不知数目……委是大获胜捷。①

> 关于朱仙镇大捷，《鄂王行实编年》记载如下：

> 先臣独以其军进至朱仙镇，距京师才四十五里。兀术复聚兵，且悉京师兵十万来敌，对垒而陈。先臣按兵不动，遣骁将以背嵬骑五百奋击，大破之，兀术奔还京师。②

此后《皇宋十朝纲要》《续宋中兴编年资治通鉴》《中兴大事记》《大金国志》等在提及朱仙镇大战的时候都抄录了《鄂王行实编年》的内容。

综观这几次大战，都有以少胜多、以弱胜强的特点。特别是郾城和颍昌之战，“是在闰六月后的七月，又是在平原地区进行，最有利发挥女真骑兵驰突的长技，岳家军以寡击众而取胜，就更为不易”。③ 正因如此，这些战斗格外能凸显岳飞高超的作战水平，也增强了宋人的民族自信心与自豪感，为后世文学对岳飞故事的加工改造提供了丰富的素材和想象空间。

二、南宋岳飞抗金活动的文学化色彩

历史与文学“求真”“求美”的终极追求虽不相同，但本身具亲缘关系。史实演进成文学作品的同时，文学作品又反过来更深刻地表现了历史现实，这也意味着这两个领域的研究相互渗透、交融。细读岳飞故事

---

① （南宋）岳珂编，王曾瑜校注．鄂国金佗稡编续编校注[M]．北京：中华书局，1999.

② （南宋）岳珂编，王曾瑜校注．鄂国金佗稡编续编校注[M]．北京：中华书局，1999.

③ 王曾瑜．岳飞和南宋前期政治与军事研究[M]．郑州：河南大学出版社，2005.

对岳飞抗金活动的历史书写，我们会发现里面融入了文学气息。这得益于虚构、夸张等手法的运用，也和作者的感情态势息息相关。

（一）虚构手法的运用

南宋已经开始出现对岳飞抗金活动的文学化描写。即便是史书，有的地方看起来也颇有虚构、想象的意味。南宋《鄂国金佗稡编》卷 4 记载的岳飞利用奸细挑拨金人和伪齐关系、加速后者灭亡的故事，读来犹如儿戏般轻巧：

> 俄兀术遣谍者至先臣军，为逻卒所获，缚至前。吏请斩之。先臣愕视曰："汝非张斌耶？本吾军中人也。"引至私室，责之曰："吾继遣人问，齐帝已许我今年冬以会合寇江为名，致四台子于清河矣。然汝所持书竟不至，何背我耶？"谍冀缓死，即诡服。乃作蜡书，言与伪齐同谋诛兀术事。曰："八月交锋，我穷力相击，彼已不疑，江上之约其遂矣。事济，宋与齐为兄弟国。"因谓谍者曰："汝罪万死，吾今贷汝。复遣至齐，问举兵期，宜以死报。"刲骨纳书，厚币丁宁，戒吾泄。谍唯唯，拜谢而出。复召之还，益以币，重论之，乃遣，至于再三。谍径抵兀术所，出书示之。兀术大惊，驰白其主，于是清河之警不复闻。豫以故得罪，遂见废夺。①

所谓"敌有间来窥我，我必先知之，或厚赂诱之，反为我用；或佯为不觉，示以伪情而纵之，则敌人之间，反为我用也"。岳飞这一招反间计显然颇得孙子思想精髓。然而面对残酷的战争，这种计策的设置显得幼稚而又一厢情愿。岳飞佯装对方是没有将书信送给刘豫的张斌，却毫不因为对方之前没有完成自己交给的任务而愤怒、怀疑，而是非常信

① （南宋）岳珂编，王曾瑜校注．鄂国金佗稡编续编校注[M]．北京：中华书局，1999.

赖地再次托付给他艰巨重大的任务，难道就不怕再次被骗吗？对方信任这种巧合与宽容也绝非易事。然而这种叙述还是出现在宋代历史的书写中。

而这种描写之所以出现，大致有如下原因。一方面，该故事出现于《鄂国金佗稡编》，作者是岳飞之孙岳珂，主观上，岳珂以岳飞近亲身份写这本厚厚的著作，倾注了很多感情，他为自己的祖先鸣不平，也为自己的祖先骄傲，有一种美饰的动机在里面。另一方面，客观上《鄂国金佗稡编》这本书的成书过程颇为曲折，正如《宋史》所言："岳飞之功，当时史官所书，用秦桧风旨，削而小之者有矣！是时，典领秘书图籍者，秦熺也；实录兼史笔，则秦埙也；史官之属，则郑刚中，桧之馆客也；丁娄明，埙之妇翁也；林机，其子婿也；杨迥、董德元、王扬英数十人，皆桧党也！""桧乞禁野史，又命子熺以秘书少监领国史，进建炎元年至绍兴十二年《日历》五百九十卷。熺因太后北还，自颂桧功德凡二千余言，使著作郎王扬英、周执羔上之，皆迁秩。自桧再相，凡前罢相以来诏书章疏稍及桧者，率更易焚弃，日历、时政亡失已多，是后记录皆熺笔，无复有公是非矣。"①桧党篡改、扭曲、销毁了很多不利于自己的材料，这意味着岳飞原始资料遭到严重破坏，岳珂不得不采取的"考于见闻，访于遗卒"的收集资料方式也注定了一定程度的虚构是难以避免的事情。更何况历史的书写只能尽量还原，但却难以做到百分之百与事实契合，书写过程本身具有文学色彩。诚如钱锺书所云："史家追叙真人真事，每须遥体人情，悬想事势，设身局中，潜心腔内，忖之度之，以揣以摩，庶几合情合理。"②

（二）渲染岳飞胜利、刻画金人惨状的书写倾向

在与金人的对战中，当金人胜利的时候，宋人对金人取胜的记录总

---

① （元）脱脱等．宋史[M]．北京：中华书局，1977.

② 钱锺书．管锥篇[M]．北京：中华书局，1979.

是一笔带过，对金人的凶狠残暴以及给宋人带来的损失与破坏则记录得比较详细。与此相应的是，他们喜欢对岳飞取胜时或者即将取胜时的英勇风姿和卓越战绩进行浓墨重彩的描绘，以此来烘托他的神威。具体而言，主要通过三种方式达到这种目的。

第一种，着重对岳飞作战时的气势进行烘托渲染，以此来表现岳飞和他麾下岳家军的骁勇善战。比如释居简的《读岳鄂王传并引》将岳飞的威武神勇写得气贯长虹：

> 南熏门外众制寡，铁路步上雌决雄。浮图连墙望尘靡，拐子如山随手空。伪齐可给不可杀，兀术可间毋用攻。寇连诸道解如瓦，气吐千丈长于虹。声先到处皆春风，桀骜怙狠催枯蓬。①

岳珂的《经进百韵诗》也将岳飞乘胜追击、准备直捣黄龙时的气势渲染得极具感染力：

> 六师纷雾集，万灶盛雷轰。戎驾爰方启，神锋莫敢撄。童髫欣再见，父老喜前迎。义气通诸夏，讴声沸八纮。官兵扬隼鸷，废垒泣鼯狸。跬步归京阙，朝衣诣寝楹。晋军传鹤唳，楚墓听乌鸣。机会乘今日，雌雄决此行。幸成十载绩，归捧万年觥。②

第二种，通过夸张的数字对比衬托岳飞过人的军事才华和高大伟岸的民族英雄形象。这些数字是对岳飞以少胜多、以寡制众作战能力的最直观说明，比如吕中《大事记》记载：

---

① 傅炳熙，傅乃芹．宋元明清咏岳飞广辑[M]．郑州：中州古籍出版社，2015.

② 傅炳熙，傅乃芹．宋元明清咏岳飞广辑[M]．郑州：中州古籍出版社，2015.

飞之死，尤不厌众心。飞忠孝出于天性，自结发从戎，凡历数百战，内平剧盗，外抗强敌。其用兵也，尤善以寡胜众。其从杜充也，以八百人，破群盗五十万众于南熏门；外其破曹成也，以八千人，破其十万众于桂岭；其战乌珠也，于颍昌，则以背嵬八百，于朱仙镇，则以背嵬五百，皆破其众十余万。①

第三种，以描写刻画敌人面对岳飞时瑟缩的心理状态以及战败时的狼狈惨状来反衬岳飞神威。据岳珂《吁天辨诬通叙》记载：

洪皓尝奏事，而论及王，不觉为恸，以为虏中所大畏服，不敢以名称者惟王，至号之为‘岳爷爷’。及王之死，虏之诸酋莫不酌酒相贺，以为和议自是可坚。②

又比如吕中《大事记》记载：

敌人所畏服，不敢以名称，至以父呼之。③

再比如写北伐时候的郾城之战，在金兵以重兵攻击郾城时候，岳飞智破金兵铁浮图、拐子马不可战胜的神话。作者借助对金兀术的刻画来衬托岳飞的高超军事才能：

初，兀术有劲军，皆重铠，贯以韦索，凡三人为联，号“拐子马”，又有号“铁浮屠”，如墙而进，官军不能当。所至屡胜。是役也，以万五千骑来，诸将惧，飞笑曰：“易耳!”乃命步人以麻扎刀

① （南宋）李心传．建炎以来系年要录[M]．北京：中华书局，1956.

② （南宋）岳珂编，王曾瑜校注．鄂国金佗稡编续编校注[M]．北京：中华书局，1999.

③ （南宋）李心传．建炎以来系年要录[M]．北京：中华书局，1956.

入阵，勿仰视，第斫马足。拐子马既相联，一马仆，二马不能行，官军奋击，僵尸如丘山。兀术大恸曰："自海上起兵，皆以此胜，今已矣!"拐子马由是遂废。①

此外，为了塑造岳飞骁勇善战形象，在《鄂国金佗稡编》里，岳珂还把岳飞夸张到了十几年战斗从未失败的程度：

飞善以寡胜众。南熏门之战，以八百人破五十万；桂岭之战，以八千人破十万，又以背嵬骑五百，大破金兀术十万之众。兀术虽能兵，亦惮飞也。飞自结发从戎，十余年间，大小数百战，未尝败北。②

然而岳飞是不是真的百战百胜、"未尝败北"？显然不是。据历史记载，岳飞也有作战吃力、甚至捉襟见肘的时候。《紫微集》卷 25 记载：

前者王德从大军至宿、亳之日，正岳飞与敌人鏖兵于京都西之时也。成师以出，仅能收复两郡，乃擅退军，遂使岳飞军孤。敌势猖獗，议者莫不归咎，至今国言未已。

《三朝北盟会编》卷 205 记载：

飞方至陈州，而俊已定宿、亳，遂还寿春。引兵南渡而归。金人探知，于是并力以御，飞兵不能支，几败，告急于锜。锜为出兵牵制，抵泰安康，金人乃退，飞军得还。③

---

① （南宋）岳珂编，王曾瑜校注．鄂国金佗稡编续编校注[M]．北京：中华书局，1999.

② （南宋）岳珂编，王曾瑜校注．鄂国金佗稡编续编校注[M]．北京：中华书局，1999.

③ （南宋）徐梦莘．三朝北盟会编[M]．上海：上海古籍出版社，1987.

由此看来，岳飞作战并不是每一次战斗都从容不迫、屡战屡胜。历史书写由于尚真尚实的终极追求，对他的失利战斗也做了记录，但就处理方法而言，只是轻描淡写、一笔带过，并没有大肆渲染。不管是历史书写还是文学作品，他们更感兴趣、更浓墨重彩突出的，显然是岳飞骁勇、胜利的一面。

宋人之所以在战争描写上喜欢突出岳飞的高明与勇猛、敌人的无能与狼狈，和民族感情不可分割。金人侵略南宋，本身就是一场非正义的战争，严重破坏了南宋人民的正常生活。据宋徐梦莘《三朝北盟会编》记载："乌珠既得建康府，区处已定，乃率众焚溧水建平路。趋杭州一路，居民但知溃散之乱军兵，不虞是金人，故聚集居民及乡兵若将捍御者。金人以为拒战，所以溧水、建平皆焚烧杀戮而去。"又比如："乌珠执郧，退还杭州。将退军唐辰敛军于吴山七宝山。遂纵火，三日夜烟焰不绝。癸未夜火息，甲申纵兵大掠且束装，丙戌退军。以虏掠辎重不可由陆，遂由秀州平江取塘岸路行，沿路屋宇无大小并纵火，靡有孑遗。"①由此可见金人的残忍。因此就民族情感而言，宋人对这群侵略者是非常厌憎的，所以需要书写放大他们的失败、刻画他们在本民族英雄面前的狼狈惨状，夸张宋人民族英雄的才能与胜利，以此来鼓舞士气、增强抗金胜利的信心、发泄对敌人的愤怒与仇恨。

第三节 元代：岳飞爱国故事的变异期

元代是岳飞爱国英雄故事演绎的重要阶段。岳飞人物形象实现了从中兴四将之末到抗金第一英雄的转变；情节焦点主要集中在岳飞同金人的激烈战斗与伟大胜利上。与宋代对岳飞爱国事迹的处理进行对比，元代运用了更为大胆的虚构。

据南宋时期《醉翁谈录》卷首《舌耕叙引・小说引子》记载，当时中

① (南宋)徐梦莘. 三朝北盟会编[M]. 上海：上海古籍出版社，1987.

兴四将的排序是“张、韩、刘、岳”，岳飞尚处在抗金中兴四将之末的地位：

> 也说黄巢拨乱天下，也说赵正激恼京师。说征战有刘、项争雄，论机谋有孙、庞斗智。新话说张、韩、刘、岳，史书讲晋、宋、齐、梁。“三国志”诸葛亮雄材，收西夏说狄青大略。说国贼怀奸从佞，遣愚夫等辈生嗔。说忠臣负屈衔冤，铁心肠也须下泪。①

“张、韩、刘、岳”这种说法流行于当时话本当中，话本作为一种面对大众的通俗文学，反映的是普罗大众对岳飞的认知情况，其看法虽然并未形成理论化、系统化形态，但却反映出岳飞故事具有广泛的群众基础和顽强的生命力。

到了元代，这种“张、韩、刘、岳”的排序出现了变化，岳飞从末位上升到首位。这个现象出现在元杂剧《宋大将岳飞精忠》中。该剧在徐调孚编的《现存元人杂剧书录》和王季烈的《孤本元明杂剧提要》皆有著录。现存有脉望馆钞校本和孤本元明杂剧本。作者不详，四折一楔子。内容主要写金兀术领兵侵犯南宋，秦桧暗中通敌主和，围绕是否迎敌抗金问题，李纲邀请韩世忠、张俊、刘光世、岳飞等人与秦桧展开唇枪舌辩的激烈讨论。辩论结束后，岳飞受命率领众人抗击金人，先打败粘罕、铁罕，后大败金兀术，得胜回朝，受到封赏。在这部作品里，岳飞已经成为中兴四将的核心人物，其他将领听他调遣指挥，成了他的陪衬。此外，为了突出岳飞的冠绝三军，极力以敌人在岳飞面前的狼狈不堪状来烘托反衬岳飞。

第一折中，金兀术首先登场交代这场战斗的来由，并做自我介绍，塑造了来势汹汹、踌躇满志的侵略者形象：

---

① 丁锡根．中国历代小说序跋集[M]．北京：人民文学出版社，1996.

某乃完颜女真人氏四太子兀术是也。因始祖分其七姓，霸住封疆三千余里。铁甲兵二百万，骁勇将一千员，虎视天下英雄。大宋家不敢加兵于某。今见即主阿骨打称帝生而有异志，身长八尺，颜貌雄威，善能用人。某国地产黄金，故曰国号大金。某兵书广看、武艺精熟，东征西讨、累经百余战未尝有败。见今百万兵权尽属某管。自靖康二年，某虏宋朝一人，乃是秦桧，举家数口在某营中四年，某待他甚厚。秦桧言称道："若放我归宋朝，必封我为官。我愿为大金细作。"某依其言放秦桧归宋。果然封他为大夫的官位。某所惧者宋朝有一员名将乃是岳飞，某难以拒敌。与秦桧里应外合要取淮阳之地。①

面对金兀术的挑衅，南宋内部经过一番唇枪舌战，任命岳飞为帅，韩世忠、张俊、刘光世皆听岳飞排兵布阵指挥。众人在岳飞带领下，齐心合力。字里行间特别注意对岳飞气势的渲染。比如：

奋勇官军胆气雄，弯孤挟矢胜丧门。一个个赤心报国安天下，舍死亡生建大功。

再如：

旗旛招飐蔽三光，金鼓繞鸣振四方。坐下征婉龙出海，阵前猛将虎离冈。前队密排方天□，胜似云长斩蔡扬。②

岳飞在战场上先命令岳云和张宪"领五千军马，在门旗畔呐喊摇

① 孤本元明杂剧第三册[M]. 北京：中国戏剧出版社，1957.

② 孤本元明杂剧第三册[M]. 北京：中国戏剧出版社，1957.

旗，筛锣擂鼓，看某亲与番将交锋也”。结果粘罕、铁罕与岳飞大战，被打得落花流水，悻悻地唱道：“这伙剌孩好英雄，杀的我碎屁儿直流。”①在岳飞军队的积极作战下，金人40万人马无片时折损大半都败走了。

然后金兀术又亲自领兵一百万与岳飞交战。“某乃兀术是也。今日大率一百万雄兵密排拐子马身披重铠。一人奋勇，三将齐攻。此阵名为拐子马。乃冲围破阵第一之奇术也。休说是大宋之兵就是太行山也。冲开一半量岳飞马能拒敌今来到此金沙滩大小三军摆开阵势者。”②结果再次被岳飞打得落花流水、狼狈不堪，不得不感慨：“这虎剌孩好是英雄。我这一百万雄兵拆其大半。我近不得他。走走走。”③“我用兵二十余年，临阵三百余阵，未有一败，今日不能取胜。”④最后岳飞得胜班师回朝。李纲夸他：“据元帅之功不在卫青之下也。”“论将军谋略过如乐毅收齐城七十余座。”四位将军受到封赏，岳飞被封为开国侯总都大帅。

可以说，岳飞的军事才能在整部戏中得到了烘云托月式的放大和突出，成为南宋几位大将里的核心人物，也成为整个宋代军队的灵魂人物。

再联系到元代成书的《宋史·岳飞传》对岳飞的高度评价：

> 论曰：西汉而下，若韩、彭、绛、灌之为将，代不乏人，求其文武全器、仁智并施如宋岳飞者，一代岂多见哉。⑤

如果说《宋大将岳飞精忠》将岳飞塑造为抗金功绩第一的爱国形象体现出了民间对岳飞的爱戴，那么官方修订的《宋史》认为岳飞这种大

① 孤本元明杂剧第三册[M]．北京：中国戏剧出版社，1957.

② 孤本元明杂剧第三册[M]．北京：中国戏剧出版社，1957.

③ 孤本元明杂剧第三册[M]．北京：中国戏剧出版社，1957.

④ 孤本元明杂剧第三册[M]．北京：中国戏剧出版社，1957.

⑤ (元)脱脱等．宋史[M]．北京：中华书局，1977.

将"一代岂多见哉"也可以视为是对岳飞抗金功绩的一种肯定，体现出了官方对岳飞的由衷赞赏。民间对岳飞的喜爱不难理解，这是延续了宋代百姓对岳飞抗金事迹与悲剧命运的尊敬、钦佩与同情。异族统治者官方态度也支持岳飞，则可从两个方面理解。

首先要从民族关系角度考虑。以往认为元代统治者是异族，身份敏感，所以会刻意制造压力使得人们规避抗金题材故事的书写，这或许也是元代抗金故事流传下来较少的原因。但应该注意到，金人与蒙古也曾长期关系紧张。金曾经统治过蒙古草原部落。在经济上，金对蒙古诸部落实行的是压制政策，曾经要求蒙古各部落纳贡、朝拜。《元史类编》记载蒙古人"世修贡于辽金""岁时入贡"。在军事行动上，为了削弱蒙古各部势力，金人还曾每三年出兵一次，对蒙古人发动减丁战。金世宗到金章宗阶段，曾经有令"每三岁遣兵向北剿杀"。剿杀目标是蒙古各部成年男子，退军之时，他们还会抓捕许多蒙古男孩带回金国贩卖为奴，史载："山东、河北谁家不买鞑人为小奴婢。"①在外交上，金人多次挑拨、干预蒙古各部关系，并借机杀死塔塔尔献给金人的蒙古本部君长俺巴孩。为蒙古复仇埋下火种："当(俺巴孩合罕遇害的消息)传到他们那里时，……举行了出兵为俺巴孩合罕报血仇的会议。他们拥戴忽图刺合罕登上了汗位，将全部军队交给了他统辖，向乞台进军。"从此蒙古诸部为了复仇屡败屡战，"忽图刺汗率领蒙古军征讨塔塔儿部先后十三次，打金朝四次，均未得胜"。② 由此可见，金和蒙古关系长期处于压迫与反压迫状态。在某种意义上，抗金不仅曾是宋人的需求，也是蒙古人的愿望。因此元代蒙古统治者看到丑化、嘲弄、戏谑曾经的死对头——金人统治者——的文字，可能也不会完全压制，还是会保留几分欣赏的，对抗金英雄也比较容易有好感。

此外，元代从官方到民间都非常推崇岳飞，也和统治者对儒学、儒

---

① 赵珙．蒙鞑备录．卷54[M]．上海：上海古籍出版社，1988.

② (波斯)拉施特．史集第1卷，第2分册[M]．余大钧、周建奇，译．北京：商务印书馆，1983.

士的重视有关。不可否认，蒙古人属于游牧民族，对中原文化的接受和适应是一个不断调节和变化的过程。民族歧视压迫政策、地方对中央政策贯彻不利、蒙古统治者内部一部分势力阻挠推行汉法，这些因素都曾导致儒学的发展、儒生的任用并不顺利，甚至引发了儒生强烈的危机意识与愤懑之情，间接影响到杂剧、散曲等文学样式的兴衰。但在这个曲折的过程中，对中原文化的接受、对儒学和儒士的重视总体而言呈加强趋势。一开始在蒙古汗国阶段，统治者屠杀、奴役儒士的现象还比较普遍。如韩儒林先生所言："成吉思汗一生活动的地区，是畜牧业地区和半农半牧地区，和中原汉族封建社会始终没有发生较深的关系。因而耶律楚材'以儒治国'的本领，对于当日的蒙古统治者就没有多大用处。"①在这种局面下，儒士生活凄惨，地位很低。窝阔台时期，情况大为改善。在耶律楚材推动下，统治者开始尊儒教，重儒学。据《中书令耶律公神道碑》载："(耶律楚材) 因时时进说周、孔之教，且谓'天下虽得自马上，不可马上治'，上深以为然。国朝之用文臣，盖自公发之。"此外，统治者还"遣人入城，求孔子后，得五十一代孙元措，奏袭封衍圣公"。② 到了忽必烈时期，进一步强化了这种认识。忽必烈在潜邸时期就诏令诸位王子从汉儒学习儒家经典，后来又在至元七年重建国子学。到仁宗时期，爱育黎拔力八达以儒治国意识进一步加强，一方面推动了国子学走向制度化，并且提出明确要求："凡读书必先《孝经》《小学》《论语》《孟子》《大学》《中庸》，次及《诗》《书》《礼记》《周礼》《春秋》《易》。"③另一方面把始终未在宋代得到统治者法定认可的理学立为官学。

质言之，元代对中原文化的接受证明："在各民族进行交往的过程中，文明程度较低的民族被文明程度较高的民族所自然同化'是一条永

① 韩儒林．穹庐集[M]．石家庄：河北教育出版社，2000.
② (明)宋濂等．元史[M]．北京：中华书局，1976.
③ (明)宋濂等．元史[M]．北京：中华书局，1976.

恒的历史规律'，也是任何一个民族的统治者无法抗拒的历史发展的必然趋势。"①而岳飞本身堪称儒家传统文化的代表，在元代受到广泛赞誉也就不足为奇了。

第四节　明代：融入强烈家国危机意识的岳飞爱国故事

与前代岳飞爱国故事进行比较，会发现明代岳飞爱国故事内容进一步丰富，与社会现实生活结合得更为紧密。土木堡之变使得岳飞和于谦因为爱国形象的相似而紧密联系了起来。明代中后期边境告急、内忧外患的政治困境加强了人们对救世英雄的呼唤。为了进一步凸显岳飞民族英雄的光辉形象，一方面，新的虚构情节开始出现，比如抗倭战斗中岳飞显灵助战；另一方面，史实中的细节、故事背景皆被修改，这在御赐精忠旗这一情节上体现得最突出。

一、岳少保同于少保，南高峰对北高峰

土木堡坐落于居庸关至大同长城一线的内侧，是长城防御系统中的重要组成部分。1449年(明正统十四年)，北方游牧部落瓦剌南侵，明英宗朱祁镇在宦官王振的怂恿下，不顾群臣劝阻率兵出征。在土木堡被瓦剌军队包围，死伤惨重。英宗被俘，王振被杀，兵部尚书邝野、户部尚书王佐等66名大臣战死，史称"土木堡之变"。面对明英宗被俘、瓦剌大军压境的困局，朝廷变得群龙无首，很多人都主张放弃国都、南迁南京。于谦力排众议，坚守北京，于危难之时就任兵部尚书，承担起主要的军事指挥任务。他一方面调兵遣将，将大量军队调入北京勤王，巩固国防；一方面拥立郕王为新皇帝，粉碎瓦剌以英宗为人质威胁朝廷的

① 卢明辉．东北亚研究——北方民族史研究(三)[M]．郑州：中州古籍出版社，1996.

企图。《明史纪事本末》记载，“时也先声言送上皇还，众遂多主和，于谦力排众议曰：‘社稷为重，君为轻。’派人申戒各边将勿堕敌人计。”后来敌人心怀叵测，放英宗归。英宗1457年在石亨、曹吉祥、徐有贞等人的帮助下通过“夺门之变”复辟成功，将于谦处以极刑弃市，并将他的家人发配充军。

作为一个政绩卓著、护国有功的官员，于谦的命运让人不胜同情叹惋。许多人会情不自禁地联想到岳飞。很多文学作品也开始把这两位护国英雄相提并论。比如明代黄周星《西湖竹枝词》云：“山川不改仗英雄，浩气能排岱麓松。岳少保与于少保，南高峰对北高峰。”又比如《于少保萃忠全传》第37回《孝子初上陈功疏忠臣加祭赠褒封》写于谦儿子向皇帝上书表白父亲于谦对朝廷的忠心与贡献，恳请朝廷加祭褒封时，在奏折中将于谦和岳飞进行了对比，力证父亲护国有功：

> 臣思兵部尚书王骥征麓川有功，不过能除边方之一患耳，得封世袭靖远伯爵，子孙世享荣禄。正统十四年，臣父匡济多难，再安奠王室，比之王骥功差大耳。昔岳飞尽忠于宋，誓图恢复，为秦桧所害，至今春秋庙祀，以显其忠。然当时中原卒不可复，銮舆卒不能返，宋室偏安于南渡。正统十四年，臣父力阻南迁，誓以死守。乃用计退敌，保安我宗社，复迎英宗皇帝大驾回京，仿之岳飞死忠虽同，臣父之功则过之。伏望我圣明，轸念臣父谦功在社稷，被诬冤死，乞照宋岳飞，今王骥，赐以赠谥，则忠无不报。一以彰朝廷之恤典，一以鼓天下之人心。臣父子存没，同沾再造之恩于无穷矣！谨昧死上陈，冒干渎天听，不胜感激，惶惧俟命之至！①

① （明）孙高亮．于少保萃忠全传[M]．北京：人民文学出版社，2006.

到了清代，两者依然常常被视为忠臣的代表相提并论。如清代梁诗正《西湖志纂》卷九《忠节祠》记载，位于宝山下的忠节祠将“吴行人伍员、唐仆射褚遂良、宋少保岳飞、明太傅于谦”都作为祭祀对象共祀于一祠。清代袁枚《谒岳王墓》写道：“江山也要伟人扶，神化丹青即画图。赖有岳于双少保，人间始觉重西湖。”

之所以在文学作品中，岳飞或者成为评价于谦的参照系，或者与于谦共同祭祀，原因在于他们存在着太多相似之处。首先，岳飞“尽忠于宋，誓图恢复”，于谦“用计退敌，保安我宗社”，两者都是抗敌有功的民族英雄，具有身份的可比性。其次，则是悲剧命运的相似。一个“为秦桧所害”，另一个则“功在社稷，被诬冤死”。两者都是“长于谋国，拙于谋身”的典型。宋高宗不是不知道岳飞为国家出生入死做过多少贡献，然而他因为岳飞是议和路上的绊脚石而心怀不满，岳飞冲动莽撞的性格让他失去了耐心与信任，遂动杀机。英宗通过“夺门之变”复辟，不是不知道于谦对国家有功，自己对陷害他也很踌躇不安，但据《明史》记载，石亨、徐有贞对英宗说：“不杀于谦，此举为无名”，故以“谋逆罪”将其杀害。可见两者都是政治的牺牲品。第三，岳飞是于谦心中的楷模和偶像。于谦曾在诗歌《岳忠武王祠》中写到：

> 匹马南来渡浙河，汴城宫阙远嵯峨。
> 中兴诸将谁降虏，负国奸臣主议和。
> 黄叶古祠寒雨积，清山荒冢白云多。
> 如何一别朱仙镇，不见将军奏凯歌。①

于谦在“万方多难此登临”的时局面前，自然而然想到当年的岳飞。

① 傅炳熙，傅乃芹．宋元明清咏岳飞广辑［M］．郑州：中州古籍出版社，2015.

但他想不到的是，连自己的死亡都和心中的英雄如此相似！他在诗歌中对岳飞的感怀追慕与惺惺相惜，意味着将岳飞引为精神上的知己与偶像。这一点也很容易触发人们将两者相提并论的审美联想。

二、抗击外侮时代主题与岳飞爱国故事的缠绕

明代内忧外患的政局使得抗击外侮成为时代主题。此时的岳飞爱国故事出现了纯属虚构的新情节要素。据《浙江通志》卷 209 记载，明代已有岳飞显灵帮助明朝军队抗倭的情节。"《澉水志》：在千户所公廨左。嘉靖癸丑后，倭寇海上屡至城下，官兵悉力捍御，百户余勋、郎舜臣默祷于王。城上忽见神兵数辈，约长丈余，金戈铁马，出入云端，自是师屡捷，于是勋等因申请建精忠祠，以答灵贶，实戊午岁也。"①和这个情节看似无关的另一个情节也值得引起重视。

《精忠旗》里，作者一方面将赐旗背景由平寇置换为抗金，另一方面把赐旗行为提前到了抗金临行之前。回顾《宋史 · 岳飞传》，里面对御赐精忠旗情节的记录是和平叛农民叛乱背景相结合的，且是赐旗嘉奖行为发生在平乱结束以后：

> 三年春，召赴行在。……时虔、吉盗连兵寇掠循、梅、广、惠、英、韶、南雄、南安、建昌、汀、邵武诸郡，帝乃专命飞平之。……
>
> 秋，入见，帝手书"精忠岳飞"字，制旗以赐之。授镇南军承宣使、江南西路沿江制置使，又改神武后军都统制，仍制置使，李山、吴全、吴锡、李横、牛皋皆隶焉。②

而《精忠旗》第五折《铁召御敌》交代的背景是，金兀术南侵，朝廷

---

① 王德保，岳朝军．文渊阁四库全书岳飞资料汇编[M]．北京：中国社会科学出版社，2015.

② （元）脱脱等．宋史[M]．北京：中华书局，1977.

震恐，命岳飞迎战。岳飞接到旨意，出征之前，皇帝为了激励他奋勇作战，特地赐给他精忠旗，岳飞接到旗帜后备受鼓舞，激情澎湃。第九折《御赐忠旗》写到：

> 【剔银灯】承君命难分酉卯。精忠字绣旗标号，一点太阳葵心照，觑丹衷红旗相肖。行来辕门近了，传天语隆恩宠褒。〔杂报生〕〔生接介〕〔净〕圣旨已到，跪听宣读。皇帝诏曰：览卿奏孤军挫敌，义勇可嘉，深念勤劳，往加抚问。特遣内侍李世良诣卿军赐卿精忠旗一面，战鞍、绣鞍各一对，龙涎香一千饼、龙茶一合、龙宝丹一合，铁简一对，金千两、银五万两、钱三十万缗。卿其毋狃前劳，用克大敌，勉旃谢恩。〔谢恩接旗介〕〔生、净对揖〕〔净辞介〕将军不下马，各自奔前程。〔下〕〔生〕今后出征，将岳字旗与先锋打着前行，那御赐精忠旗便当帅旗，竖立中军。〔众应介〕〔展旗介〕【倚马待风云】【驻马听】〔生〕志剪狐妖，小凯羞将金镫敲。感得吾皇过奖，宠锡多仪，恩迈群僚。见此精忠二字，令人愧死无地。英雄千丈气空高，精忠两字何繇效。【一江风】寻思转转焦，无功报圣朝，怕负了煌煌诏。【驻云飞】嗏，帐外绣旗飘，表英豪。铁骑三千，放个行军炮，直捣单于老上巢。〔集句〕旄头夜落捷书飞，来奏金门着赐衣。白马将军频破敌，黄龙戍卒几时归？①

后来，秦桧害死岳飞，被阴司审判时，这面精忠旗成为揭穿秦桧推诿之辞的证据。秦桧在阴司为自己辩解，认为自己在岳飞冤案中并没有那么大的责任，他还指出岳飞之死是咎由自取，他渴望迎回二圣的想法让高宗陷入尴尬境地，因此才激怒了皇帝。为了反驳他，鬼卒们将皇帝

① （明）冯梦龙著，魏同贤编．墨憨斋定本传奇，冯梦龙全集（第11册）［M］．南京：凤凰出版社，2007.

赐给岳飞的精忠旗拿了出来，秦桧面对证据，不得不低头，承认自己是害死岳飞的真凶。第三十六折《阴府讯奸》写到：

〔外〕一发胡说！若是朝廷与他不合，屡次宸翰褒奖，却是为何？叫鬼卒，扯起御赐精忠旗与他看。〔鬼卒扯旗介〕〔净叩头服罪介〕宸翰屡次嘉奖果是有的。我那时只怕恢复功成，岳爷等宠用，我便不能长守相位，这是真情。〔外〕是了，你只为患得患失，遂不惜凶国凶家，于理何安？于心何忍？鬼卒，着实打！〔打介〕〔净〕恁般说起来，我自家也觉道当时忒不会算计了。〔外〕鬼卒，把他叉上铁床及刀山、剑树诸狱受罪！〔鬼卒牵净下〕①

如此看来，明代非常注重以浓墨重彩笔触渲染岳飞的爱国事迹，并不惜以张冠李戴方式置换岳飞御赐精忠旗故事的历史背景，以此来突出抗金侵略主题。这看似和前面提到的岳飞神显灵帮助明代军队抗倭没有多大关联，但本质上都意味着人们的关注点不再仅仅锁定在秦桧冤杀岳飞这件事的本身，而是开始认真思考岳飞对于整个国家民族的意义。

这种转变，揆其因由，是时代催生的产物。明代长期处于内忧外患状态，明太祖朱元璋推翻了元代统治，但蒙古贵族实力却并未被消灭干净，因此对明王朝构成威胁；后来发生了土木之变，明英宗被蒙古瓦剌部族俘获，这和宋代靖康之变时宋徽宗、宋钦宗被金人所虏极具相似性；再后来倭寇时时在东南沿海作乱，东南沿海人民饱受其苦；到明末，来自东北的清兵更是势不可挡，大明王朝面临亡国危机手忙脚乱。在这种背景下，人们会不由自主将南宋和明末乱世联想到一起。面对强大的异族侵略者，人们强烈呼唤出现像岳飞这样保家卫国、英勇御敌的

① （明）冯梦龙著，魏同贤编．墨憨斋定本传奇，冯梦龙全集（第11册）[M]．南京：凤凰出版社，2007.

爱国英雄力挽狂澜，因此《浙江通志》里会出现明人得到岳飞神显灵助力抗倭的情节，这是当时东南人民饱受倭患困扰的史实与渴望得到英雄帮助重获和平的心理催生出来的产物。也因此赐旗情节才会和抗金行动相结合，这是为了更清晰地突出民族矛盾，更好地扬岳飞军威，进而以高昂的气势来激发人民斗志，团结一致，共同战斗。

同时，作出这种变动，也和文学作品创作观念的内部演进有密不可分的联系。小说、戏曲在古代历史中长期地位不高，受到历史书写"崇实"观念的影响。在虚实、真伪的处理问题上很多时候都非常拘谨，到明代嘉靖时期熊大木作《大宋中兴通俗演义》的时候，虽然也认为小说是允许有野史逸闻类的材料补正史之缺的，"或谓小说，不可紊之以正史，余深服其论，然而稗官野史实记正史之未备。若使的以事迹显然不泯者得录，则是书竟难以成野史之余意矣"，"质是而论，则史书与小说有不同者，两存之以备参考"。① 但更多的还是坚持自觉接受史书的制约，"据王本传行状之实际，《按鉴纲目》而取义""宋之朝廷纲纪政事，系由实史书载，愚不敢妄议""大节题自俱依《通鉴纲目》牵过"。但随着市民文化的继续发展，泰州学派对启蒙思潮的推动，文学创作的繁荣，到了万历、泰昌、天启、崇祯，文学理论得到长足进步，已经出现群星璀璨的局面。冯梦龙本身是一名很有创作经验的作家，他有比较成熟进步的文学理念，例如："人不必有其事，事不必丽其人。其真者可以补金匮石室之遗，而赝者亦必有一番激扬劝诱、悲歌感慨之意。事真而理不赝，而事赝而理亦真。"②因此冯梦龙虽然在《精忠旗叙》称改定本俱"从正史本传，参以《汤阴庙记》事实"③但又"微有妆点"，实际上还是做出了一些与历史书写不同的改动，更好地处理了虚构与真实的关系。

① (明)熊大木．大宋中兴通俗演义[M]．北京：中国文史出版社，2003.
② 转引自陈洪先生．中国小说理论史[M]．天津：天津教育出版社，2006.
③ 董康．曲海总目提要[M]．天津：天津古籍出版社影印本，1992.

第五节　清代：脱离史书拘囿的岳飞爱国故事

与前代岳飞爱国故事进行比较，会发现清代岳飞爱国故事进一步脱离了历史拘囿。在这种转变过程里，明末清初是一条分界线。明末清初以前的岳飞故事皆将岳飞界定为功败垂成、被冤身亡的悲剧英雄；明末清初及其以后的岳飞故事因为翻案戏的出现完全颠覆了这一书写格局，他的悲剧爱国者形象逐渐翻转为凯歌高奏、抗金成功、带有喜剧色彩的爱国者形象。除此之外，岳飞故事受因果轮回观念影响，出生故事因为前世今生和金兀术、秦桧、王氏、万俟卨联系在一起，开始形成一个彼此勾连依傍的意象系统，岳飞形象在这个意象系统里因为大鹏金翅鸟转世的情节而得到上升。需要注意的是，此时的说岳故事不仅岳飞形象发生了诸多改变，侵略者金兀术的形象也在文学作品里得到大幅度提升。此外，随着通俗文学的迅速发展和家族观念的深入人心，岳飞家将群体也得到了更多凸显。

一、饱蘸遗民心绪的翻案补恨戏与抗金成功的英雄形象

岳飞十二道金牌班师回朝的故事千百年来一直是人们心头的遗憾。早期史书中关于岳飞班师回朝一事的描述是：

> 方指日渡河，而桧欲画淮以北弃之，风台臣请班师。飞奏："金人锐气沮丧，尽弃辎重，疾走渡河，豪杰向风，士卒用命，时不再来，机难轻失。"桧知飞志锐不可回，乃先请张俊、杨沂中等归，而后言飞孤军不可久留，乞令班师。一日奉十二金字牌，飞愤惋泣下，东向再拜曰："十年之力，废于一旦。"飞班师，民遮马恸哭，诉曰："我等戴香盆、运粮草以迎官军，金人悉知之。相公去，我辈无噍类矣。"飞亦悲泣，取诏示之曰："吾不得擅留。"哭声震野，飞留五日以待其徙，从而南者如市，亟奏以汉上六郡

闲田处之。①

据此来看，岳飞奉旨班师回朝是以牺牲抗金大业取得决定性胜利为代价的。不管是岳飞本人，还是黎民百姓，都对这次班师遗憾不已。这个故事代代相传，受其影响，岳飞翻案补恨戏逐渐萌芽。

现存的岳飞翻案补恨戏主要集中在明末清初阶段。《剑桥中国文学史》提出："清初文学确有一股顽强不恭的修正主义。"②这种"修正主义"在岳飞故事里的集中体现就是翻案补恨剧的出现。在这些作品里，岳飞蒙冤受死的命运被修正为破敌成功、凯旋而归的喜剧。最有代表性的是《如是观》。岳飞在剧中是一个忠孝节义的光辉形象，他全家(包括母亲、妻子、儿子在内)都一心为国。秦桧传圣旨让岳飞班师，牛皋捉到了秦桧手下通敌的奸细，掌握了证据，及时避免了岳飞班师回朝。岳飞以其卓越的军事才能震慑住敌人金兀术并将计就计，趁戚方暗杀行刺他时装死，麻痹金兀术，并最终将其打败。在迎回二帝后，岳飞亲自审问秦桧和王氏，将他们"押赴市曹凌迟了"。这种安排可谓大快人心。

总体而言，岳飞翻案戏所翻之案主要有两点：一是岳飞没有奉十二道金牌之旨班师，而是大破金人，直捣黄龙；二是岳飞不仅没有被害死，而且亲自惩罚了奸臣秦桧。即是说岳飞实现了外抗强敌、内斗奸臣的双重胜利。

首先，这种翻案情节出现的直接原因在于时代环境催生出的精神慰藉与心理补偿需求。从审美心理学角度而言，替代性或者补偿性心理是人人都具有的一种心理。当人产生某种审美需求，这种需求会推动他通过审美鉴赏活动获取"想象的满足"。明清易代时期，人们经历了巨大的社会变革和文化转型，在新环境与旧环境、新观念与旧观念的碰撞过程中，很多人由于民族感情与既定思维模式的关系难以调试、接受改朝

① (元)脱脱等．宋史[M]．北京：中华书局，1977.

② 孙康宜，宇文所安．剑桥中国文学史(下册)[M]．北京：生活·读书·新知三联书店，2013.

换代这种变化，他们往往把这种不适应转化成对新事物的抗拒、排斥、阻挠与对旧事物的关怀、追忆。面对残酷的国变现实，他们催生出对爱国英雄的强烈呼唤。因为他们需要有人来守护家园、保卫和平、捍卫他们的利益和价值观；也需要有人为他们的生存困境指明前进方向，给他们提供民族自信心和自豪感。明清易代的历史现实和南宋当时的情形有诸多相似之处，极易引发人们的联想，而岳飞作为南宋最杰出伟大的民族英雄，他的抗金故事极易在人们的心灵召唤下走出来，成为人们关注的对象。为了使人们在残酷现实面前获得精神慰藉与心理补偿，岳飞翻案故事应运而生。它本身承载着的是人们对明末清初混乱时局得到改变的强烈期望。

其次，受到中国美学欣赏传统里“中和为美”观念的影响。儒家文化在中国封建社会长期占据统治地位，对人们的思想、观念、行为、习俗、思维产生了深远影响。儒家思想的中庸之道在美学欣赏方面体现为讲究中正、和谐的“中和之美”，这意味着人们喜欢的是祥和快乐、圆满团聚、善恶有报等，这种审美旨趣随着时间的推移与长期的沉淀，形成了一个民族所特有的、稳定的文化心理结构，左右着作家的创作和观众的欣赏。王国维先生曾指出：“吾国人之精神，世间的也，乐天的也，故代表其精神之戏曲、小说，无往而不着此乐天之色彩。始于悲者终于欢，始于离者终于合，始于困者终于亨；非是而欲厌阅者之心，难矣！”①在这种传承已久的审美趣味推动下，小说和戏曲的“大团圆”结尾结构模式成为一种必然，它意味着作为审美客体的戏剧和小说对欣赏主体审美期待的一种积极回应。岳飞在现实生活中精忠报国却死于非命的遭际过于悲惨，对人们“中和为美”的审美习惯造成冲击，所以翻案戏为他的抗金故事加上了一个光明的尾巴，柔和了他的悲剧色调。

最后，翻案情节的出现还和文学内部相关素材的积累有关。事实上，岳飞是否应该班师回朝，以及如果不班师回朝是不是就可以真的直

① （清）王国维．红楼梦评论[M]．长沙：岳麓书社，1999.

捣黄龙取得胜利是一代又一代人不断关注、热烈讨论的历史疑团。结合史料来看，岳飞对这次战斗是胜券在握的。在收到班师诏书后，曾言辞急切地上书皇帝《乞止班师诏奏略》："契勘金虏重兵尽聚东京，屡经败衄，锐气沮丧，内外震骇。闻之谍者，虏欲弃其辎重，疾走渡河。况今豪杰向风，士卒用命，天时人事，强弱已见。功及垂成，时不再来，机难轻失！臣日夜料之熟矣，唯陛下图之。"①另据《三朝北盟会编》记载，岳飞在班师回朝一年后还对高宗愤愤不平地说："臣提兵深入虏境，颍昌之战，我兵大捷，虏众奔溃，潜入汴京，当时若得勠力齐心，上下相副，并兵一举，大事可成。"这些是后世认为不班师就可一鼓作气恢复山河的说法的渊薮。到了元代，人们也继承了宋人想法，普遍认为岳飞班师回朝是个功败垂成的遗憾。蒲道源《读宋四将传》写道："权臣通敌偷家贼，奸将持兵养病医。报国丹心惟自许，身终不免更堪悲。提兵殄寇功垂就，下诏班师事已非。天遣封疆限南北，区区空叹失时机。"这代表了元代人对岳飞奉诏班师、功败垂成一事的情感态度。发展到明清时期，伴随时局刺激和历史大众化趋势，越来越多人津津乐道地谈论这个话题。比较有代表性的是蔡清的《岳飞班师论》：

岳公报国之志所以终不酬者，果天耶？人耶？彼高宗秦桧无复论矣。愚独恨公之未知权也。孝子之于亲也，从治命不从乱命。公向者亲受高宗肺腑之属曰："中兴之事一以委卿矣。"今乃无故一日十二金字牌趣班师，此非桧之为而谁？桧为之而高宗听之则亦乱命之类耳。将在外君命有所不受，正谓此也！苟利社稷，专之可矣。公亦素好《左氏》，独不知断以此义耶？且其时万世之悲愤既积吾胸中，不世之机会又在吾目前，朝廷乃无故入奸臣之言使我十年之功废于一旦，将不复以宗社为意、父兄为念，果何说也？吾为国臣

① (南宋)岳珂编，王曾瑜校注. 鄂国金佗稡编续编校注[M]. 北京：中华书局，1999.

子誓赤心报国者也。矧有成命在，又民遮道痛哭者声振野，此亦天意也？……嗟夫大丈夫建大事，苟非利己，安能为寻常法度所制缚哉？青天白日万世一日也。所责备乎英雄者，正在此耳。今一解而归，非惟前功尽弃、其身之不免人固已豫知之矣。呜呼！公何不为赵氏九庙神主！惜此去就乎？此见可与权者之难也。呜呼！使公当日雪耻之志既酬，而后为桧所害，愚亦为公甘之矣。①

蔡清认为，将在外君命有所不受，岳飞应该懂权变而不从命。先出兵打败金人，然后再去和朝廷作进一步沟通。也就是说，在内忧外患同时存在的情况下，应该分清轻重缓急，击退外侮入侵显然是当时最重要的任务。这也代表了有明一代在边境扰攘不宁、内忧外患局势下人们对国家主要矛盾的认识和把握。

正是由于对岳飞奉诏班师一事存在着这种持久而又热烈的讨论，才使得这一素材格外吸睛，从岳飞众多史实中脱颖而出，引起了戏曲创作者们的改编兴趣和关注。

二、因果轮回意象群组的出现对岳飞爱国故事的改变

因果轮回情节一直伴随岳飞故事。在宋、元、明阶段，人们只是用因果轮回来赋予岳飞出生和死亡以神秘色彩，比如南宋笔记《独醒杂志》卷一〇写岳飞是猪精转世，这是透过因果转世情节表达对他违背中庸哲学、性格莽撞冲动的含蓄批评。明代则将他的因果轮回、投胎转世情节和具体历史人物结合起来。据《涌幢小品》记载，他投胎的对象是土木堡之变中丧生的一代重臣张辅。另据冯梦龙《喻世明言·游酆都胡毋迪吟诗》记载，他是三国故事里的张飞转世。写岳飞投胎成为英国公张辅，实际上是受到土木堡之变的刺激。张辅曾经“凡三擒伪王，威震

① 王德保，岳朝军．文渊阁四库全书岳飞资料汇编[M]．北京：中国社会科学出版社，2015.

西南”，并以七十五岁高龄随从明英宗北征，战死沙场，人们以岳飞转世来表达对他忠臣形象的肯定。写岳飞是张飞转世，体现的是三国文化在明代的繁荣昌盛以及张飞忠义形象的深入人心，当然，他的鲁莽冲动性格和岳飞的耿直清刚、直白暴躁有几分相像，也是选择他和岳飞故事结合的重要原因。

总体来看，岳飞转世故事在明末清初之前，呈现单一化、碎片化特点，尚没有有意识地和其他人物的前世、今生以因果轮回转世方式相互勾连成一个有机融合的体系。到了明末清初，《如是观》开始尝试突破，将岳飞写为天上白虎将转世，他的出生故事与赤须龙金兀术紧密结合。到了清代，在《说岳全传》里岳飞、秦桧、王氏、万俟卨、金兀术都以因果轮回方式缠绕在了一起。在该书第一回《天遣赤须龙下界佛谪金翅鸟降凡》里，因为宋徽宗在表章里将“玉皇大帝”写为“王皇犬帝”，玉帝颇为震怒，认为“王皇可恕，犬帝难饶”，遂命赤须龙下界，降生于北地女真国黄龙府内，化身为金兀术，并给他安排了侵犯中原，搅乱宋室江山，使万民受兵革之灾的命运，以此来惩罚昏君。佛祖如来恐赤须龙无人降伏，故遣大鹏金翅鸟下界，降生为岳飞，保全宋室江山，以满一十八帝年数。与此同时，秦桧前世被设定为蛇精“铁背虬龙”，王氏为女土蝠，万俟卨为铁背虬龙的手下团鱼精。在前世星官女土蝠污秽佛门净土，被佛前护法金翅大鹏所杀，因此结仇；铁背虬龙为乱黄河岸，被大鹏鸟啄去眼睛，团鱼精挑战大鹏鸟又被啄得四脚朝天，于是与之结下宿怨。它们纷纷投胎，在人世与应劫而生、由大鹏金翅鸟转世的岳飞展开一场殊死争斗。

在这种转变里，岳飞的爱国形象之所以能够和佛教大鹏金翅鸟结合，原因在于该意象的文化内涵契合了岳飞的高贵品质。大鹏金翅鸟又名迦楼罗，在佛教位列天龙八部之一，是一种宝相庄严、神性非凡的鸟，它每日吞食一条龙王和五百条毒龙，等到体内毒气积累到一定程度后，无法再继续进食，就会飞往金刚轮山。毒气攻心后，它会全身自焚，最后只剩一颗至纯至正的纯青琉璃心。因其品性高贵纯正，被转轮王选为如意珠。《法苑珠林》将这个过程表述如下：

> 有金翅鸟名伽楼罗王，于诸鸟中快得自在。此鸟业报应食诸龙。于阎浮提日食一龙王及五百小龙。第二日于弗提婆，第三日于瞿耶尼，第四日于郁单越，各食如前。周而复始，经八千岁。此鸟尔时死相已现。诸龙吐毒，无由得食，彼鸟饥逼，周章求食。……其命终已以其毒故，令十宝山同时火起。尔时难陀龙王惧烧此山，即大降雨，澍如车轴。鸟肉散尽，唯有心在。……难陀龙王取此鸟心，以为明珠。转轮王得为如意珠。①

由此观之，大鹏金翅鸟意象雄壮神奇，以它来比附岳飞，以它通过死亡炼就的纯青琉璃心来比附岳飞精忠报国之心，都使得岳飞形象更加卓尔不凡。

但为什么要用因果轮回形式把金兀术、秦桧、王氏、万俟卨都纳入到因果轮回体系呢？我们认为，这是对清代异族统治时期严酷文化政策的一种让步。因为因果轮回情节的掺入，使得金侵略宋这一事实变成了一种上天的安排，天意难违，谋事在天，这使得金对宋发动的侵略性战争有了一定合理性和不可抗性。侵略者的恶行因为“天意”的解释得到正当合理化。这客观上可以弱化人们对金的仇恨，间接地淡化人们对清统治者的反抗情绪，从而满足清统治者稀释民族矛盾的强烈愿望。

三、侵略者领袖金兀术形象得到美化

金兀术在清代以前的岳飞故事里通常是狼狈、凶残的负面形象，突出的是“横”的特点，具有侵略者形象的共性，但在清代形象大为改善。《说岳全传》是这种转变的标志。

在《说岳全传》里，“那兀术虽然生长在番邦，酷好南朝书史，最喜

---

① 释道世．法苑珠林[M]．上海：商务印书馆，影印明径山寺刊本，1929.

南朝人物，常常在宫中穿南朝衣服……”①此外，他还非常具有人情味儿，待人接物重情重义。陆登虽然是汉人，但因为是忠臣，金兀术非常尊敬他。见到陆登死后尸首僵立不肯倒下，他向他郑重承诺：“如今某家并不伤你一个百姓，你就倒了罢。”“某家将你夫妻合葬在大路口，等过往行人晓得是先生忠臣节妇之墓，如何？”最后得知陆登尸首不肯倒地原因是挂念自己的儿子陆文龙，金兀术不觉眼中流下泪来道：“陆先生，某家决不绝你后代，把你之子，抚为己子，带回本国，就着这乳母抚养，直待成人长大，承你之姓，接你香火，如何？”②

他看到李若水在金营仍然忠心为国、刚毅不屈，心里着实钦佩，担心李若水触怒父亲惨遭不测，暗想：“若水若至本国，我父王必然要杀他。”于是对军师道：“此人性傲，好生看管，不可害他性命。”③第 34 回写李若水遇害后，金兀术偶见李若水母，兀术道：“老妈妈，你且住手。你且说你儿子是那一个？或者不是我害他的，也要讲个明白。”那婆婆打得没气力了，便道：“我的儿子叫做李若水，不是你这贼子害他的么？”又呜呜咽咽，哭个不住。兀术听说是李若水的母亲，也不觉伤感起来。兀术道：“这是我的军师。你令郎尽忠而死，是他将骨殖收好在那里。我叫他取来还你，择地安葬。”命取白银五百，送与老太太，以作养赡之资。命取令旗一面，插在门首，禁约北邦人马，不许进来骚扰。④

兀术在这里已不是个面具式反面人物，他的待人接物体现出强烈的儒家伦理道德观念，会让读者心生好感，甚至感觉：与宋徽宗、宋高宗

① （清）钱彩编订，金丰增次．说岳全传[M]．北京：人民文学出版社，2014.

② （清）钱彩编订，金丰增次．说岳全传[M]．北京：人民文学出版社，2014.

③ （清）钱彩编订，金丰增次．说岳全传[M]．北京：人民文学出版社，2014.

④ （清）钱彩编订，金丰增次．说岳全传[M]．北京：人民文学出版社，2014.

等皇帝比起来，他更加英明贤德。这种有意美化侵略者的手法是岳飞故事发展过程中的一道新景观。

为什么会将侵略者形象美化？一方面和宋代历史中真实的金兀术形象有关。早在南宋《建炎以来系年要录》中就记载过一则南宋修武郎宋汝为作京东转运判官杜时亮副手奉诏使金的故事："行次寿春，遇完颜宗弼军，不克与时亮会。汝为独驰入金壁，奉上国书。宗弼怒，命执之，欲加僇辱。汝为色不变，曰：'一死固不辞，然衔命出疆，愿达书吐一词，死未晚。'宗弼顾汝为不屈，遂解缚，延之坐，且问其邑里，谓左右曰：'此山东忠义之士也。'以金帛酒食遗之。命引至东平见刘像。汝为曰：'愿伏剑为南朝鬼，岂忍背主不忠于所事。'宗弼亦感叹，遂留之军中。"①由此可见，真实的金兀术形象本身就包括了人性上值得肯定的要素。

另外，结合上一节所讨论的因果轮回对民族斗争严肃性的消解、对民族矛盾的淡化来看，之所以如此，当亦和当时的时代环境有关。清代文网森严，清代统治者自知人们喜欢将他们视为金人的后代，以南宋与金的矛盾来类比明清之间的斗争，对此非常不满。《清史稿·太祖本纪》记录了皇太极的一段话："往者我欲和，尔国君臣以宋为鉴，不我应。尔国非宋，我亦非金，何不达若此，朕今厌兵革，更以书往，惟将军裁之。"这段话似可证明，当时人们普遍喜欢将宋与金的对立比拟为明与满族建立的新政权之间的对立。皇太极"尔国非宋，我亦非金"并不能撇清这种相似性的客观存在，却体现出统治者对异族统治身份的敏感。之所以如此是因为民间认为金人是满人祖先，他们都与女真族有密不可分的联系。统治阶级面对来自民间的反抗情绪与具有故国之思的汉人态度比较谨慎。为了加强思想控制，统治阶级对他们的言行举止和思想动态控制非常严格，曾经颁布过一系列禁谕。如禁止官员听戏、禁止太监听戏、禁止城内开设戏园、禁演佛戏、禁装扮为帝王圣贤等。清康

① （宋）李心传．建炎以来系年要录[M]．北京：中华书局，1956.

熙帝《宋高宗父母之仇终身不雪论》也曾表达对岳飞抗金一事的看法："金兵破辽之后，兵已满万，人强将猛，非宋之所敌，明矣。备责不能卧薪尝胆，以雪父兄母后之仇，则高宗何辞？若论李纲之忠言不听，岳飞之丹诚不用，设使谏行言听，则必胜金兵于朱仙，生还二帝于汴京，朕实不信也。何也？根本已久不固，人心已久不一，上无惯战之良将，下无用命之士卒，天下虽有勤王之名，真伪莫测，虚实难分。高宗久在金营，孰强孰弱，自有切见，若使复仇雪耻，再整江山，实不能也，势使之也。孟子曰："寡众弱强不敌也。"①从上文可看出，康熙并不否认岳飞的"丹诚"，但认为岳飞等人的抗金斗争绝不可能成功。同时，他对宋高宗"偏安社稷"的做法进行了肯定，认为南宋"议和"是大势所趋。很明显，康熙借古讽今，意图打压反清复明者的气焰。同样，为了扭转汉人夷夏之防的观念，反驳汉人才是天下正统统治者的思想，促进华夷一家意识形成，雍正还曾特地组织编纂《大义觉迷录》，颇能代表清代统治者的想法。他强调应该用德行来考虑统治者合适与否："盖生民之道，惟有德者可为天下君。此天下一家，万物一体，自古迄今，万世不易之常经。非寻常之类聚群分，乡曲疆域之私衷浅见所可妄为同异者也。"他引《书》中"皇天无亲，惟德是辅"，以汉族文化的典故来化解异族统治者身份的尴尬："本朝之为满洲，犹中国之有籍贯。舜为东夷之人，文王为西夷之人，曾何损于圣德乎？"②又引《诗》云："'戎狄是膺，荆舒是惩'者，以其僭王猾夏，不知君臣之大义，故声其罪而惩艾之，非以其为戎狄而外之也。若以戎狄而言，则孔子周游，不当至楚应昭王之聘。而秦穆之霸西戎，孔子删定之时，不应以其誓列于周书之后矣。"③此外，他还用发展的眼光援用中国版图的多次变更来证明满清政权的合理性。文章最后说，既然之前汉人斥为夷狄的地方随着时间的推移都被汉人接受了，而且他们变成华夏版图内部平等的一部分后促进了

① （清）玄晔撰．康熙帝御制文集（第19卷）[M]．台北：台北学生书局，1966.
② （清）雍正编纂．大义觉迷录[M]．北京：中国城市出版社，1999.
③ （清）雍正编纂．大义觉迷录[M]．北京：中国城市出版社，1999.

疆土的扩大，为什么不放弃偏见，安心接受异族统治呢？“且自古中国一统之世，幅员不能广远，其中有不向化者，则斥之为夷狄。如三代以上之有苗、荆楚、猃狁，即今湖南、湖北、山西之地也。在今日而目为夷狄可乎？至于汉、唐、宋全盛之时，北狄、西戎世为边患，从未能臣服而有其地。是以有此疆彼界之分。自我朝入主中土，君临天下，并蒙古极边诸部落，俱归版图，是中国之疆土开拓广远，乃中国臣民之大幸，何得尚有华夷中外之分论哉！”①

到了乾隆年间，对思想意识的管理控制迈向新的高峰。仅就禁书而言，《四库全书》就禁毁了“将近三千余种，六七万卷以上，种数几与四库现收书相埒”。(孙殿起《清代禁书知见录·自序》)陈垣先生曾总结四库馆臣辑校《四库全书》时的十条禁忌：“忌虏、忌贼、忌胡、忌夷狄、忌犬戎、忌蕃、忌酋、忌伪、忌犯阙、忌汉及其他杂忌。”②由此可见统治者对自身身份的敏感。此外乾隆四十五年乾隆皇帝还曾下谕：

> 前令各省将违碍字句书籍，实力查缴，解京销毁。现据个督抚等陆续解甚多，因思演戏曲本内，亦未尝无违碍处，如明季国初之事，有关涉本朝字句，自当一体饬查。至南宋与金朝关涉词曲，外间剧本，往往有扮演过当，以至失实者，流传久远，无识之徒，或至以剧本为真，殊有关系，亦当一体饬查。此等剧本，大约聚于苏、扬等处，着传谕伊阿、全德留心查察，有应删改及抽彻者，务为勘酌妥办。并将查出原本及暨删改抽彻之篇，一并粘签解开送京呈览。但须不动声色，不可稍涉张皇。③

受此种态度影响，据《禁书总目·外省移咨应毁各种书目》记载，

---

① (清)雍正编纂．大义觉迷录[M]．北京：中国城市出版社，1999.

② 陈垣．陈垣学术论文集第二集[M]．北京：中华书局，1980.

③ 王利器．元明清三代禁毁小说戏曲史料(增订本)[M]．上海：上海古籍出版社，1981.

《说岳全传》于乾隆四十七年七月禁毁。原因是江西巡抚郝硕称其“有指斥金人语，词多涉荒诞”。金为少数民族，和满清是同一祖先，岳飞抗金就是“斥金”，会碰触到统治者敏感的神经，让他们觉得有含沙射影之嫌。所以《说岳全传》会被禁止。

现在我们所能读到的《说岳全传》最早版本也是同治年间修改过的。由此可见，只有不触碰统治者底线，他们才会放行。在这种巨大的政治压力下，如果想要自身人身安全得到保障，想要自己的作品逃离被禁毁的命运，就必须对统治者的文化政策作出让步。虽然这种极尽曲折幽微的表达方式只是一种表面的障眼法，作者真正要表达的意图仍然是对侵略者的不满、对护国英雄的赞美与热爱，但毫无疑问，客观上作品对侵略者批判的力度还是大大削减了。

四、岳家小将群体的凸显：子承父志，精忠报国

明清时期说岳故事的叙事焦点逐渐从岳飞扩张到了岳云、岳雷、银瓶等下一代子女身上。这个现象的最早萌芽标志是明代熊大木的《大宋中兴通俗演义》。面对南宋时期众多的史实、纷繁的人物，该书只是将和岳飞有关的事情和人物相连而出，并以岳飞来做中心人物，借此体现“中兴”的含义。这本书标志着散见在各种文献里的岳飞故事第一次实现了系统化。该书多处涉及岳云，基本上是依据史实来写的，但客观上却在将岳飞故事系统化的同时，也将散见的岳云故事集中了起来，为日后家将群体的凸显打下了基础。在《大宋中兴通俗演义》以后，到了明末清初时期，越来越多作品开始将岳飞子女设定为说岳故事的主角。

《牛头山》写康王南渡，岳飞父子提兵救助，大战牛头山。这和宋代历史书里面写的牛头山大捷已经相去甚远。《鄂国金佗续编》将当时的战况记载如下：“五月，兀术复趋建康。飞设伏牛头山上，待之夜，令百人衣黑衣，混虏中，扰其营。金兵惊，自相攻。益逻卒于营外。飞遣令壮士衔枚于其侧，伺而擒之。初十日，兀术次于龙湾，要索城中金银、缣帛、骡马及北方人，飞以骑三百、步卒两千人，自牛头山驰至南

门新城为营。遂战，大破兀术之众，所获负而登舟者，尽以戈殪其人于水，物委于岸者山积。斩首秃发耳垂环者三千余级，僵尸十余里，降其卒千余人，万户、千户二十余人，得马三百匹，铠、仗、旗、鼓以数万计，牛、驴、辎重甚众。兀术奔淮西。飞入城抚定，虏无一骑留者。"① 而明末清初的《牛头山》则加入了岳飞牛头山保护高宗、岳云上山助战父亲击退金兵的情节。其中岳家小将岳云笔墨颇多。由于他打碎免战牌，差点被岳飞拖出去斩了，后来击退金人，戴罪立功。这种写法在小说《说岳全传》里面也曾出现。

除了着力突出岳云抗金英雄的英勇形象，其他岳家小将在一些作品里也颇受关注。在《续精忠》(该剧又名《小英雄》，现存清抄本，凡五卷二十五出)中，剧本以岳雷、岳电为父兄报仇为主线，中间笔涉牛皋父子及施全之子，着力表现岳飞"尽忠报国"精神在后辈身上的延续，书写的是岳家小将大破金兵，"手刃仇家，为父报仇"的故事。

到了小说《说岳全传》里，岳家两代故事得到很好的兼容。除了写岳云配合岳飞作战，在岳飞、岳云去世后，还浓墨重彩地刻画了子承父志的岳雷、岳霆。小说里写到孝宗即位后，尽锄奸党，复职旧臣，大赦岳门子孙，次子岳雷承袭父职，挂帅扫北，三子岳霆也参加了战斗。牧羊城下，两军对决，金兀术被擒气死。金兵土崩瓦解。宋军兵临黄龙府，金主降。岳雷率师迎回二圣并郑后、邢后梓宫，凯旋临安。

对照史书所载对岳飞儿子们的描写，我们看到这种写法是纪实与虚构的融合。

在这些儿子中，真正陪伴岳飞参加抗金斗争的儿子是岳云。宋代史书对他的记载通常和岳飞联系在一起，突出岳飞对他近乎严苛的军事训练和对他战功的谦虚低调处理方式。但从明末清初开始，岳云助战岳飞的故事从写实走向虚构。岳云作战的独立性、自主性得到大幅度渲染。

---

① (南宋)岳珂编，王曾瑜校注．鄂国金佗稡编续编校注[M]．北京：中华书局，1999.

此外，除了岳云，岳雷、岳霆等也加入了岳家军抗金的阵营，他们子承父志，共同抗金，完成了父亲岳飞未竟的事业。这种写法都意味着说岳故事逐渐转变成家将型文学作品。

家将型文学作品把创作策略从着力于表现某位英雄的突出事迹转而移向反映包括这位英雄在内的整个家族的奋斗史，其间还往往穿插儿女情长的小插曲。它是以家族的兴衰变迁折射社会变迁、民族盛衰、国家兴亡的文学类型。说岳故事的家将型特征被突出后，通过多重代际、多位有血缘关系的人物组合，呈现出英雄家族的群体形象。

首先，从文化传统上讲，是"家族"观念深入人心的结果。家族是中国传统社会的基本组成单位和细胞。换言之，国家就是诸多家族、家庭的联合体。由于家族和国家在组织结构方面具有诸多共同性，所以形成了"家国同构""家国一体"理念。这种理念意味着，面对家族，讲究孝；面对国家，就要移孝作忠，保持忠君爱国。这对于封建社会维护专制统治、钳制思想、奴役和麻痹人民而言，是非常有效果的，因此得到大力推行。而明清两代，都是中国传统家族制度较为强盛、活跃的阶段。该阶段在思想文化上，崇奉孔子、提倡理学、宣扬忠君思想和三纲五常的封建伦理道德，形成了将家族祠堂作为中心的伦理文化与亲缘关系，并将其扩展到社会的方方面面。因此许多作品也非常关注对家族、家庭成员群体的刻画。

其次，明代小说发展迅速，"好者弥多，传者弥众，传者日众，则作者日繁"。① 随着读者群体壮大、创作作品的繁荣，小说不同种类、不同作品和作者的激烈竞争也加剧了。为了翻新花样，为了更好地满足不同读者的需求从而更好地盈利，小说不同种类之间开始相互吸收融合。在这种大环境下，历史演义小说遭遇了在题材选择方面无史可演的尴尬以后，开始谋求创新。刊印于万历年的《杨家府演义》率先有意识地从家族史角度对历史题材作品进行整合，采取了以家勾史、以"一家

① (明)胡应麟．少室山房笔丛[M]．北京：中华书局，1958.

事为主而近于家人传”的写法，把讲史平话和民间传说交互融合，在叙事策略及价值判断上均取得了巨大成功，为其他历史题材作品的家族化创作倾向提供了可资参考的借鉴。在它的光芒影响下，呼家、薛家、罗家、狄家等家将小说相继出现。岳飞故事呈现出的家将型趋向也受其影响。

需要指出的是，写岳家小将子承父志、努力抗金不仅仅是在宣传爱国文化，更是在宣扬“孝”文化。《论语》云：“父在，观其志；父没，观其行；三年无改于父之道，可谓孝矣。”①从这种角度观之，岳飞之志在于抗金，岳家小将继承了父亲的遗愿、矢志抗金，这不仅仅是爱国行为，也是一种孝行。

① 杨伯峻译注．论语译注[M]．北京：中华书局，2006．

第三章　岳飞故事与忠奸斗争主题

在我国传统政治思想中，王朝命运不仅同君王相关，和臣僚集团也有密不可分的关系。在中国漫长的封建社会中，我们既有比干、屈原、苏武、诸葛亮、魏征、文天祥、史可法、曾国藩这样的忠臣，也有赵高、李林甫、严嵩、魏忠贤这样的奸臣。可以说，忠奸文化贯穿了我们的整个历史，成为一种蔚为壮观的文化现象。其中，岳飞和秦桧的忠奸斗争，更是家喻户晓。

第一节　忠奸斗争文化概述

忠奸文化是封建专制制度下催生出的一种伦理道德文化和政治文化。它的核心问题是直臣义士与佞臣贼子在对待国家和君主利益问题上的不同理念和行为。“自古权奸害忠良，不容忠义立家邦。”在皇权统治下，这种文化自古有之。两者的分野在于对国家和统治者的态度。作为一个奸臣，他把欺上瞒下、维护个人私利作为终极目标，把惑主乱国作为手段。在君子与小人的范畴里，他是当然的小人。而作为一个忠臣，他把君国利益置于首位，并往往不惜牺牲个人利益以维护君国利益。其做人做事，有价值操守，或积极进取或有所不为。在君子与小人的范畴里，他是当然的君子。由此可见，忠奸文化不仅仅是政治力量的抗衡，更是人格高下的对立、道德善恶的对立。奸臣要追求私利不惜祸国殃民，忠臣与之相反，这就意味着忠臣是奸臣的绊脚石和天敌，奸臣必须要铲除忠臣。用司马光的话来说就是："夫君子小人之不相容，犹冰炭之不可同器而处也。故君子得位则斥小人，小人得势则排君子，此自然理也。"①两者之间的矛盾既然不能避免，忠奸斗争于是随之而生。

忠奸斗争的基本规律，学界归纳为"格勒善法则"，指的是在忠奸斗争过程中，君子贤良通常斗不过卑鄙小人，于是造成了劣币驱逐良币的现象。因为君子做事有底线，而小人却可以因其无底线而无所不为，其结果必然是使忠臣往往在斗争中成为陷入被动的一方。马克思、恩格斯评论欧仁·苏《巴黎的秘密》时的话恰可用来概括忠奸斗争中忠臣一方的命运："道德就是'行动上的软弱无力'，它一和恶习斗争，就遭到失败。"②

在政治斗争中忠臣往往失败的悲剧命运与他们守正的人格会形成巨大的反差，让后人扼腕三叹。出于对忠臣的同情与尊崇、对误国奸臣的痛恨与愤怒，忠奸斗争的史实在中国的历史叙事中被不断提及并融入文学叙事中被反复加工。人们或借古讽今、或以史写心、或寄托哀思、或互相砥砺。

"忠"和"奸"的概念相比较而言，我们对"奸"的认识比较稳定，就是道德品质不好、误国害君，而"忠"的意义则远为复杂。概言之，"忠"有广义与狭义两种含义。广义的忠强调人人尽责，君主要尽君主的"忠"，臣子要尽臣子的"忠"。狭义的"忠"则片面强调臣子尽忠，忽略讨论君主的职责和义务。回顾历史，古代中国很早的时候已经开始提倡"忠"，这时候的"忠"在儒家思想里体现为君臣的平等性。比如孔子提出："邦有道则仕，邦无道则可卷而怀之。"③孔子认为忠不仅是臣子的道德准则，同样是君主的道德准则，绝非臣子单方面义务。孟子甚至提出臣子也有选择君主的权利，一个德不配位的君主不配得到大臣的效忠。孟子认为："君之视臣为手足，则臣视君如腹心；君之视臣如犬

① (宋)司马光．资治通鉴[M]．北京：中华书局，1956.

② 王磊选编．马克思恩格斯论道德[M]．北京：人民出版社，2011.

③ 杨伯峻译注．论语译注[M]．北京：中华书局，2006.

马，则臣视君如国人；君之视臣如土芥，则臣视君如仇寇。”(《孟子·离娄》)此外孟子还提出：“君有大过则谏，反复之而不听，则易位。”(《孟子·万章》)这就意味着，君臣要互有约束，对明君，臣需要全力辅佐；君若昏庸，臣则无须忠诚于他，甚至可以赶他下台。其反对“忠臣不事二主”的态度十分明确。他们赞同的是，在处理个人与国君关系的时候，要把个人与君主的义务、权利区分得十分明确，个人不应该毫无条件地把自己和某一位君主捆绑于一体。这也反映出原始儒家在处理君臣关系时候，并不只是强调单方面忠诚。无论君臣，他们认为存在一个高于他们的权威，这个权威就是儒家所认为的“道”。对于“道”，他们都有遵从的义务。建立在这一共同认识基础之下的君臣关系，并不是依附关系，而是合作关系。

汉代《忠经》在这些思想基础上，对君主和臣子两方面都提出了明确要求，可以视为是对这种关于广义上的“忠”(要求君臣双方都要满足道德要求)的理论总结。它一方面强调臣子要尽忠事君：

> 为臣事君，忠之本也，本立而化成。冢臣于君，可谓一体，下行而上信，故能成其忠。夫忠者，岂惟奉君忘身，徇国忘家，正色直辞，临难死节而已矣！在乎沉谋潜运，正己安人，任贤以为理，端委而自化。尊其君，有天地之大，日明之明，阴阳之和，四时之信，圣德洋溢，颂声作焉。《书》云：“元首明哉，股肱良哉，庶事康哉。”①(《忠经·冢臣章第三》)

另一方面又提出，“忠”不仅仅是臣子单向度的责任，君主有君主要尽的“圣君之忠”：

① (春秋)孔子，(元)吴亮，(汉)马融．孝经·忍经·忠经[M]．上海：上海大学出版社，2016.

惟君以圣德，监于万邦。自下至上，各有尊也。故王者，上事于天，下事于地，中事于宗庙，以临于人。则人化之，天下尽忠，以奉上也。是以兢兢戒慎，日增其明，禄贤官能，式敷大化，惠泽长久，万民咸怀。故得皇猷丕丕，行于四方，扬于后代，以保社稷，以光祖考，尽圣君之也。《诗》云："昭事上帝，聿怀多福。"①(《忠经·圣君章第二》)

不仅如此，《忠经》对君主在忠奸斗争中应该发挥的作用也有所阐释：

大哉？忠之为道也，施之于迩，则可以保家邦，施之于远，则可以极天地。故明王为国，必先辨忠。君子之言，忠而不佞；小人之言，佞而似忠，而非闻之者，鲜不惑矣。忠而能仁，则国德彰；忠而能智，则国政举；忠而能勇，则国难清，故虽有其能，必曰忠而成也。仁而不忠，则私其恩；智而不忠，则文其诈；勇而不忠，则易其乱，是虽有其能，以不忠而败也。此三者，不可不辨也。《书》云："旌别淑忒，其是谓乎。"②(《忠经·辨忠章十四》)

它强调君主要有辨明忠奸的义务。这意味着，忠奸斗争考察的不仅仅是忠臣和奸臣的道德高下，也能客观反映君主的贤与愚。

然而先秦是一个百家争鸣的时代，对于"忠"的看法并不一致，也有人开始为后代狭义片面的"忠"铺平理论道路。《公羊传》认为："国、君，一体也。"它将忠君、报国两者紧密联系。荀子强调臣下对君主要"以礼待君，忠顺而不懈"。韩非子提出："臣事君，子事父，妻事夫，

① (春秋)孔子，(元)吴亮，(汉)马融．孝经·忍经·忠经[M]．上海：上海大学出版社，2016.

② (春秋)孔子，(元)吴亮，(汉)马融．孝经·忍经·忠经[M]．上海：上海大学出版社，2016.

三者顺则天下治，三者逆则天下乱。此天下之常道也。”这些言论片面讨论臣子对君的道德义务，而君对臣的道德义务却只字不提。汉代“大一统”后，董仲舒在韩非子“三顺”基础上提出“君为臣纲、父为子纲、夫为妻纲”的三纲五常，进一步强化了君尊臣卑理念。随着封建集权的不断加强，对忠的看法逐渐由对等灵活转为僵化固定，越来越片面强调臣子的忠君义务，臣子要对君主知无不言，言无不尽，绝对恭敬顺从，绝不违逆，不管君主是对的还是错的，仁善的还是暴虐的，都要绝对臣服于他。君主所应担负的的对等义务则日趋淡化，君主可以为所欲为，一旦坐上君主的宝座，无论怎样，臣子都要绝对臣服，生死相依。总之，臣对君的“忠”是无条件的。这种意识形态的加强是历代统治阶级运用行政力量牵引的结果。唐宋时期，“忠”的伦理范围已经被严格限定。《旧唐书》记载，唐太宗曾提出：“君虽不君，臣不可以不臣。”这种导向下，臣民的独立人格逐渐丧失，“愚忠”成分逐步增强。宋代司马光提出：“父之命，子不敢违，君之言，臣不敢违。父曰前，子不敢不前，父曰止，子不敢不止，臣之于君亦然。”在此基础上，程朱理学把君臣父子伦理上升到了至高无上的宇宙论本体论高度，强调君权的绝对权威。即便“君不正”臣子也要“诚积而动，则(君)虽昏蒙可开也，虽柔弱可辅也，虽不正可正也”。① 在这种观点下，君如果是昏君，那么过错不在君本身，而在于臣没有尽到匡正辅佐的义务。宋元之际史学家胡三省在《资治通鉴音注》的“臣节篇”提出：“故其时忠于君则忠于国。所谓忠于君者，国存与存，国亡与亡，必其无封疆之寄焉可也；国亡不亡，而犹欲保全其禄位，心顽钝无耻，贪利卖国之徒也。”②这将“忠君”和“爱国”等同了起来，强调臣对君要绝对忠诚。明清时期，专制主义发展到顶峰，“愚忠”也发展到极致。君君臣臣父父子子的封建礼教将臣子单方面的“忠”固定为臣子的行为规范和最高美德。“君要臣死，

① (宋)程颢著，王孝鱼校．二程集(第四册)[M]．北京：中华书局，1981.

② 陈垣．通鉴胡注表微·臣节篇第十二[M]．北京：商务印书馆，2011.

臣不得不死”的观念彻底催眠了“臣”的独立人格。

由此可见，“忠臣”文化在历史长河中是流动变化的，在漫长的封建社会，从民主平等的君臣关系逐渐窄化为对臣子毫无保留、生死追随的单方面要求。岳飞忠奸斗争故事作为一部正义与邪恶的较量斗争史，一部进步力量向倒退力量挑战的历史，非常清晰地折射出这种变化。

第二节　南宋：岳飞忠奸斗争文化的发轫期

岳飞忠奸斗争故事在南宋开始出现，主要集中在史书、笔记、诗词里。以时间来区分，可以划分两类：第一类是岳飞生前的忠奸斗争故事；第二类是岳飞去世以后的忠奸斗争故事。在第一类当中，岳飞和秦桧的矛盾斗争是叙事焦点，岳飞和高宗的矛盾在各种文体里也略有反映，其中金牌班师和含冤被害是关注的热点。第二类主要由岳飞猪精转世故事、施全刺杀秦桧故事和秦桧死后的入冥故事构成。

一、岳飞与秦桧忠奸斗争的历史还原

秦桧的奸臣形象在南宋史书中就已确立，史书多有记载。《三朝北盟会编》卷二百二十介绍他的卑鄙贪婪性格：“桧性阴密，乘轿马或默坐，常嚼齿动腮，谓之马啖。相家谓得此相者，可能杀人。内深阻如崖阱，世不可测。喜赃吏，恶廉士，通馈送，四方大帅、监司、郡守馈送无虚日。”①宋元之际胡三省在《资治通鉴胡注》“治术篇”也介绍过他的恶行：“秦桧之持和议，忠臣良将，诛锄殆尽。又兴文字狱，许人告讦，凡私论朝政，皆贬窜之，察事之卒，布满京城，小涉讥议即捕治，以塞士夫之口。桧之法，石虎之法也。”

作为高宗的左膀右臂，秦桧的政治理念和高宗一致，并积极推动议和。据《大金吊伐录》记载，秦桧在《秦桧状乞立赵氏》提出：“于赵氏中

① (南宋)徐梦莘．三朝北盟会编[M]．上海：上海古籍出版社，1987.

推择其不预千日背盟之议和者，俾为藩臣”。后来又在此基础上提出“南北之俗各异，因其君长而臣属之”的思路，采用各种方式促进议和。《齐东野语》卷三曾言：“秦桧知上意厌兵，力主和议，一时功名之士皆归罪以为主和之失。”也正是因为秦桧推动议和有功，高宗赞他：“秦桧力赞和议，天下安宁，自中兴以来，百度废而复备，皆其辅相之力，诚有功于国。”①

放到岳飞忠奸斗争故事里，因为政治主张、行事作风、人格特征有所不同，所以岳飞和秦桧矛盾丛生。两人的关系正如《宋史》概括的那样：“盖飞与桧势不两立，使飞得志，则金仇可复，宋耻可雪；桧得志，则飞有死而已。”②

岳飞对秦桧卖国的可耻行径颇为不满。《宋史》曾记录岳飞对秦桧的批评：“初，桧逐赵鼎，飞每对客叹息，又以恢复为己任，不肯附和议。读桧奏，至‘德无常师，主善为师’之语，恶其欺罔，恚曰：‘君臣大伦，根于天性，大臣而忍面谩其主耶！’”③岳飞不仅言辞上对秦桧这样的求和派针锋相对，而且行为上也破坏了秦桧计谋。比如秦桧曾密谋污陷韩世忠，岳飞知道后，迅速告知韩世忠，韩世忠找了皇帝当面辩诬，才获得清白。这些都让秦桧认识到“飞不死，终梗和议，己必及祸，故力谋杀之。”“桧以飞屡言和议失计，且尝奏请定国本，俱与桧大异，必欲杀之。”秦桧如此做的巨大动力，还来自金人。“兀术遗桧书曰：‘汝朝夕以和请，而岳飞方为河北图，必杀飞，始可和。’”④这坚定了秦桧杀死岳飞的信念，也加剧了两人的矛盾。

秦桧做的对岳飞冲击最大的阴谋在于破坏北伐。有一种说法认为，在岳飞打算乘胜追击、直捣黄龙的时候，是秦桧暗中作手脚，先私下里让其他将领班师，造成岳飞孤军奋战之势，然后请皇帝下诏班师，导致

① （南宋）李心传．建炎以来系年要录[M]．北京：中华书局，1956.
② （元）脱脱等．宋史[M]．北京：中华书局，1977.
③ （元）脱脱等．宋史[M]．北京：中华书局，1977.
④ （元）脱脱等．宋史[M]．北京：中华书局，1977.

了岳飞功败垂成。据《鄂国金佗续编》记载：

> 既诏班师，飞上疏曰："虏人巢穴尽聚东京，屡战屡奔，锐气沮丧。间者言，虏欲弃其辎重，疾走渡河。况今豪杰向风，士卒用命，天时人事强弱已见，时不再来，机难轻失。臣日夜料之熟矣，惟陛下图之。"疏累千百言。上亦锐意恢复，欲观成效，赐札报之曰："得卿十八日奏，言措置班师，机会诚为可惜。卿忠义许国，言词激切，朕心不忘。卿且少驻近便得地利处，报杨沂中、刘锜同共相度，如有机会可乘，即约期并进。"桧闻之，益懼，乃先诏韩世忠、张俊、杨沂中、刘锜各以本军归，而后言于上，以飞孤军不可留，乞姑令班师。一日而奉金书字牌者十有二，飞嗟惋至泣，东向再拜曰："臣十年之力，废于一旦！非臣不称职，大臣秦桧实误陛下也。"诸军既先退，飞孤军，懼兀术知之，断其归路，乃声言翼日渡河。兀术疑京城之民为内应，夜弃而出，北遁百里。飞始班师。①

这种说法的可靠性存在争议。王曾瑜教授指出，高宗发暂止班师手诏时，岳飞早已班师。而且岳飞班师仅比张俊晚，比刘琦和韩世忠都早，杨沂中甚至是在岳飞班师回朝后，才开赴前线的。也就是说秦桧没有如一些文献里说得那样，在班师一事里作梗。但这种说法如此盛行，足以证明岳飞同秦桧本来就势同水火，矛盾激烈。而且即便秦桧没有真的如上文所言在关键时刻巧使计谋、进谗言让高宗召回岳飞，但作为主和派关键人物，他绝不可能在岳飞北伐过程里袖手旁观、坐视不理，从他对岳飞北伐的多次阻挠来看，这一次关键性战役他也没理由放弃掣肘的机会。

秦桧与岳飞的第二次斗争高峰出现在莫须有冤狱。据《鄂国金佗续

① （南宋）岳珂编，王曾瑜校注．鄂国金佗稡编续编校注[M]．北京：中华书局，1999.

编》记载：

十月，械宪至行在，下之棘寺。十三日，桧奏，乞召飞父子证张宪事，上曰："刑所以止乱，若妄有追证，动摇人心。"不许。桧不复请，十三日矫诏逮捕飞，云亦先逮系。前一夕，有以桧谋语飞，使自辩，飞曰："使天有目，必不使忠臣陷不义；万一不幸，亦何所逃！"明日，使者至，飞笑曰："皇天后土，可表飞心！"

初命何铸治其狱，铸明飞无辜，改命万俟卨。诬飞谕于鹏、孙革致书于宪、贵，令虚申边报，以动朝廷；诬云以书与宪、贵，令措置使飞复还军，而其书则皆谓已焚矣。自十三日赴逮，坐系凡两月，无一事问飞。卨忧惧，不知所为。或有以不助淮西之事，使如台评，则可以为罪矣。十二月十八日，始有省劄下棘寺，命以逗留诘飞，而所收御笔，及往来道途月日，皆可考实，未尝逗留也。乃命大理寺评事元龟年亲定之。①

后来的宋史也延续了这种写法。《宋史·张宪传》记载：

会秦桧主和，命飞班师，宪亦还。未几，桧与张俊谋杀飞，密诱飞部曲，以能告飞事者，宠以优赏，卒无人应。闻飞尝欲斩王贵，又杖之，诱贵告飞。贵不肯，曰："为大将宁免以赏罚用人，苟以为怨，将不胜其怨。"桧、俊不能屈，俊劫贵以私事，贵惧而从。时又有王俊者，善告讦，号"雕儿"，以奸贪屡为宪所裁。桧使人谕之，俊辄从。桧、俊谋以宪、贵、俊皆飞将，使其徒自相攻发，因及飞父子，庶主上不疑。俊自为状付王俊，妄言宪谋还飞兵，令告王贵，使贵执宪。宪未至，俊预为狱以待之。属吏王应求

① (南宋)岳珂编，王曾瑜校注．鄂国金佗稡编续编校注[M]．北京：中华书局，1999.

白张俊，以为密院无推勘法。俊不听，亲行鞫炼，使宪自诬，谓得云书，命宪营还兵计。宪被掠无全肤，竟不伏。俊手自具狱成，告桧械宪至行在，下大理寺。桧奏召飞父子证宪事。帝曰："刑所以止乱，勿妄追证，动摇人心。"桧矫诏召飞父子至。万俟卨诬飞使于鹏、孙革致书宪、贵，令虚申警报以动朝廷，云与宪书规还飞军。其书皆无有，乃妄称宪、贵已焚之矣，但以众证具狱。语在飞《传》。宪坐死，籍家赀。绍兴三十二年，追复龙神卫四厢都指挥使、阆州观察使，赠宁远军承宣使，录其家。①

总体来看，他们先是找了曾经因为违反军纪而被张宪责罚、因此怀恨在心的王俊。张俊提前拟好状纸交给王俊，让王俊以"首告状"诬蔑岳飞和张宪、岳云通谋造反。然后胁迫岳飞部下王贵归顺秦桧，参与诬蔑。张宪受尽折磨，不肯自诬。岳飞被逮捕，也拒绝自诬认罪。万俟卨又令张俊再一次捏造证据，说岳飞曾经让于鹏、孙革写信给张宪和王贵，令他们捏造金人入侵的军情上报。因为没有证据，又以"当时焚烧了当"来搪塞。后来秦桧又以"淮西逗留"罪名审问岳飞。宋代法律规定："临军征讨，误期三日，律当斩。"这意味着如果此项能够成立，岳飞必死无疑。万俟卨为了达到目的，配合抄家，把岳飞可以用来为自己辩诬的证据全部没收，让岳飞死无对证，有冤难伸。此后，王俊又诬告岳飞讲过藐视圣舆、打算谋反的不敬言论。为了证明这一点，胁迫董先作伪证。虽然从民间到朝野，人们都在努力为岳飞奔走呼告，但是最后，岳飞还是被定了"淮西逗留"和指斥圣舆的两项罪责，被判死刑。

这两则材料的共同点在于认为是秦桧假传圣旨，是秦桧一手促成了岳飞冤案，并导致了他的死亡。大量资料支持这种看法。如宋代陈思《两宋名贤小集》卷一百四十七《岳忠武摭藁》所云："岳飞，字鹏举，相州汤阴人。宣和间应真定宣抚幕。累立战功，南渡历少保，河南北诸路

① (元)脱脱等．宋史[M]．北京：中华书局，1977.

招讨使，进枢密副使，封武昌郡开国公，罢为万寿观使，为秦桧所陷殒大理寺狱。淳熙六年赐谥武穆。嘉定四年追封鄂王。淳佑六年改谥忠武。”《齐东野语》甚至将岳飞之死和曲端之死相提并论，认为他们死在奸臣手里：“至今西北故老，尚能言其冤。而《四朝国史》端本传之论，乃曰：‘曲端之死，时论或以为冤，然观其狠愎自用，轻视其上，纵使得志，终亦难御，况动违节制，夫何功之可言乎？’此虽史臣为魏公庇，然失其实矣。信如所言，则秦桧之杀岳飞，亦不为过。或又比之孔明斩马谡，尤无谓也。直笔之难也，久矣，惜哉！”①由此可见，很多宋人认为秦桧是害死岳飞的元恶大憝。

然而据《建炎以来朝野杂记》乙集卷12《岳少保诬证断案》记载：“奉圣旨，就大理寺置司根勘闻奏。”②此外，据《金佗续编》卷30《南剑州布衣上皇帝书》记载：“昨睹榜示，遽以枢密行府见勘张宪，其谋有累于岳飞，遂逮系诏狱，连及妻、子。”既然公开“榜示”，秦桧假传圣旨一说又从何而来？如果得不到皇帝允许，秦桧怎么能有权力将岳飞这种高级官员私自关进牢房？再联系当时《刑部大理寺状》来看，判决处死岳飞时，高宗一改对岳飞“卿志存忧国，义专报君”“卿忠义之心，通于神明”“秉义忠纯”“精忠许国”的印象③，当天即批复“岳飞特赐死，张宪、岳云并依法施行，令杨沂中监斩”。④ 本来大理寺只判岳云三年徒刑，结果高宗将其改为死刑。除岳飞、岳云、张宪外，还有多人也受到极为严厉的惩罚。由此可见高宗对岳飞的残忍冷酷。无论抓捕岳飞进入监狱还是赐死岳飞，高宗都发挥了最关键作用。

高宗为何要置岳飞于死地？不仅因为岳飞主战的政治立场和自己的

---

① 王德保，岳朝军．文渊阁四库全书岳飞资料汇编[M]．北京：中国社会科学出版社，2015.

② （南宋）李心传撰，徐规点校．建炎以来朝野杂记[M]．北京：中华书局，2006.

③ （南宋）岳珂编，王曾瑜校注．鄂国金佗稡编续编校注[M]．北京：中华书局，1989：756.

④ （南宋）李心传．建炎以来系年要录[M]．北京：中华书局，1956：2302.

立场相左，而且还有以下几个要素起作用。

首先，宋开国皇帝赵匡胤本人即因兵变上位，因此对骄兵悍将极为戒备，为此，从他开始的有宋一代，政治上采取重文轻武的国策，把对武将权力的约束与控制当做头等大事来抓。“杯酒释兵权”最能体现统治者对武将的态度。他们宁可军事将领们醉心于良田美宅、功名富贵，也不希望他们具有远大抱负。在这种重文轻武、以文御武的的治国策略下，帝王和文臣对武将的防范成为了一种习惯和传统。岳飞作为一个手握全国精锐武装的统军大将，在对敌作战保家护国的同时，也背负着来自朝廷上下左右的压力。他的励精图治让高宗格外没有安全感，也让其他官僚格外嫉妒。

其次，岳飞桀骜不逊、刚正敢言的性格多次触怒皇权，导致二人矛盾摩擦日趋升级。其中淮西军的支配问题是两人关系非常重要的转捩点。绍兴七年二月，岳飞奉诏入朝觐见高宗。高宗把岳飞召至“寝阁”，向岳飞授命：“中兴之事，朕一以委卿。”①准备将刘光世淮西军五万兵力并入岳家军，由岳飞统率。岳飞异常激动。因为这意味着岳家军兵力可以骤增一倍以上，成为三军之冠，抗金力量将大为增强。岳飞认为有了这支军队，三年即可收复失地。他随即写了《乞出师札子》给皇帝，陈述了自己恢复中原的规划，而且提出要“迎还太上皇帝、宁德皇后梓宫，奉邀天眷以归故国。使宗庙再安，百姓同欢，陛下高枕无北顾之忧”。② 但后来力主议和的秦桧等人从中作梗，提出并军不便的谏议，高宗置“前议”于不顾，下诏给飞说：“淮西合军颇有曲折。”岳飞非常失望，遂上了一道乞罢军职的札子，不等批复，在宋金局势非常紧迫的情况下，愤而离职。皇帝派专人召他回京，一番安抚后，对他发出了严厉

① (南宋)岳珂编，王曾瑜校注．鄂国金佗稡编续编校注[M]．北京：中华书局，1989：1592.

② (南宋)岳珂编，王曾瑜校注．鄂国金佗稡编续编校注[M]．北京：中华书局，1999.

警告："太祖所谓犯吾法者，惟有剑耳。"①这件事加深了两人的矛盾。此外，岳飞干预立皇储一事也是惹怒高宗的重要原因。据张戒《默记》记载，岳飞曾对薛弼说："近闻谍报，虏酋以丙午元子入京阕。为朝廷计，莫若正资宗之名，则虏谋沮矣。"②薛弼劝他不要鲁莽行事，他却说："臣子一体，也不当顾虑形迹。"结果面见高宗，并读自己的奏折。据说当时读奏折的情形是："风动纸摇，飞声战不能句。"高宗不悦，并对薛弼说出对这件事的感受："飞适才来奏，乞正资宗之名。朕谕以卿虽忠，然握重兵于外，此事非卿所当与也。"③尽管岳飞后人对此事的解释是："视国事犹其家，常以国步多艰，主上(宋高宗)春秋鼎盛，而皇嗣未育，圣统未续，对家人私泣，闻者或相于窃迂笑之。十年北征，首抗建储之议。援古今，陈厉害，虽犯权臣之忌而不顾，天下闻而壮之。"④但岳飞"犯权臣之忌"这件事仍然招致了很多批评。正如陈邦瞻所指出的那样，岳飞"智名勇略盖一世，挟震主之威，而居不赏之功，斯已危矣，犹欲与人父子间事乎(指岳飞上疏请高宗建储一事)……而飞乃触其深忌，安知谗人不以此为中伤地也……然则飞之不免，盖可见矣。"⑤岳飞身处险恶环境，却长于谋国，拙于谋身，不考虑个人安危也无心平衡局势，经常激怒统治者，为自己忠奸斗争的惨败与死亡埋下祸根。

二、岳飞与秦桧忠奸斗争文化的文学演绎

岳飞忠奸斗争的勇气和努力让后人敬佩，而他斗争失败、含冤致死

---

① (南宋)李心传．建炎以来系年要录[M]．北京：中华书局，1956.

② (南宋)岳珂编，王曾瑜校注．鄂国金佗稡编续编校注[M]．北京：中华书局，1999.

③ (南宋)岳珂编，王曾瑜校注．鄂国金佗稡编续编校注[M]．北京：中华书局，1999.

④ (南宋)岳珂编，王曾瑜校注．鄂国金佗稡编续编校注[M]．北京：中华书局，1999.

⑤ (明)陈邦瞻．宋史纪事本末[M]．北京：中华书局，1977.

的悲剧结局和不幸命运也唤起了人们心中的同情与感慨。在其去世后，南宋时期各种关于他的故事纷至迭出，主要包括猪精转世故事、施全行刺故事、秦桧东窗事犯故事。

（一）民间宿命观视野下的岳飞之死：岳飞乃猪精转世之说

宋人笔记小说《独醒杂志》里有一则关于岳飞的笔记将岳飞之死解释为猪精转世，这也是岳飞猪精故事的首次出现：

> 岳公微时，尝于长安道上遇一相者曰舒翁，熟视之曰："子异日当贵显，总重兵，然死非其命。"公曰："何谓也？"翁曰："第识之，子猪精也，猪硕大必被害，子贵显则睥睨者众矣。"①

这种写法往往让今人难以接受。因为"猪"被人们当做图腾来敬畏的时代早已经一去不复返了。今人往往把"猪"和笨拙、肥胖等特征联系在一起。而岳飞形象如此英武，因此很难产生两者之间的审美联想。事实上，猪不仅在今人眼里地位不高，在南宋也如此。南宋之前，特别是早原始社会阶段，人们生产力低下、对自然认识水平较低，尚能对猪保持畏惧心理，渴望得到它们某种神奇能力的庇护。但随着人们生产力水平和认识水平的提高，猪的神秘色彩逐步消失、地位逐步下滑。在汉代"猪"意象还可以和帝王降生联系在一起，有一抹祥瑞神秘色彩。比如《汉武帝内传》里，武帝出生前，景帝梦到一头赤彘从云端下来，投入崇芳阁，武帝出生后，取名为"彘"。但到了北宋，在钱易笔下出现了安禄山"醉卧化为一猪而龙头"的写法，由此可见猪已经被视为是乱臣贼子的化身，这意味着早期的高贵祥瑞内涵消失无踪。那么到了南宋，在猪已经消退了吉祥与高贵色彩的情况下，人们为什么还要以猪精转世解释岳飞之死呢？

---

① （南宋）曾敏行．独醒杂志［M］．上海：上海古籍出版社，1986.

我们认为有两个方面的原因。一方面是受到儒家的中庸哲学影响。宋代是儒学中兴的时代，宋朝初年，出现了张载、程颢、程颐这样一批既接续了儒家道统、又发展出“得道行君”新天地的儒学学者。随着儒学持续发展，儒家的中庸世界观也被更广泛接受。所谓“中庸”是以“中”为至道、以“中”为美的哲学理念，它的基本含义是“执其两端而允中”。何为“中”？古典文献中找不到一个非常直接的、完整的对“中”的定义，通常人们把“不偏不倚”“适度适合”的一种分寸之感与生活智慧视为“中”。其核心是讲究“恰如其分”。传统文化认为，人处在与周围世界动态平衡的宇宙中，个体的行为会对外部产生“牵一发而动全身”的影响。因此在采取行动、决断时，个体要具有“中庸”意识，充分考虑到自己的言行会对整体的和谐及平衡带来何种影响，慎思以后再去采取恰当措施。如何做到“中庸”？儒家对君主或弟子门生的一些建议或许可以启发我们。如“可与言而不与之言，失人；不可与言而与之言，失言。知者不失人，亦不失言。”(《论语·卫灵公》)“侍于君子有三愆：言未及之而言谓之躁；言及之而不言谓之隐；未见颜色而言谓之瞽。”(《论语·季氏》)“子温而厉，威而不猛，恭而安。”(《论语·述而》)“君子惠而不费，劳而不怨，欲而不贪，泰而不骄，威而不猛”(《论语·尧曰》)等。或者用《尚书·皋陶谟》里的话来讲，就是要做到：“宽而栗，柔而立，愿而恭，乱而敬，扰而毅，直而温，简而廉，刚而塞，强而义。”用这种具有中庸意味的观念为标尺审视岳飞，会发现作为武将的岳飞，作战果敢勇猛、敢作敢为、胆识过人。但将这种特点带到战场之外，则未必就是优点，尤其是在与最高统治者的接触过程中呈现出这种特点的时候，则很容易被最高统治者视为一种冒犯。对于这一点，宋代朱熹曾有过点睛式的评论：“僩因问曰：‘当初高宗若必不肯和，乘国势稍振，必成功。’曰：‘也未知如何，盖将骄惰不堪用。’僩问：‘如张韩刘岳之徒，富贵已极，如何责他死了，宜其不可用。若论数将之才，则岳飞为胜。然飞亦横，只是他犹向前厮杀。’先生曰：‘便是如此。有才者又有些毛病，然亦上面人不能驾驭他，若撞着周世宗、赵太祖，那里怕！他驾驭起皆是名将。缘上之举措无以服其心，所谓得罪于巨室者也。’岳飞恃才不自晦。郭子仪晚节保身甚阘冗，然当紧要处，又不然，单骑见虏云云。飞作副枢，便直是要去做。张韩知其谋，便只依违。然便不做亦不免，其用心如此，直是忠勇也！扬。”①这段话中朱熹所指出的“恃才不自晦”就是以“中”观念来衡量岳飞待人接物的尺度。这个评价意味着，他们已经意识到岳飞处理事情时性情耿直、内心缺少城府，是他蒙冤受死的重要原因。结合史实来看，岳飞在和统治者交往过程中，的确手握重兵却昧保身之策，表现得比较强势。为了矢志不渝地追求理想绝不妥协，或许是他“横”和“恃才不自晦”的真正原因。

手握重兵，誉满天下，遭受猜忌、嫉妒，本是人情之常，加之岳飞拙于谋身，更容易枪打出头鸟。因此，尽管岳飞自认为、后人也认为他对皇帝、对宋室忠心耿耿，但因为这种性格、性情，不能见容于南宋最高统治者，这正是中庸文化传统下的宿命。

除了中庸之道，该故事也是佛教转世观念影响的产物。“中国民族性特点之一为能吸收其他区域文化之优点。”②佛教作为一种外来宗教，自东汉传入后，迅速发芽。中国本土文化本身就有谈神说鬼的传统，佛教怪诞的想象、夸张的笔调符合中国人的口味，所以很快就融汇进了中国文学里。正如鲁迅指出的那样：“中国本信巫，秦汉以来，神仙之说盛行，汉末又大倡巫风，而鬼道愈炽；会小乘佛教亦入东土，渐见流传。凡此，皆张皇鬼神，称道灵异，故自晋迄隋，特多鬼神志怪之书。其书，有出于文人者，有出于教徒者。”③伴随着佛教在本土发展壮大，因果报应、六道轮回的观念也越来越有影响力。有宋一代，佛教盛行，文学作品里随处可以看到与佛教相关的风土人情。宋朝欧阳修、苏轼等文人墨客与佛教徒之间的交往也颇为密切。我们由此可以想见佛教文化对宋人影响之深。岳飞猪精转世故事，也是这种佛教因果论影响下的产

① (宋)黎靖德编，王星贤点校．朱子语类[M]．北京：中华书局，1986.
② 李济．中国文明的开始[M]．江苏：江苏教育出版社，2005.
③ 鲁迅．中国小说史略[M]．上海：上海古籍出版社，1998.

物。此后由于相同原因，《夷坚志》里又出现了岳飞猿精转世故事，在此不作赘述。

(二)施全复仇故事开始出现

岳飞与秦桧的忠奸斗争在岳飞死后演化为岳飞支持者与秦桧为代表的恶势力的斗争。在这个过程里出现了著名的“施全行刺”故事。该故事在《三朝北盟会编》里有历史原型：

> 后绍兴二十三年三月，内有殿前司神勇后军施全，将一铡刀伏于暗处，桧回朝，向前刺之，为轿子所隔不中。施全依法赐死。①

陆游《老学庵笔记》卷二也记录了这个故事：

> 秦桧之当国，有殿前司军人施全者，伺其入朝，持斩马刀，邀于望仙桥下斫之，断轿子一柱而不能伤，诛死。其后秦每出，辄以亲兵五十人持挺卫之。初，斩全于世，观者甚众，中有一人，朗言曰：“此不了事汉，不斩何为！”闻者皆笑。②

综合两则材料来看，施全的行为属于行侠仗义的复仇行为。曾有学者归纳“中国古典小说中的复仇，都是好人向坏人复仇。好人代表着善，坏人则表示着恶，因此复仇的过程也就是正义和善对于奸佞和恶的惩罚与克服，也可以说是一种惩恶扬善。”③施全故事符合这一特征。它以烘云托月之势为岳飞的忠臣形象和人格魅力作了一个生动注脚。它标志着

---

① 王德保，岳朝军．文渊阁四库全书岳飞资料汇编[M]．北京：中国社会科学出版社，2015.

② (南宋)陆游．老学庵笔记[M]．北京：中华书局，1997.

③ 胡邦炜，冈奇由美．古老心灵的回声——中国古典小说的文化、心理学阐释[M]．成都：四川文艺出版社，1991.

岳飞与秦桧的忠奸斗争不仅仅局限在生前，还绵延到死后。不仅有天道昭昭的神秘力量给予秦桧以惩罚，亦有人间正义力量对他的打击。体现出民间百姓与奸臣势不两立的决心与顽强的斗争意志。

施全复仇行为的产生，首先可从中国古代传统儒、墨思想里找到渊源。先秦儒家、墨家都比较尊重见义勇为、诛恶济善的复仇行为。《论语·泰伯》提出："士不可不弘毅，任重而道远。仁以为己任，不亦重乎？死而后已，不亦远乎？"《论语·卫灵公》提出："志士仁人，无求生以害仁，有杀身以成仁。"《论语·子张》提出："士见危授命，见得思义。"这类观念主张以道自任、放下对个人利害的考虑，纯然以善恶为依据，以诛恶济善行为来完善理想人格的构建。这实际上强调的是一种社会责任感和使命感。此外，墨家也提倡见义勇为、替天行道。墨子在《天志下》提出"天志"是"为万民兴利除害，富贫众寡，安危治乱"，是"欲人之相爱相利，而不欲人之相恶相贼"，也是"处大国不攻小国，处大家不篡小家，强者不劫弱，贵者不傲贱，多诈者不欺……天下有义则生，无义则死……""反天意者……必得罚"。《吕氏春秋》曾将墨家复仇观归纳为："杀人者死，伤人者刑，墨者之法也。"由此可见墨家思想是主张正义性复仇的。秦汉以后，墨家学说不再是显学，但其影响却并未消失，潜移默化地滋养着社会下层的思潮。秦汉以后社会上出现了"游侠""任侠"一类见义勇为、济善锄恶的人物，他们的思想观、价值观都与墨家有较深的渊源。

施全复仇行为除了受到儒家、墨家复仇观对人生观、价值观的影响，显然也受到因岳飞之死引发的社会舆论影响。据《鄂国金佗续编》记载：

> 初，万俟卨代何铸治飞狱，擢为御史中丞。大理丞李若朴、何彦猷以为飞无罪，固与卨争。卨弹若朴以党比飞，与何彦猷俱罢。大理卿薛仁辅亦言飞冤，以罪去。知宗士㒟请以百口保飞，卨劾之，窜死于建州。布衣刘允升上书讼岳飞冤，下棘寺以死。

王俊以告讦，自左武大夫、果州防御使超转正任观察使。姚政、庞荣、傅选以傅会，迁转有差。王俊后离军，桧犹不忘之，授以副总管。时董先亦逮至，桧恐其有异辞，引先面谕之，且抚劳之曰："无恐，第证一句语言，今日便出。"先唯唯。桧使大程官二人，护先至狱中。先对吏，即伏，遂释之。枢密使韩世忠心不平，狱成，诣桧问其实，桧谓："飞子云与张宪书不明，其事体莫须有。"世忠曰："相公言'莫须有'，何以服天下?"因力争之，桧不纳。①

另据《老学庵笔记》记载人们对岳飞之死的反映也是群情共愤：

张德远诛范琼于建康狱中，都人皆鼓舞；秦桧之杀岳飞于临安狱中，都人皆涕泣。是非之公如此！②

上述材料足以证明岳飞冤案引起了各个社会阶层的强烈不满。人们非常关注这件事，普遍将岳飞之死看作善与恶的较量。施全义愤填膺，挺身而出，刺杀秦桧，当是受到这种社会大环境的影响。

（三）秦桧阴司冥报故事萌芽

佛教源于印度，它给印度文学披上了想象的瑰奇色彩。胡适曾赞叹："那些印度圣人绞起脑筋来，既不受空间的限制，又不受时间的限制，谈世界何止三千大千，谈天何止三十三层，谈地狱何止十层十八层，一切都是无边无尽。"③佛教传入中国，把地狱想象和中国本土幽冥世界的想象结合起来，刺激了中国入冥故事的大量产生和迅速定型。南

① （南宋）岳珂编，王曾瑜校注．鄂国金佗稡编续编校注［M］．北京：中华书局，1999.

② （南宋）陆游．老学庵笔记［M］．北京：中华书局，1997.

③ 胡适．白话文学史［M］．北京：东方出版社，1996.

北朝时期，随着“释氏辅教之书”如《列异记》《搜神记》《幽明录》《冥祥记》等作品的问世和传播，逐渐形成较为稳定的一种叙事模式：某人死去，灵魂进入地狱，看到有罪者受罚，然后此人复活，将地狱见闻带回人间，宣传佛教果报思想和轮回观念，警戒他人莫作恶，以期达到警醒人心、“征明善恶，劝诫将来”的目的。

南宋时期，这种入冥故事也影响到了岳飞忠奸斗争故事。岳飞在现实生活中被秦桧设计杀害，以秦桧奸计得逞而告终。然而人们显然不满足于正不压邪的现实。惩恶扬善的道德力量和对英雄的怀念崇敬都使得他们把矛头指向秦桧，并打破现实束缚，虚构了秦桧冥报的故事情节。这是岳飞与秦桧政治斗争空间与时间上的延伸。它发生在岳飞死后，地点是在阴曹地府，以秦桧受到惩罚与报应而淡化了现实生活中岳飞被奸臣迫害致死的悲剧色彩。具体言之，在南宋笔记中，出现了几种不同记载。《夷坚志》记载：

> 秦桧矫诏逮岳武穆父子下棘寺狱，遣万俟卨锻炼，未服。一日，桧于东窗下画灰密谋，秦桧妻王氏曰：“擒虎易，放虎难。”武穆遂死狱中。张宪、岳云弃市。金人酌酒相贺曰：“莫予毒也。”后桧挈家游西湖，忽得暴疾，见一人瞑目厉声曰：“汝误国害民，我已诉于天，当受铁杖于太祖皇帝殿下。”桧至此怏怏以死。未几，子熺亦亡。方士伏章，见熺荷铁枷，因问太师何在？泣曰：“在酆都。”方士如其言以往，果见桧与万俟卨俱荷铁枷囚铁笼中，备受诸苦。桧嘱方士曰：“烦传语夫人，东窗事犯矣！”后有考官归自荆湖，暴死旅舍，复苏曰：“适看阴间断秦桧事，桧与争辩，桧受铁杖，押往某处受报矣。”（此条为清代褚人获《坚瓠集》首集卷四所引，不见今本《夷坚志》。）①

① （清）褚人获辑撰，李梦生点校．坚瓠集［M］．上海：上海古籍出版社，2012.

《江湖杂记》记载：

> 桧既杀武穆，向灵隐寺祈祷。有一行者乱言讥桧。桧问其居止。僧赋诗，有“相公问我归何处，家在东南第一山”之句。桧令隶何立物色。立至一宫殿，见僧坐决事。立问侍者，答曰：“地藏王决秦桧杀岳飞事。”须臾，数卒引桧至，身荷铁枷，囚首垢面，见立，呼告曰：“传语夫人，东窗事发矣！”（《坚瓠集》“东窗事犯”引《江湖杂记》）①

宋曾撙《信笔录》记载：

> 绍兴二十七八年间，广西宪台属官，代巡按过此，向晚路迷，有人引至深谷。有官府拷讯罪囚一，衣紫金带窠头而立，旁有语者云：“此秦桧也。”属官进揖，则云：“西窗事发，君归为言作大功德。”属官忽得路而回，适满秩过金陵，至桧家言之。桧妻王氏惊曰：“西窗即太师破柑处，议杀岳飞也。”未几，王氏亦下世。②

第一个故事写秦桧地狱受苦并托方士托付他传语夫人。第二个写秦桧因为杀了岳飞心里不安，去庙里烧香拜佛。被行者讥讽，秦桧命何立捉拿。何立巧遇地藏王决秦桧杀岳飞事，见到秦桧阴间受罚，并托他将东窗事发事转告王氏。这种模式里，何立开始出现，日后“何立入冥”故事开始具备基本情节。第三个则写广西宪台属官目睹秦桧死后受审判。他迷路偶遇秦桧受审判，并替他传话给王氏，王氏也很快下世。三个故事情节结构都是某人看到地狱秦桧惨状，传语夫人。因为有一个往返于阴间和阳间的主人公见证了秦桧的恶有恶报，所以这三则都属于入

① （清）褚人获辑撰，李梦生点校．坚瓠集［M］．上海：上海古籍出版社，2012.

② 曾撙原书已佚，元一统志，“铁围山”条引录，永乐大典卷 2340.

冥故事。这种入冥故事在人间法律与道德不能及时公正审判的时候，给人们提供了一线伸张正义的希望，满足了人们“善有善报、恶有恶报”的心理。

(四)为君讳传统下诗歌对岳飞忠奸斗争文化的关注

《尚书·洪范》曾言：“无有作好，遵王之道；无有作恶，遵王之路。无偏无党，王道荡荡；无党无偏，王道平平；无反无侧，王道正直。”①这句话对王权至高无上的地位做出充分肯定。又如董仲舒《春秋繁露》言：“古之造文者，三而连其中谓之王。三画者，天地与人也。而连其中者通其道也。取天地与人之中以为贯而参通之。非王者孰能当之？”②这种君主参天地的理论不仅把君主神圣化，而且抬到了超人的位置。除了理论对人思想的控制，封建君主专制制度为了把王权抬到金字塔顶端，有一系列严酷打击人们侵犯皇权权威的刑法，其酷烈程度让人发指。最有名的莫过于早期秦始皇焚书坑儒。儒学博士淳于越提出与秦始皇不同的分封、郡县政策，对当面逢迎秦始皇的仆射周青臣表示不屑一顾，丞相李斯故意扩大事端，抨击他“不师今而学古，以非当是，惑乱黔首”，并认为这种局面如果不加以控制，必定会造成“主势降乎上，党与成乎下”的结果，并借机劝谏秦始皇焚书。秦始皇采纳了他的建议，除将《秦纪》、医、卜、种树等书存留，剩下的史书、诸子之书、诗歌等书三十天内全部上缴官府焚毁。是为焚书。后来始皇三十五年，意外发现咸阳诸生对他的所谓“诽谤”，下令彻查，牵连四百六十人，统统活埋，是为坑儒。这种严苛粗暴的管理模式被后来的封建王朝所习得，逐渐内化成封建时代比较稳定的伦理思维和法律规定。本朝人一旦说了一点本朝皇帝的坏话，就是犯了“指斥圣舆”“十恶不赦”的滔天大罪。至宋代，依然如此。统治阶级仍然杯弓蛇影，不但没有削弱，反而

① (汉)孔安国传，(唐)孔颖达正义，黄怀信整理．尚书正义[M]．上海：上海古籍出版社，2007.

② 春秋繁露，王道通三第四十四。

运用大兴文字狱等手段继续加强对人们的言论监控。苏轼的乌台诗案即是一个典型案例。元丰二年三月，苏东坡调任湖州。他在《湖州谢上表》里面加了几句牢骚话。皇帝震怒，对其一贬再贬，朝堂上下莫不震动。由此可见宋代文网之密，打击手段之严酷。这使得人们质疑当朝皇帝错误需要极大勇气。

在这种为君讳的文化传统里，出现的一些对高宗的批评是非常难能可贵的。比如杨万里《诚斋集》卷二七《初入淮河四绝句》其二："刘、岳、张、韩宣国威，赵、张二相筑皇基，长淮支持分南北，泪湿秋风欲怨谁。"作者认为既然有如此多忠勇干将，却仍只能以淮河为界，让大家在秋风里流泪，该怨谁呢？言外之意，有影射君王和秦桧之意。但非常幽微曲折。此外，刘过有词《六州歌头·吊武穆鄂王忠烈庙》：

> 中兴诸将，谁是万人英？身草莽，人虽死，气填膺，尚如生。年少起河朔，弓两石，剑三尺，定襄汉，开虢洛，洗洞庭。北望帝京，狡兔依然在，良犬先烹。过旧时营垒，荆鄂有遗民。忆故将军，泪如倾。
>
> 说当年事，知恨苦：不奉诏，伪耶真？臣有罪，陛下圣，可鉴临，一片心。万古分茅土，终不到，旧奸臣。人世夜，白日照，忽开明。衮佩冕圭百拜，九泉下，荣感君恩。看年年三月，满地野花春，卤簿迎神。

其中"北望帝京，狡兔依然在，何事先烹。"引用的是《史记》典故。《史记·越王勾践世家》记载："范蠡遂去，自齐遗大夫种书曰：'蜚鸟尽，良弓藏；狡兔死，走狗烹。越王为人长颈鸟喙，可与共患难，不可与共乐。子何不去？'"范蠡劝告文种离开的原因，是因为已经预见到了越王勾践的不堪信赖与翻脸无情。刘过引用这个典故，含有隐约指责高宗之意。

另外，薛季宣《周将军观岳侯石像二首(其一)》也非常有代表性：

万死何知狱吏尊，威名盖代古难存。
二桃岂是功高赐，一舸不容身退论。
几见饮江思道济，缪为图像削王敦。
沉碑千古蛟龙恨，留与无穷客断魂。

该诗引用了《晏子春秋》里面“二桃杀三士”的典故。齐景公担心三员大将公孙接、田开疆、古冶子功高震主、恃宠而骄，采取了晏子的计谋，以两个珍贵桃子为诱饵，挑拨三人比拼功劳，最后三人在矛盾面前纷纷因羞愤拔剑自刎，于是齐景公不动一兵一卒，就实现了借刀杀人。紧接着又将岳飞比附为护国有功却因为功高震主而被文帝妄杀的檀道济。行笔至此，作者对高宗的不满可谓呼之欲出。

但总体而言，反思高宗过错的作品在南宋实在少之又少。即便出现也通常以用典和点到为止的方式来表达，囿于古代君臣礼法与为君讳传统，宋人们顾忌颇多。更多的是把岳飞死因归结为不知自保的性格、奸臣秦桧等人的迫害、因果轮回的宿命安排。

第三节　元代：岳飞故事忠奸斗争主题的发展期

元代岳飞忠奸斗争故事进一步繁荣，除了史书、笔记、诗歌、话本，戏剧这种“无矛盾不戏剧”的文体也开始吸纳岳飞忠奸斗争故事。元代岳飞忠臣形象通过刺字情节、与秦桧辩论情节、死后魂灵恳求高宗为自己伸冤情节以及史书的高度评论而得到提升。

一、《宋史·岳飞传》：刺字故事的开端与忠臣形象的强化

“刺字”通常指用针在皮肤上刻文字，并涂上颜色，使字迹明显。这种行为是用符号形式记录行为主体情感体验的行为，它本身具有的仪式感会给人的心性结构和情感状态带来一定影响。元代岳飞的刺字故事

最早见于《宋史·何铸传》与《宋史·岳飞传》。

《何铸传》记载较为详细："逮飞系大理狱，先命铸鞫之。铸引飞至庭，诘其反状，飞袒而示之背，背有旧涅'尽忠报国'四个大字，深入肤理。既而阅实俱无验，铸察其冤，白之桧。桧不悦曰：'此上意也。'铸曰：'铸岂区区为一岳飞者，强敌未灭，故戮一大将，失士卒心，非社稷之长计。'"①《岳飞传》内容类似。这样的记录使得岳飞爱国形象更加高大，也反衬出他死的冤枉，进一步体现出奸臣的无耻与阴暗。这两则材料后来为明清所袭用，刺字行为由一提而过变为浓墨重彩的描写，刺字者从未知变成已知、从张宪变成岳母，衍生出花样繁多的版本。翻检所有南宋文献都没有这一情节的记录。我们推断，这应是史书的虚构。

二、对岳飞之死的突破性认识

元代对岳飞之死的看法在南宋基础上有破有立。岳飞之死和高宗难脱干系，而元代人时过境迁比较敢于表达对高宗的不满。在诗歌领域，有很多诗歌开始批评皇帝在岳之死里发挥的作用。例如班惟志《岳王庙》："威名震主自难全，高第纶巾未许闲。空使旄头奸胆破，不容马革裹尸还。新亭人泣山河异，古冢鹃啼草树殷。当日韩张徒共事，更无一语动天颜。"

又如元代陶宗仪《岳鄂王》：

精忠祠宇西湖上，再拜荒坟感昔游。
断碣草深蒙翳员，空山日落叫鸲鹆。
运移宋祚难恢复，帝幸燕云困虏囚。
逆桧阴图倾大业，昭陵无意问神州。
偷安甫遂邦丧志，痛饮甘忘父母雠。

① （元）脱脱等．宋史[M]．北京：中华书局，1977.

信使北和怜屈膝，策文南驻忍含羞。
两宫五国瞻征帜，丹诏班师下节楼。
万里长城真自坏，中兴武绩遂云休。
呜呼竟死奸邪手，颠沛谁为社稷忧？
黯黯冤魂有狴犴，纷纷雨泪泣貔貅。
唯余满地苌弘血，不见中流祖逖舟……①

无论是“威名震主自难全，高第纶巾未许闲”，还是“偷安甫遂邦丧志，痛饮甘忘父母雠”都是对高宗的批判。前者指出了岳飞功高震主、导致统治者信任危机。后者则讽刺了高宗苟安南方、忘却父母之仇的胆小与无耻。

除了诗歌，其他体裁也有这种思想的流露。元人陈基为重刻的《金佗稡编》写过一篇序，反映了当时的流行观点：

宋高宗承祖宗之绪，虽间关播越，退保江南，然与汉光武不侔尺寸者异矣。而靖康之敌，又非新室、赤眉之比。南渡将相，心膂爪牙之臣，亦非若曩时冯异仗剑而崛起者。加之重熙累洽，渐磨浸渍，沦肤浃髓，垂二百年余。一旦两宫蒙尘，宗社为墟，中原父老日夜唏嘘思宋，不减三辅。至光武徒步南阳，左袒一呼，尽复高皇帝旧物，其故何哉？盖光武知人明见万里，而康王举国听于权臣。故回溪之败，冯异之罪小；朱仙镇之捷，武穆之功大。光武不以一挫之失忘远图，故异卒以再造之绩兴汉室；康王不能因战胜之锋用武穆，而徇主和之议任秦桧，故以恢复自任者适足以媒忌嫉之口，而忠贞自许者卒无以逃煅炼之祸。夫所贵乎中兴之主者，非以其能雪父兄之耻，光先考之烈乎！今举垂成之业而弃之，使冯异君臣专

① 傅炳熙，傅乃芹．宋元明清咏岳飞广辑[M]．郑州：中州古籍出版社，2015.

美于前古，武穆父子衔冤于九泉。此孝子忠臣所以读《金佗粹编》者，未有不为高宗恨也。①

又比如揭傒斯《宋史论序》曾言：

……哲宗起章惇，徽宗任蔡京，以致播迁之极辱；高宗为中兴之主，而李纲、张浚废痼，宗泽忧死，岳飞杀，黄潜善、汪伯彦、秦桧之徒汇征旅进，更为腹心，拒绝和之议，弃恢复之几，甘宴安于穷陬，忘祖宗之大耻……②

承载官方主流意识形态的官史《宋史》也没有放过对高宗过错的审视。《岳飞传》末所附之"论"，代表元朝官方对岳飞的结论性评价。论曰：

西汉而下，若韩、彭、绛、灌之将，代不乏人，求其文武全器、仁智并施如宋岳飞者，一代岂多见哉。史称关云长通春秋左氏学，然未尝见其文章。飞北伐，军至汴梁之朱仙镇，有诏班师，飞自为表答诏，忠义之言，流出肺腑，真诸葛孔明之风，而卒死于秦桧之手。盖飞与桧势不两立，使飞得志，则金仇可复，宋耻可雪；桧得志，则飞有死而已。昔刘宋杀檀道济，道济下狱，嗔目曰："自坏汝万里长城！"高宗忍自弃其中原，故忍杀飞，呜呼冤哉！呜呼冤哉！③

① 王德保，岳朝军．文渊阁四库全书岳飞资料汇编[M]．北京：中国社会科学出版社，2015.

② 王德保，岳朝军．文渊阁四库全书岳飞资料汇编[M]．北京：中国社会科学出版社，2015.

③ （元）脱脱等．宋史[M]．北京：中华书局，1977.

《宋史·高宗本纪》中的评论则是："岳飞父子竟死于大功垂成之秋。一时有志之士，为之扼腕切齿。帝方偷安忍耻，匿怨忘亲，卒不免于来世之诮，悲夫！"①

以上材料说明包括统治阶级在内的元朝各个阶层对岳飞的评价是很高的，并未因为岳飞是汉人而诋毁其成就。这一方面是因为，虽然元代是异族统治，但统治者明白"天下可得之马上，不可自马上治"的道理，努力借鉴了建立北魏、辽、金政权的鲜卑、契丹、女真等北方少数民族的经验，对以汉族为代表的中原农业文化秉持一种学习与接纳的态度。他们深知要管理这个汉族人口最为庞大的国家，需要得到汉人的支持。这需要他们尊重汉人的文化传统，以汉法治理天下。而岳飞作为一个深得汉人民心的英雄，他们打压他的形象只能激起不必要的反感、反抗，制造更多民族矛盾。因此，从维护民族团结、稳固民族友谊的角度来考虑，他们需要权衡利弊，给汉人的偶像以必要的尊重。

另一方面，是因为元代是一个文化气氛比较自由、放松的时代，人们的创作禁忌和心理压力较小。恰如奚海在《元杂剧论》里指出的那样："在意识形态领域，元帝国时期也更趋于宽松、活跃、民主、解放。"②在这种氛围里，岳飞极高的精神境界和人格魅力很容易跨越民族，跨越时间，跨越地理位置，受到人们的一致肯定。

三、诸多新现象并集的杂剧：《东窗事犯》

岳飞被屈杀的冤臣形象产生了进一步的变化，这种变化主要体现在《东窗事犯》里。该剧又名《地藏王证东窗事犯》，共四折，北曲杂剧。元代孔学诗(文卿)作。今有《元刊古今杂剧三十种》本、《元曲选外编》本。剧情是：南宋岳飞率兵于朱仙镇对抗金兵，朝廷下诏书令岳飞班师回朝。岳飞父子回朝后被秦桧以莫须有之罪加害。一日，秦桧去灵隐寺

① (元)脱脱等．宋史[M]．北京：中华书局，1977.
② 奚海．元杂剧论[M]．石家庄：河北教育出版社，2001.

进香，地藏王化身为呆行者说出了秦桧夫妇东窗密谋陷害岳飞之事，痛斥秦桧终究要遭报应。秦桧派何立去捉呆行者。结果人去楼空，只看到留下的反诗。秦桧又命何去东南第一山捉拿呆行者。何立在阴司看到秦桧披着枷锁，原来东窗事发了。而岳飞父子被害后，通过向高宗托梦的方式请求高宗诛杀秦桧为自己报仇。何立再回阳世，已经过了二十年，朝廷立了新君。他讲起秦桧在阴司受到报应之事，大快人心。

这部元杂剧在忠奸主题涵盖下呈现出以下几个新的动态。我们试分而述之。

（一）抗争性与妥协性交织的冤臣形象

在文本中，岳飞对皇帝的批评清晰可见。《东窗事犯》第一折里岳飞被秦桧送大理寺问罪，出场时披枷带锁，埋怨道："陛下信奸臣贼子，将俺功臣亏损。"接下来用多个"我不合"对高宗发出强有力控诉，表达对自己蒙冤被捕一事的愤怒、抗争："我不合扶持的帝业兴，我不合保护的山河壮，我不合整顿的地老天荒。""我不合定存亡，列刀枪。恁划的定计铺谋，损害贤良。试打入天罗地网，待教俺九族遭殃！""我不合降戚方揭寨施心亮，我不合捉李成贼到中军帐，我不合破金国扶立的高宗旺。待将我签头号令市曹中，却甚功劳写在凌烟上？"①这种直抒胸臆的表达体现出了岳飞的反抗精神。通过这些唱词，一个冤气和怨气交织下怒发冲冠的悲剧英雄形象力透纸背。

需要注意的是，剧中岳飞形象非常饱满，不仅仅有抗争性的一面，也有妥协性的一面。这主要体现在他去世后，想要找人为自己伸张正义，于是采取了向高宗托梦的方式："某三人自秦桧屈坏了俺，阳寿未终，奉天佛牒玉帝敕东岳圣帝救来高宗太上皇托梦去。"②文中写到当他的灵魂见到正在熟睡的皇帝时，他的态度是非常恭谨的："躬身叉手紧

① 隋树森．元曲选外编[M]．北京：中华书局，1959.

② 隋树森．元曲选外编[M]．北京：中华书局，1959.

低头，又不敢把龙床扣。拜舞山呼痛僝僽。见宫里，猛抬头惊回御寝把天颜奏。灯影下诚惶顿首。”①并哀伤地倾吐着自己的委屈与不满：“臣在生时多生受，驰甲胄，做先锋帅首。向沙塞拥貔貅。臣说着呵自羞，想微臣挟人捉将一旦休，只落得披甲带锁遭重囚。臣想统三军永远长春，不想半路里拔着短筹。”②“忠臣难出贼臣彀，陛下宣的文武公卿讲究。用刀斧将秦桧市曹中诛，唤俺这屈死冤魂祭盏酒。”③

通过对比，我们发现岳飞见到皇帝后收起了怒发冲冠的怒气，情绪变得哀伤。他被冤时说着类似赌气的“我不合”，用这种懊悔的语气表达对皇帝的失望与愤怒；然而当他真的需要报仇时，他所选择的方式却是在梦里向皇帝求助，这又体现出了对皇帝的认可、信赖与期望。由此可见，岳飞的冤臣形象是抗争性和妥协性的双重结合。其抗争性体现为能够表达出对于昏庸统治者的不满、对奸臣的痛恨。妥协性则体现为对昏君失望而不绝望，仍然毕恭毕敬求助于他。这种看似矛盾的行为兼容了抗争性和妥协性，加强了岳飞的忠君色彩。

考察其抗争性，当是来源于元代逐渐壮大的市民阶层对个人情感满足和宣泄的现实需求。入元后，随着城市经济发展，市民阶层进一步壮大，这一阶层文化水平并不算高，受儒家的条条框框拘束比起士大夫相对较小，此外对高雅的诗词歌赋需求不大，更喜欢娱乐性、故事性、通俗性强的俗文学。在这样的审美驱动下，市民通俗文化所蕴含的那种率性而为的自由个性意识推动了文学悄然变化。进一步言之，元代以杂剧为代表的通俗文学作品多由底层文人创作，为了盈利，他们必须重视受众的喜好并作出相应调整。结合岳飞故事中岳飞抗争性增强特点来看，很可能是市民阶层需求的产物。市民阶层嬉笑怒骂比较直接，不喜欢压抑自己的感情，他们喜爱的文学作品也就逐渐呈现了这种痕迹。

还有一点需要注意，这种对君王失望而不绝望的情感流露，让我们

① 隋树森．元曲选外编[M]．北京：中华书局，1959.
② 隋树森．元曲选外编[M]．北京：中华书局，1959.
③ 隋树森．元曲选外编[M]．北京：中华书局，1959.

看到了抗争性背后的妥协性。岳飞虽然对皇帝诉说自己的不满，却还寄希望于皇帝为自己主持正义，惩罚奸臣。之所以如此塑造，在于封建社会儒家伦理思想盘根错节、根深蒂固。市民阶层的个性意识只能为岳飞形象塑造带来一阵清新的微风，却不能撼动他牢固的思想基础。元代社会虽是异族统治，却也在借助儒家纲常伦理加强统治。岳飞为人喜爱的重要原因也在于他符合君君臣臣父父子子的伦理道德，这要求岳飞即使以抗争性表达个性、宣泄悲愤，也必须回归到封建伦理道德的轨道上。

(二)大团圆戏剧结构模式下秦桧冥报故事进一步发酵

元代文学作品继承了南宋岳飞故事以阴司审判奖善惩恶的做法，在《东窗事犯》里真正为岳飞带来迟来正义的，是阴司地藏王的审判。南宋时何立入冥故事中的主要人物有方士、官员、秦桧手下何立几种。在此基础上，元代将目睹者锁定为何立；情节更加丰富详尽，疯僧扫秦故事加入何立入冥板块，地藏王化身为疯僧戏谑、讥讽秦桧，对他枉杀岳飞、欺君卖国表现了极大的愤慨，表现出对岳飞由衷的同情与赞美。“天网恢恢，疏而不漏”理念得到更好的表达。

何立从酆都回到人间，面见新君时候通过回忆道出秦桧在阴间的惨状，秦桧处境非常悲惨，流露出一股后悔情绪。这种写法体现出对奸臣切齿的仇恨和鄙视。相关唱词摘录如下：

【滚绣球】太师道，从见了呆行者西山里作下文，不想东窗下事犯紧。道他则与谩君王干家□心规运，只为他虐黎民好金帛前后绝伦。他不合仓厫中盗了粮，府库中偷了银。狠毒心一千般不依本分，更罢军权屈杀了阃外将军。当初祸临岳飞，今日灾临己，抵多少远在儿孙近在身，唬鬼谩神。

【滚绣球】那阴司刑法别，比阳间官府狠，不想他苦恹恹痛遭危困，只因笑吟吟陷平人洗垢寻痕。惨可可皮肉开，血力力骨肉分，痛杀杀怎挨那三推六问！监押都是恶鬼狞神。说太师千般凌虐苦，则除你一上青山便化身，显夫人九烈三贞。

【尾】投至奏的九重禁阙君王准，教烧与掌恶酆都地藏神。屈杀了岳飞、岳云、张宪三人，已上升三个全身。将杀身秦桧贼臣不须论，想他诳上欺君，苦虐黎民。近有东岳灵文，交替了陈寿千年无字碑，古自证不的本！①

秦桧的下场是在地狱受到严惩，这种写法在南宋就已出现。而元代在这个基础上，在同一个文本里，还运用了二元对立手法写岳飞、岳云、张宪平冤昭雪、上升成仙，和秦桧的凄惨下场形成鲜明对比，传达出了惩恶扬善的朴素观念。之所以出现这种写法，一方面在于继承了宋代秦桧冥报故事的情节模式，另一方面则在于受到元代杂剧"大团圆"结局的书写模式影响。在元代以前，悲剧结局是占据统治地位的美学欣赏趣味。但到了元代及其以后，这种审美旨趣发生了转移，开始以"大团圆"占据绝对统治地位。之所以在元代发生这种转变，或许是因为："元代是我国戏剧最繁荣的时代，而当时文人作家的生活最为困顿郁闷。"②"人们的生活状态也间接影响戏剧的结局。元代是一个民族矛盾空前尖锐的时代……平民百姓不仅地位低下，而且生活中充满了愁苦与艰辛，许多天然的美好愿望无法实现，他们在紧张的生活之余，在无奈的现实面前，需要的是找乐子，是轻松、愉快的消遣，他们希望看到理想在戏剧中得以实现……也就是说人们可以通过戏剧之'圆'弥补生活之'缺'。鉴于此，戏剧必须充当广大人民在紧张的生活状态中获得精神享受、心理愉悦的调节剂，只有这样才能赢得观众。"③《东窗事犯》有可能是受了这种阅读期待影响，所以以二元对立方式构筑了美满的大团圆结局。

① 隋树森．元曲选外编[M]．北京：中华书局，1959.

② 陈才训．古典戏剧大团圆结尾的审美透视[J]．重庆社会科学，2004(1).

③ 单有方．大众品位与中国古典戏剧大团结结局[J]．河南大学学报(社会科学版)，2006(4).

（三）功名纵得皆虚幻——元代空幻意识对岳飞忠奸斗争故事的渗透

到了元代，岳飞忠奸斗争过程中偶尔流露出一些空幻意识，一些文本凭添了看破功名的气息。在《东窗事犯》里他感慨道：

> 【天下乐】到如今宋室江山都属四国王，生并的国破城荒！那一场我与你重安日月定了四方。战沙场几个死？破敌军几处伤？兀的是功名纸半张！（云）既是我谋反，那里积草屯粮。谁见来。①

这段唱词是在表达冤屈和愤懑，“兀的是功名纸半张！”这种顿悟功名如浮云的细节在南宋岳飞故事里是读不到的。无独有偶，这不仅在元代杂剧里出现，在元代散曲里也出现了。比如【中吕·红绣鞋】嗟叹楚汉争霸、石崇和阮籍、岳飞和秦桧，都用了同一种论调：

> ……岳王兴邦死狱，秦相废国居枢。两个兴废事如何？忠义祠神像，奸宄杖身躯。都做了北邙山下骨。

这支散曲认为，无论胜于败、是与非、荣与辱、富与贫，到头来在死亡面前，都是平等的。那些生命中的挣扎努力都将化为乌有，时间对他们是同样无情的。所以干嘛还费劲折腾呢？对于岳飞和秦桧的对立，作者以“都做了北邙山下骨”作结。这种“功名纸半张”的想法像一场流行性感冒在元代大面积爆发，感染了同时代的很多人 。我们可以从元代散曲里发现这种意识比比皆是。“功名纸半张”几乎是元散曲里的一句口头禅，还出现在很多其他作品里，比如“功名纸半张，富贵十年限。”（【双调·雁儿落过得胜令】）“红尘千丈，岂羡功名纸半张？”（【中吕·快活三过朝天子四边静】）“荣华梦一场，功名纸半张，是非海波千

① 隋树森．元曲选外编［M］．北京：中华书局，1959.

丈。”(【中吕·朝天子】归隐)还有一些作品虽然不提“功名纸半张”，却传递了同样的意思。比如“糟腌两个功名字，醅淹千古兴亡事，曲埋万丈虹霓志。”(【仙吕·寄生草】)“禄休干，贵休攀，功名纵得皆虚幻，浮世落花空过眼。”(【中吕·山坡羊】)

由此观之，岳飞伤感时候流露出的空幻意识并不是一个偶然，而是整个元代时代意识的折射。元代是异族统治时代，蒙古族统治者意识到他们文化水平不高，面对科举，本族人不占优势，如果通过科举选拔大量汉族人才会有可能威胁到他们的统治，所以他们对科举不甚支持。正如《宋元戏曲史》提到的那样：“至蒙古灭金，而科目之废，垂八十年，为自有科目来未有之事。”①科举制度长期中断让曾经长期靠科举实现阶层流动、改善生活处境的汉人突然之间无所适从。此外，异族统治者将人分为蒙古人、色目人、汉人、南人。对他们的待遇高低有别，蒙古人犯罪杀人可以从轻发落，蒙古人参加考试试题相对容易，有优先录用特权，汉人、南人则长期处于受压迫地位。读书人从“万般皆下品，唯有读书高”沦落到“八娼九儒十丐”。正是这种落差，使得人们断绝了之前儒家熏陶下兢兢业业、力争上游的心态，为了安慰自己的失落，他们产生了空幻意识，这是无奈处境下心灵调试的一种必然选择。这种空幻意识与悲观虚无情绪也多多少少影响到后来明代岳飞戏的创作。比如《东窗记》岳飞受审时感慨：“朝廷建大功，英雄猛勇，赤心报国期尽忠，做了郊园鸟尽也，弓藏也，世事叨叨，只落得亡身命。想我功劳也是空，名高也是空，都做了一枕南柯梦。”②

岳飞这种情绪的流露虽然是想象之辞，但却有着艺术的真实。可以说，这种情绪的表达非常符合典型环境中典型人物的正常反应，他让岳飞形象更具有真实感和立体感。

---

① 王国维．宋元戏曲史[M]．长沙：岳麓书社，2010.

② 古本戏曲丛刊编辑委员会．古本戏曲丛刊初集[M]．上海：商务印书馆影印本，1954.

四、《宋大将岳飞精忠》：矛盾冲突升级的忠奸斗争故事

南宋史实里岳飞和秦桧政见不和，也有过言语上的冲撞。例如《鄂国金佗续编》记载：

> 初，飞与张俊承诏视世忠军，往辞桧，桧谓之曰："且备反侧！"世忠军初无反侧意，桧为此语，欲激起军，使为变，因以罪世忠耳。飞答之曰："世忠归朝，则楚州之军，即朝廷之军也。"桧色变，恶飞语直。①

但在是否出兵抗金问题上却绝没有面对面唇枪舌战的辩论记录。到了元代《宋大将岳飞精忠》，这个局面被打破了。该剧中秦桧被塑造成"毒如双尾蝎，狠似两头蛇。谗言诛烈士，恶意害英杰"的奸臣。他作为金人奸细，不断渲染金兀术的厉害，阻挠岳飞等人出兵对战金兀术："想番将兀术知天文晓地理，辨风云，识气色。强兵百万，战将千员。但若迎敌必然不利，不如和议为上。"他又以二帝安危为由阻挠："若是行兵，二帝越去难能回国，今且和议待二主回国，那时举兵与他交锋未为晚矣。""番将兀术用兵如神，四位将军难比兀术英雄矣！""金兀术真个是文欺班马，学胜颜回。我则不敢主张兴兵也。""金将兀术深通六甲善知三略也。""那金兀术六韬书军中常看，这个事欺孙膑胜姜太公。"

岳飞虽然身份低微，却和秦桧针锋相对。秦桧欺负岳飞官职低，威胁他，岳飞则反唇相讥：

> 岳将军你乃军中一小将，出言冒渎，将俺在朝学士全无敬重之心。务要行兵，倘或亏输折军损将，于国不利，便议行军。论你的

① （南宋）岳珂编，王曾瑜校注．鄂国金佗稡编续编校注[M]．北京：中华书局，1999.

行藏，乃马前一小卒，难为先锋。怎敢将我藐视？是何道理也？

正末云：学士你一心顺金并无辅国之心，专主和议，卖国专权。岂不闻贤臣择主而佐，良禽择木而栖。为臣者坐国家琴堂食君王俸禄，全无尽忠之心，尽怀反叛之意，故将官位欺人是何道理也？

秦桧云：文臣不爱钱，武将不怕死，此乃便是忠臣。我掌着大权，好歹官高似你，你怎生小看我也？

(正末唱:)【金盏儿】我比你有何低？你比我有何高？

秦桧云：我乃宋国忠臣，岂有顺金之意也？

(正末唱)：你一个奸臣贼子无忠孝。

(秦桧云)：我乃安邦定国之臣。你怎敢毁骂我也？

(正末唱)：你可甚安邦定国建功劳？

(秦桧云)：我论文呵背讲蒙求什么不如那一个？

(正末唱)：你可也文不及唐李杜。

秦桧云：论我立国那里数那萧何曹参也？

唱：你辱没杀汉萧曹。

秦桧云：我的功劳一会名标青史姓入凌烟阁也。

唱：以后名书奸佞典不能够青史内把名标。

……①

经过一番唇枪舌战，李纲任命岳飞为帅，韩世忠、张俊、刘光世皆听岳飞排兵布阵指挥。众人在岳飞带领下，齐心合力、击退了金人。

考之史实，岳飞和秦桧如此激烈的辩论在史书中是不见记载的，在元杂剧里两人的矛盾却通过发生激烈辩论而白热化，这种对矛盾的渲染和突出与元杂剧文体有关。法国戏剧理论家布伦退尔于《戏剧的规律》一书曾提出，“冲突”是戏剧的本质特征。这种本质特征也为元杂剧所

① 孤本元明杂剧第三册[M]. 北京：中国戏剧出版社，1957.

接受。元杂剧作为中国戏剧的一个重要分支，之所以将岳飞和秦桧的斗争以唇枪舌剑的方式表现出来，是为了通过戏剧冲突形成更加鲜明的忠奸对立之势，增添戏剧张力。

第四节　明清：岳飞忠奸斗争故事的繁荣期

明清时期的岳飞忠奸斗争故事文本无论从数量还是艺术成就来衡量，都攀上了一个新的高峰。通过王氏长舌妇形象的定型，更好地体现出忠奸对立斗争的复杂性。通过岳飞英灵报复奸臣及其后代的情节来增强岳飞的复仇性，传递出人民对忠臣的尊敬、对奸臣的痛恨。此外，入冥故事的叙事焦点进一步扩充，除了传统的何立入冥故事，还出现了胡迪骂阎、孙悟空审判秦桧并尊岳飞为师父、佛舍地狱审判秦桧这三个新故事情节。

一、王氏长舌妇形象的正式定型

宋代《朝野遗记》就把秦桧妻子王氏塑造得非常狠毒："秦桧妻王氏，素阴险，出其夫上。方岳飞狱具，一日，桧独居书室。食柑玩皮，以爪画之，若有所思。王氏窥见笑曰："老汉何无一决耶？捉虎易，放虎难也。'桧掣然当心，致片纸付入狱。是日，岳王毙于棘寺。"

元代时候还有杂剧将王氏设置为苦苦劝秦桧的"大贤妻"的文本(如《东窗事犯》)，明代对她大贤妻的描写遁迹了，沿着宋代笔记的路子，王氏在明代人笔下被塑造得越发阴险恶毒，在迫害岳飞过程中发挥了更为重大的作用。《岳飞破虏东窗记》进一步刻画了王氏的阴险狠毒形象，把王氏写成秦桧陷害岳飞的最有力帮凶。在廿二折中，东窗定计主角也是王氏，她以"若放他(指岳飞)出去，反受其害"的言论坚定了秦桧杀死岳飞的决心，她提示秦桧注意利用黄柑杀人："不要剖坏了，这乃是杀害岳飞之刀。"定计于黄柑中藏纸条，让狱卒"结果了"岳飞父子三人性命。这种情节设置意味着王氏在明代转化为长舌恶妇的典型。

在《大宋中兴通俗演义》中也有类似描写。在这部小说里，秦桧和王氏商量，王氏出主意，让秦桧上奏朝廷诏令各个将领收兵回朝，形成岳飞孤军作战之势，给岳飞施加压力，召回岳飞。等他回朝，夺他的兵权，给他定一个罪名加害于他。由此可见，王氏变成了谋害岳飞的重要主谋。在此基础上，明代甚至开始出现秦桧妻子与金兀术有私情的故事情节。在《精忠旗》里王氏与金兀术“萍水相逢”“遂结欢盟”，“三生有幸，两意相投”，王氏甚至赞美金氏：“贱妾见中原男子都是脆弱，及侍太子，始知人间有男子耳。”因为要让秦桧回南宋张罗主持议和才不得不让王氏随秦桧离开。在第十三折《蜡丸密询》里，王氏心心念念担忧：“奴家王氏，王次山之女，当日在金国与四太子有枕席之欢，情好甚浓，别他南来，至今想念。可恨岳飞每定要与他厮杀，四太子前日输了一阵，幸得丞相心下十分不乐，那岳飞料想也难成功。只怕丞相不早为之计，那四太子万一再输，如何是好？”①而在金兀术眼看要被岳飞打败的紧要关头，他托人偷偷交给王氏一个蜡丸，希望她从中周旋。又给秦桧一封书信，希望他能够为自己解围。

王氏与金兀术私情情节不见于史书记载。如何会出现在明代冯梦龙笔下？

首先是历史原因。历史上秦桧何以能够从金国回归南宋始终是一个未有定论的谜团。秦桧自己的解释是：“杀监己者奔舟来归。”对于这种解释，支持者有之，比如当时的宰相范宗尹、同知枢密院事李回素来与秦桧交好，对皇帝“力荐其忠”。但更多的是质疑的声音。其中质疑得比较有道理的是李心传：“桧与何栗、孙傅、司马朴同被拘，三人不得归，而桧独归，此可疑一也；自中京至燕千里，自燕至楚州二千五百里，岂无防禁之人，而逾河、逾海并无几察，此可疑二也；桧自谓随军至楚定计于事顷之间，向使金人无归桧之意，第令随军，则质其家属必

① （明）冯梦龙著，魏同贤编．墨憨斋定本传奇，冯梦龙全集（第11册）[M]．南京：凤凰出版社，2007.

矣，胡为使王氏偕行，此可疑三也；张邵所奏，谓桧衣褐憔悴，盖被执而训童读，而桧自叙乃云，刘靖欲杀己以图囊橐，既有囊橐，岂是奔舟，此可疑四也。夫以桧初见上之两言，始相建明之二策，与得到政所为，前后相符，牢不可破，岂非桧在金廷，尝倡和议，而达赉纵使归耶?"①

其中第三条提出：如果秦桧是私自逃出而非金人允许，那么金人平日一定会对其严格控制，又怎能不在他随军的时候，扣押他的亲人作为人质？竟然如此大意让王氏跟随着他，这于情理上难以说通。正是由于史书没有对王氏何以能随秦桧偕行这个话题给出明确答案与合理解释，引得好奇的人们热衷于用自己的想象来推测这段往事。于是，王氏与金兀术有私情的说法也就逐渐出现在我们的视野里。

另外，就秦桧妻子王氏而言，宋代王明清《玉照新志》记载：

> 秦桧初擢第，王仲琓以其子妻之。仲琓后避靖康讳，改名仲山。仲山朴鲁庸人也，禹玉子。而郑达夫，禹玉婿，达夫之室，盖桧妻之亲姑也。达夫当阙，处以密州教授。翟公巽为守，前席之。代还，荐于朝，得学官。继而夤缘郑氏，中宏词科。吴开力荐其才学，除郎。靖康中，张邦昌使金，辟置为属以行。邦昌使还，拜相，属吕舜徒好问荐引入台，浸迁中司。②

由此观之，秦桧于宋徽宗政和五年科举及第，此后娶了王珪孙女为妻。王珪本人曾经做过九年宰相，权倾朝野。他的女婿郑居中也显赫一时，是徽宗郑皇后的从兄，做过枢密院事、太宰。因此可以说，秦桧通过婚姻攀上了豪门。此后由于得到不少老丈人家族的提携照顾，连连升迁，官路亨通。也正因如此，在这段婚姻里，他的妻子地位颇高，甚至

① （南宋）李心传．建炎以来系年要录[M]．北京：中华书局，1956.
② （南宋）王明清．玉照新志[M]．上海：上海古籍出版社，1991.

有可能有一些妻管严倾向。这某种程度上也可以解释，为何南宋会有秦桧妻子干政、为秦桧出谋划策迫害岳飞的传闻。

其次，和中国古代的“女祸”观有关。“女祸”论的源头是先秦时期的《尚书·牧誓》：“牝鸡无晨；牝鸡司晨，维家之索。”颜师古将其解释为：“索，尽也。言妇人为政，犹雌鸡而代雄鸣，是丧家之道也。”①由此可见，“惟妇言是用”被看作败家的象征。除了《尚书》，《诗经》《左传》《国语》也充斥着这种言论。随着该论调的发展，“女祸”一词在《新唐书·玄宗本纪·赞》正式诞生：“自高宗至中宗，数十年间，再罹女祸，唐祚既绝而复续。”②此处“女祸”指的是武后、韦后乱政。后来宋代司马光编《资治通鉴》也吸收了这种观点。随着中国古代男权社会对女性干政误国现象的反复提及，“女祸论”逐渐演变为一种具有权威性的正统观念，并渗透到了文学作品的创作里，这些作品里比较有代表性的女性干政误国形象有妺喜、褒姒、赵飞燕、张丽华等。明清时期与“女祸论”相关的小说、戏曲数量上逐渐达到一个新的高峰，这无疑为王氏形象的转变提供了背景与灵感。

此外，和明代中后期社会环境有关。明代经济上出现了资本主义萌芽与商品经济快速发展，这加速了市民阶层的进一步崛起。市民阶层是明代通俗文学作品的重要受众，他们有“尚俗”的审美趣味。特别是晚明时期，由于心学影响，伴随社会经济发展，社会习俗也发生了巨大变化，传统社会崇尚俭约朴素的民风被世风放佚、情窦大开的奢靡之风所代替。社会新潮的涌起、朱明统治的腐朽，使得封建纲常名教、“礼义”“天理”大大削弱，人性因此获得更多解放。屠隆的《鸿苞节录》提到“闻一道德之事，则以为无味而置之不道；闻淫纵破义之事，则投袂而起，喜谈传颂不已”。这充分反映出当时人们的审美趣味：他们对高雅的说教不感兴趣，喜欢谈论的是通俗、乃至有些低俗的话题。而就通俗

---

① （清）皮锡瑞．今文尚书考证[M]．北京：中华书局，2009.

② （北宋）欧阳修等．新唐书[M]．北京：中华书局，1975.

文学而言，无论是从传播角度考虑，还是从作品具有商品属性需要盈利的现实考虑，书商和创作者都无法忽视受众需求，因此他们要高度重视市民阶层，尽力满足这一群体的爱好旨趣。而在作品里加入感情故事会增加趣味，是创作者们屡试不爽的一招。

从时代具体到个体，冯梦龙将私情情节掺入《精忠旗》有其必然性。作为晚明士人的冯梦龙曾有过寄情于秦楼楚馆的人生经历，性格上放荡不羁。思想上受到李贽学说影响较大，“酷嗜李氏之学，奉为蓍蔡”(许自昌《樗斋漫录》语)。李贽是作为“心学异端”的代表出现的，反对“存天理、灭人欲”，是晚明“从情到欲”解放潮流的有力推动者，冯梦龙在他的影响下尊情、尚情，文艺观念主张“我欲立情教，教诲诸众生。”(《情偈》)他的这种文艺观渗透到民歌、小说、戏曲等方方面面的创作。由他所整理汇编的“三言”将“宋元旧种，搜刮殆尽”，这些故事无论题材、人物还是情节都是他“尚情”观念的投影，里面充满了不厌其详的“偷情”“外遇”描写，这里面既有未婚女子追随心上人的大胆越礼行为，也有已婚女子的婚外情。比较有代表性的有《陈御史巧勘金钗钿》《张舜美灯宵得丽女》《闲云庵阮三偿冤债》《崔待诏生死冤家》《金明池吴清逢爱爱》《乔太守乱点鸳鸯谱》《宿香亭张浩遇莺莺》《王娇莺百年长恨》《赫大卿遗恨鸳鸯绦》《闹樊楼多情周胜仙》《吴衙内邻舟赴约》《陆五汉硬留合色鞋》《蒋兴哥重会珍珠衫》《滕大尹鬼断家私》《三现身包龙图断案》《计押番金鳗产祸》《乔彦杰一妾破家》《任孝子烈性为神》《蒋淑真刎颈鸳鸯会》《玉堂春落难逢夫》《勘皮靴单证二郎神》等。可以说，这些卷帙浩繁的故事皆笔涉私情，为王氏与金兀术私情情节的诞生提供了直接书写经验。

而这样处理人物关系，艺术效果是显而易见的。一方面王氏和金兀术的情感副线使得忠奸斗争愈发复杂错综；另一方面，进一步丑化秦桧，通过给他带一顶“绿帽子”的方式使得他形象更加无能而又可笑，这无形中也为岳飞的忠义光辉形象做了有效映衬和烘托。

这种写法一经问世，受到很多岳飞故事创作者的追模。《如是观》

中，王氏已由过去作品中的幕后策划者演变为幕前表演者，她通敌卖国，与秦桧在东窗下设计陷害岳飞，既是长舌妇的典型，也是干政、乱政的女阴谋家。她在岳飞与秦桧忠奸斗争中发挥的作用越来越大，是“红颜祸水”观的一种体现。剧中秦桧只是王氏手里的一个傀儡。秦桧左右摇摆：“我如今还是护驾入城，依旧做宋家的官儿好呢，还是从金人北去，作金邦的官儿好?”王氏替他下了决心：“可惜你睡梦中一个状元，风云起色一些也看不出！为了一个人，要识天时、明地理、辨人心。如今金邦兵不血刃、破城如破竹、宋兵望风而逃，天时属之大金了；他破了汴京、内藏一空、他那里兵精粮足，这分明扼地利大金已得。如今只有人心未附。你若向了南朝，背了天意；向了北朝，被人唾骂。你如今值得做个身在南朝心在北——上合天时，下合人意——我包你一生富贵了。”“我每且随他北去，慢慢结好了金人；等他信了我每是好人，那时再寻机会。用些奸巧诈术，使宋朝也信我是个好人——却与两下暗通消息，那时再看时势倒舵，这叫做‘身在南朝心在北’，就保得长久富贵了。”①这确立了秦桧“两下做人情，一心看风色”的路线方针。此后王氏又主动献计扮做采桑妇人与兀术结下私情。秦桧不怒却喜。王氏在东窗下看了奏本，得知岳飞重挫金军，怨恨岳飞“分明打散我的鸾凤队，休想轻轻饶过伊”，让田思忠去岳飞营里将圣上催征的令牌改说是班师的令牌，待岳飞班师回朝后诬陷他偷运粮草与金国结谋，发到大理寺中。可以说，她成为了谋害岳飞的主犯。后来在岳飞胜利后审问他们，她被丈夫骂道：“都是恶妻长舌妇的奸计嘘!”值得注意的是，该形象和岳飞以贞良为特征的妻子构成一组二元对立。岳飞妻子唱词云：“我父张世远，为本郡太守，见我丈夫文物全才，将奴侍奉巾栉。”她非常支持丈夫“公而忘私事，为国敢辞劳”的做法。在婆婆催促儿子尽忠报国的时候，她也贤惠识大体：“相公！妾闻公而忘私，国而忘家。婆婆以节义自持，相公当以忠良为重。婆婆在堂，奴家自能奉

① 杜颖陶，俞芸．岳飞故事戏曲说唱集[M]．上海：上海古籍出版社，1985.

养；孩儿岳云，是我养育。你可放心前去，不必挂怀。”①婆婆见她支持岳飞一心为国，休念家乡，也夸她：“这才是我岳门的好媳妇！”同是女流，王氏还和岳飞之母形成鲜明对比。《如是观》塑造了岳母作为英雄母亲的刚毅性格。第22出中秦桧妻子王氏威逼利诱岳母劝岳飞班师回朝，这样金兀术可以逃脱追击。岳母怒言：“千年唾骂你这长舌妇。罢！拚取清白红颜点破龌龊除。”王氏灰头土脸地感叹：“我只道她是庸流之妇，可以愚弄；原来是个铁铮铮刀斧不惧的，难怪养出这样一个狠的儿子来！”②就这样，作者以岳飞母亲的凛然正气反衬了王氏卑鄙心虚。总体而言，将秦桧妻子之奸与岳飞妻子、岳飞母亲之忠孝节烈进行二元对立描写，这种书写方式里涌动的是中国“妻贤夫祸少，子孝父心宽”的传统观念。

二、入冥故事进一步发展

进入明清时期，阴间审讯秦桧的故事仍有一部分围绕何立入冥继续开展。《精忠旗》里的“岳庙进香”与“何立回话”，情节基本沿袭元代“何立入冥”故事，惟将何立目睹秦桧受报地点“东南第一山”改为“泰山东岳庙”。由此可见，东岳泰山为冥世所在、“东岳帝”为冥间主宰的民俗观念，在当时受众颇广，深入民心。惟其如此，才能反映到通俗作品里。《说岳全传》等作品后来基本承袭了这一写法。此外，秦桧冥报故事进一步拓展，出现了胡迪骂阎、孙悟空审判秦桧、佛舍判断公案等新情节。

（一）胡迪骂阎

胡迪骂阎故事首见于明初赵弼《效颦集》中的《续东窗事犯传》。据陈大康教授考证，该书虽然结集于宣德三年（1428年），但是结集之前，

① 杜颖陶，俞芸．岳飞故事戏曲说唱集[M]．上海：上海古籍出版社，1985.
② 杜颖陶，俞芸．岳飞故事戏曲说唱集[M]．上海：上海古籍出版社，1985.

书中的单篇作品已经“雅传于士林中”，故而其创作时间应当是在永乐末年与洪熙朝。① 该阶段朱明王朝政治力量逐渐稳固，对意识形态的管理也日趋严苛，文网森严、人人自危的社会现实导致人们不敢随便用文学书写社会现实、针砭时弊，于是很多作品开始不约而同呈现出“多讲古事”的逃避迂回型创作倾向。又因为程朱理学升到了国教地位，小说也开始格外重视宣扬儒学大义，呈现“多教训”的创作倾向。《效颦集》就是这样一部集“多讲古事”和“多教训”为一体的作品。书中忠臣如岳飞、司马迁、杜甫、韩愈、王安石，奸臣如李斯、赵高、秦桧、贾似道，都有现身。他们在故事中或者出现在仙界或者出现在冥界。生前是正人直臣的，通过神灵力量得到嘉奖；生前行不义之举的，则无不受到神灵惩罚。《续东窗事犯传》反映的也是这种赏善罚恶思想。该故事写书生胡迪读秦桧传，替岳飞不平，吟诗斥责阎王不公。阎王捉拿他到阴曹地府，让他作文为自己骂鬼神的行为辩护，又让他观看秦桧等奸臣在地狱受的各种折磨、岳飞等忠良之人所受到的善待。最后胡迪心服口服，被放回阳间。

此后明中后期吴敬所编辑的《国色天香》中的《续东窗事犯传》、冯梦龙《古今小说》里的《游酆都胡毋迪吟诗》、清代《说岳全传》第 72 回《胡梦蝶醉后吟诗游地狱》、子弟书《胡迪骂阎》《风波亭》等都书写了这个故事。在流传过程中，胡迪名字在不同文本里有所不同。在《续东窗事犯传》里，主人公名字是胡迪；《游酆都胡毋迪吟诗》则为胡毋迪；《说岳全传》里叫胡迪，字梦蝶。故事发生的地点在《效颦集》《国色天香》《古今小说》里都是锦城，《说岳全传》则是临安。前三个文本里胡迪和岳飞不是同时代人，而《说岳全传》两人同时代。但情节基本是一致的，都写主人公对秦桧冤杀岳飞之事抱不平，骂阎王，睡梦中入冥府，见证了恶人在地狱受的折磨，验证了善有善报、恶有恶报，于是主人公怒火平息。在这个过程中，早期文本写他发怒的契机是读了《秦桧东窗

① 陈大康．明代小说史[M]．北京：人民文学出版社，2007.

传》之后义愤填膺，后来则逐渐演变成他不满时事，酒后题诗，梦入地府。除了这些细节变化，主人公语言风格也变化巨大。如果说早期在《续东窗事犯传》文言文里胡迪说话方式还比较温和，到了后期子弟书《胡迪骂阎》则变得更加犀利泼辣，颇能体现民间文学活泼自然的风采。因为觉得阎王没有在岳飞秦桧忠奸过程中发挥主持公义的作用，胡迪毫不客气，在庙里又打又骂；并表示如果自己能做阎王，一定重罚秦桧。“说着说着怒从心上起，走上前扔了签筒摔木鱼。当啷啷击碎神前磬，搬倒香炉着脚踢。碟子碗盏一齐打，汤饭馒首撂在丹墀。天大的事情都无报应，可惜东西与你吃。一翻身跳在供桌上，舍着我胡迪拼了天齐。世上多少真君子，谁似我胡迪心性直。……吩咐老道看笔砚，吾今高兴要题诗。磨的墨浓蘸的笔饱，迤逦歪斜把诗题。上写的长脚奸臣长舌妻，苦将忠臣受凌逼。黄柑助谋千载恨，青衣泪洒黄柑。乾坤默默终无报，地府森森果有私。胡迪若把阎君作，拿住奸相定剥皮。”①结果他真的到了地狱，发现岳飞已经成了神圣，而秦桧受到重罚，于是相信了报应不爽。

总体而言，《续东窗事犯传》以后的胡迪骂阎故事只是在细节上作出一些变动，实际上它们的核心始终不变：要通过因果报应、六道轮回表达强烈的道德评判。

（二）孙悟空阴司审秦桧

孙悟空审判秦桧，并把岳飞奉为自己师父的情节首次出现在《西游补》。该书第 8 回、第 9 回涉及岳飞、秦桧事，写孙悟空审判秦桧。这个审判过程，也是淋漓尽致展现秦桧罪恶的过程，有很强的现实批判性和针对性。孙悟空闯入阴曹地府审问秦桧的描写将秦桧的奸臣本质揭露了出来，并给他以重罚，读来可谓酣畅淋漓：

行者道：“我且问你：你要图成和议，急如风火，却如何等得

① 杜颖陶，俞芸．岳飞故事戏曲说唱集[M]．上海：上海古籍出版社，1985.

这三日过呢？万一那时有个廷臣，喷血为盟，结一忠臣丢命党，你的事便坏了。”秦桧道：“爷爷，那时只有秦皇帝，那有赵皇帝？犯鬼有个朝臣脚本，时时藏在袖中。倘有朝廷不谨，反秦姓赵，那官儿的头颅登时不见。爷爷，你道丢命忠臣，难道盘古氏到再来混沌也有得几个？当日朝中纵有个把忠臣，难道他自家与自家结党？党既不成，秦桧便安康受用。”

行者道：“既如此，你眼中看那宋天子殿上像个什么来？”

秦桧道：“当日犯鬼眼中，见殿上百官都是蚂蚁儿。”

行者叫白面鬼，把秦桧碓成细粉，变成百万蚂蚁，以报那日廷臣之恨。白面精灵鬼一百名得令，顷刻排上五丈长一百丈阔一张碓子，把秦桧碓成桃花红粉水；水流地上，便成蚂蚁微虫，东趱西走。行者又叫吹嘘，王掌簿吹转秦桧真形，便问：“秦桧，如今还是百官是蚂蚁，还是丞相是蚂蚁？”秦桧面皮如土，一味哀号。……

旁边吹嘘判官慌忙吹转。行者又看册子：和议已决，秦桧挟金人以自重。

行者又叫：“秦桧，你挟金人的时节，有几百斤重呢？”秦桧道：“我挟金人却如铁打泰山一般重。”行者道：“你知泰山几斤？”秦桧道：“约来有千万斤。”行者道：“约来的数不确。你自家等等分厘看！”叫五千名铜骨鬼使，抬出一座铁泰山压在秦桧背上。一个时辰，推开看看，只见一枚秦桧变成泥屑。行者又叫吹转，再勘问他。又看册子：“诸将所向奏捷，而桧力主班师。九月，诏还诸路将军。”行者便问：“那诸将飞马还朝的呢，步行还朝的呢？”判官禀：“爷，这个自然飞马回来的。”行者便叫变动判官，立时把秦桧变作一匹花蛟马。数百恶鬼，骑的骑，打的打。半个时辰，行者方叫吹转原身。①

---

① （清）静啸斋主人著，李前程校注．西游补校注[M]．北京：昆仑出版社，2011.

文中还写到岳飞求见悟空。悟空对他尊崇备至，并将他奉为自己的师父：

头门上又击鼓，帘外吹起金笳，大吹大擂了半个时辰；一员将军走到面前。行者慌忙起下正殿，侧着身子打一拱，道："将军请！"到了阶上，又打一深拱。刚刚进得帘内，好行者，纳头便拜，口称："岳师父，弟子一生有两个师父：第一个是祖师；第二个是唐僧；今日得见师父，是我第三个师父，凑成三教全身。"岳将军谦谦不已。行者那里听他，一味是拜，便叫："岳师父，弟子今日有一杯血酒替师父开怀。"岳将军道："多谢徒弟！只恐我吃不下。"①

以上章节借悟空之口表达了对明末世态人情的讽刺。对秦桧的拷问其实抨击的是现实生活里弄权卖国的奸臣。因为这本书"实于讥弹明季世风之意多"，所以也被视作中国讽刺小说先声。鲁迅曾赞此书"造事遣辞、则丰赡多姿，恍惚善幻，奇突之处，时足惊人，间以俳谐，亦常俊艳，殊非同时作手所敢望也"，② 充分肯定了作者的创作才能。

关于该书作者是谁，尚有争议。一说为董说，另一说为董说的父亲董斯张。在各种争论文章里，赵红娟的观点比较有力，她曾就这个问题在《〈西游补〉作者为董说新证》一文里进行了探讨。首先作者采取了对比的手段，发现《西游补》中的短语和排比句使用情况和董说另一部书《丰草庵前集》中的短语和排比句使用情况极为相似。此外，作者发现《西游补》里关于梦境的记载和董说其他著作中记梦的作品颇为相似。第三，《西游补》呈现了董说在其他作品里流露出的思想和口吻。笔者认同赵红娟的看法，认为该书作者应是董说。董说，字若雨，号西庵，自称鹧鸪生。明光宗泰昌元年庚申生于浙江吴兴南浔镇，卒于清代康熙

① （清）静啸斋主人著，李前程点校．西游补校注[M]．北京：昆仑出版社，2011.

② 鲁迅．中国小说史略[M]．上海：上海古籍出版社，2006.

25年丙寅，年67。自幼佛缘颇深。明亡时25岁，明亡后改姓林，从此无意功名。34岁出家，为僧后更名南潜。从他的人生经历来看，他既经历了国变，又与佛教结缘。正如天目山樵《空青室本序》所云："南潜本儒者，遭国变弃家事佛。"①可以说，"事佛"让作者以佛教思维理解生活，于是选择了以"果报"思想和"入冥"情节来架构故事。"国变"则让作者沉痛思考历史、关注现实，形成敬仰护国英雄、鄙视奸臣的情感态势，并如盐入水般融化到作品里。

（三）佛舍判断公案

佛舍判断公案的故事首先出现在《金瓶梅》续书《续金瓶梅》。孙楷第《中国通俗小说书目》言："《续金瓶梅》十二卷六十四回，傅惜华藏顺治原刊本，半叶九行，行二十字，附精图六十四页。"柳存仁《伦敦所见中国小说书目提要》记载："英国博物馆《绣像续金瓶梅》，小型本子，十二卷六十四回，分订八册，署名务本堂藏。"务本堂是清代中后期昆明的著名书坊。由此可见，该书在清代中后期也有在云南刊行。该书将故事背景设定为北宋灭亡、金人大举南犯。主要内容为：西门庆死后，金兵南侵，月娘母子离散。西门庆投胎为沈某之子，眼盲，只好沿街乞讨为生；李瓶儿投生为袁某之女常姐，沦落为妓，被骗身亡；潘金莲投生为黎某之女金桂，春梅投生为孔某之女玉梅，两人婚姻都不遂心，最后削发为尼。整个故事穿插了很多政治历史事件，如张邦昌称帝、秦桧夫妇密谋、梁红玉击鼓抗金等。故事里充斥着大量的因果报应说教。佛舍地狱过问秦桧一事即是其中一节。据《续金瓶梅》第62回《活阎罗判尽前身死神仙算知来世》所写，佛舍是苏州府太仓州一个秀才的儿子，因为是在佛前祈来的，名叫佛舍。到了18岁进学，为人朴直忠诚。一日做梦，梦见玉帝召他为第五殿阎罗，限百日为满。于是在他家堂前半

---

① （清）静啸斋主人著，李前程点校．西游补校注[M]．北京：昆仑出版社，2011.

夜升堂，鬼判对审。后来家人有所察觉，把佛舍迁入寺中，传得满城朋友都知。每夜有好奇的秀才们偷偷来听审狱。内有一生员张直古，平日极不信因果，因此来问询佛舍，岳飞被秦桧谋害，秦桧却坐享富贵，寿终正寝，似乎不符合善恶有报的规律。他嘱托佛舍晚间过问岳飞冤案一事，给大家一个交代。于是佛舍晚间过问此事，才明白正是因果轮回导致岳飞此生不得善终：

查得金粘罕系赵太祖托生，金兀术系德昭托生，报柱斧之仇，金主奚系柴世宗托生，取徽钦北去，报陈桥夺位，高宗系钱王托生，一传绝嗣，应立德昭之后，以报太祖公传金縢之约，秦桧系周世宗死节忠臣韩通一转，因报太祖伪夺周禅，故来乱宋天下；岳飞父子、张宪、牛皋等，俱系当日陈桥兵变捧戴太祖以黄袍加身众将，因此与秦桧原系夙冤，以致杀身相偿。总固大劫在宋，上帝命偏安江南，续赵太祖之后，不许恢复一统。岳飞虽系忠臣，却是逆天的君子，秦桧虽系奸相，却是顺天的小人。忠臣反在劫中，小人反在劫外。岳飞虽死，即时证位天神，顶了关寿亭之缺，做上帝的四帅。秦桧虽得善终，却堕了地狱，世受阿鼻之苦，至今不得转世。

文末还写到：

依旧因果毫发不爽。只因元会轮回大册，千年一大轮，五百年一小轮，系历代治乱劫数，上帝与地藏王掌管，不属阎罗发放，因此在劫数的忠臣，谓之以道殉身，与佛菩萨一样，不系鬼使勾提，多有不入阴司，直升上界的。此非做书人妄意强解。总因那一段浩然之气至大至刚，纵然断头截体，如何沮得正直的元神。所以讲仙佛的，多有以兵解而成圣道者，即是此理。如今泰山酆都城添了速

> 报司，阎君是岳武穆，管此不平的报应，可见感应一道，不是俗人眼前因果，反落下乘。①

佛舍用历代治乱劫数和因果报应为我们揭示了岳飞被屈死而秦桧依然荣华富贵过了十几载的原因。岳飞今生被屈死是因为岳飞前世是当日太祖黄袍加身时候拥护赵匡胤的旧将，秦桧今生虽然是奸臣却寿终正寝，是因为他前世是周世宗死节忠臣韩通转世。上一世，赵匡胤的旧将欠了韩通的命，这一世韩通就转世找赵匡胤旧将报上一世的仇，所以这一世秦桧注定要把岳飞害死。尽管如此，按照治乱劫数的规律，善有善报恶有恶报的规律还是会在他们死后发生作用，所以岳飞证位天神、秦桧死后堕入地狱、不得转世。这个过程和世俗人眼前因果有所不同，但宣扬的仍然是善恶有报，只不过把见证报应的时间拉长了。

之所以以佛教思想参悟岳飞故事，和丁耀亢的时代背景、人生经历、宗教信仰有密切关系。丁耀亢(1599—1669 年)，字西生，号野鹤，又号紫阳道人、木鸡道人、华表人等，山东诸城人。历经万历、天启、崇祯、顺治、康熙五朝，《四库全书总目提要》说他“少负隽才，中更变乱，栖迟羁旅，时多激楚之音”。邓之诚先生评价他“文人之遇，斯为最酷”。② 结合其生平经历来看，的确是乱世里面才多命蹇的一位坎坷之士。他出生于书香门第，在很好的文化氛围里长大，所以能文能武。少年而孤，中年遭受鼎革之变。明末崇祯年间，清兵攻入他的家乡诸城，制造了惨绝人寰的人间悲剧“壬午兵燹”。“是夜，大雨雪，遥望百里火光不绝，各村焚屠殆遍。”③他的家乡诸城饱受清兵侵略之苦。几位至亲家人因为抗击清兵入侵而受伤，甚至壮烈牺牲。这在他的《乱后忍

---

① (清)丁耀亢著，黄霖点校．金瓶梅续书三种[M]．济南：齐鲁书社，1988.

② 邓之诚．清诗纪事初编(下)[M]．上海：上海古籍出版社，1984.

③ (清)丁耀亢撰，李增坡主编，张清吉校点．丁耀亢全集(下)[M]．郑州：中州古籍出版社．1999.

辱叹》里有所反映："壬午破城，胞弟举人耀心、侄举人大谷皆殉难，长兄虹野父子皆被创，居宅焚毁，赤贫徒步，奴仆死散殆尽，苟活而已。"这种残酷经历对丁耀亢的人格养成有很大触动。国破和家亡的双重打击让他密切关注现实、思考现实。而明末清初和南宋历史何其相似！所以，正如欧阳健先生《清初三大小说家论》所指出的那样，在丁耀亢眼里，"靖康"就是"崇祯"，他自然而然地将明末现实中的亡国之痛和民族之感迁移到了岳飞与秦桧的忠奸斗争故事上。在剧中他称岳飞冤案为"南宋第一大案"，可见其对岳飞含冤而死的强烈同情与高度关注，以及对他所代表的忠君爱国高尚品质的强烈认可。此外，佛教对他的影响也不容忽视。丁耀亢年轻时候就开始信佛，对佛教的参悟时时流露在诗文当中。"名不求，利不贪，只学佛，不学仙，人间第一个痴呆汉。但只愿岁岁平安，四下里闻不得人嗟叹。"(《丁野鹤》)"一瓢一笠向天涯，野寺青山处处家。"《五戒五首》)"耳根静不闻雷霆，眼界空能见圣贤。"(《丙寅七月同孙江符闭百日关》)透过这些散落在笔下的散珠碎玉，我们不难发现这个在现实里饱受磨难的失意之人非常擅长用佛教思想安顿自己的疲惫心灵。《续金瓶梅》里他以佛教因果轮回观念来参悟岳飞与秦桧的不同命运，就是这样的一种尝试。

三、从"精忠"到"愚忠"的形象转换

明代岳飞开始向愚忠形象转化，这意味着他对君权的维护与支持呈现出无原则、无底线特征。这个端倪首先出现在南戏《岳飞破虏东窗记》里。该剧是目前最早搬演岳飞一生事迹的文学作品，首次打破了以往剧作只截取岳飞某个人生片段进行铺演的写作惯性。在真实史料基础上，该剧杂糅了不少来自民间传说的虚构想象。虽有虚构加工，但总体而言，对岳飞形象塑造得还是比较真切动人的。战斗胜利时，他豪情壮志；被捕入狱后，面对未卜命运也流露出了惴惴不安与悔恨恐惧。这写出了英雄作为普通人的一面。但个别情节，已经开始有意识地打造他的"愚忠"形象。剧中岳飞被捕，担心岳云和张宪为他复仇，主动提出写

信骗二人同来受死，成全忠孝之名。这种脱离历史真实与艺术真实的情节处理方式，使得岳飞形象蒙上了愚忠色彩。这一点在它的改写本《精忠记》里得到进一步发挥。当《精忠记》演绎到岳飞驻扎朱仙镇、将要直捣黄龙的关键时刻，岳飞中了秦桧和王氏计谋，被十二道金牌召回，百姓对他磕头，挥泪恳请他留下来战斗到底："向者将军来时，我等顶香盘，运粮草，箪事壶浆，以迎王师。此一节胡虏悉节胡虏皆知之。将军一旦回军，我等无噍类矣。"①"将军，我等沦没膻腥，将踰一纪。伏闻将军整兵，志在恢复，我等悬望马首之音，以日为岁。今将军所向，胡疆渐伏，丑虏皆奔，我等以为幸脱左衽。忽闻将军班师，不以中原赤子为念，是岂忍弃垂成之功乎？"②面对百姓如此悲伤的哭求，他却显得英雄气短，"不是我要回京，是朝廷主意"的解释过于苍白潦草。回去前还为自己"博不得功成名就姓字显"而痛哭。面对儿子希望他"且待一发收复东京，迎二圣还朝。那时叩阙谢恩，将功折罪，未为迟也"的建议，他迅速拒绝："孩儿说哪里话，朝廷之命，岂容迟得！"③相比《宋史》中对班师情节的描写，后者虽然更简约，但却更富有感染力。

> 飞班师，民遮马恸哭，诉曰："我等戴香盆、运粮草以迎官军，金人悉知之。相公去，我辈无噍类矣。"飞亦悲泣，取诏示之曰："吾不得擅留。"哭声震野，飞留五日以待其徙，从而南者如市，亟奏以汉上六郡闲田处之。④

两相对读，《精忠记》里的岳飞并没有如《宋史》所交代的那样，尽力将当地百姓安顿好再撤军，而是得到圣旨就匆匆忙忙班师回朝了。这种情节改写写出了岳飞对朝廷旨意的惟命是从，越发显得"君贵民轻"。

① (明)姚茂良．精忠记[M]．北京：中华书局，1959.
② (明)姚茂良．精忠记[M]．北京：中华书局，1959.
③ (明)姚茂良．精忠记[M]．北京：中华书局，1959.
④ (元)脱脱等．宋史[M]．北京：中华书局，1977.

此外，《精忠记》吸收了《岳飞破虏东窗记》中岳飞骗儿子和张宪同来受死的写法。被捕后受到折磨，被逼招状时，担心岳云、张宪为他报仇，主动要求给他们写信，诓骗他们，以全忠孝之名：

【猫儿坠】我便就一笔招认，便死有何妨，奈我两个孩儿将兵马掌，（白）

朝廷有此冤屈，（唱）他若知此屈怎生当？悲伤，愿取到京师，一处身亡……

（生）我岳飞岂不要屈招，争奈我有两个孩儿，把军马扎住朱仙镇上。他若知我受此冤屈，必然领兵前来抱冤，那时难全父子忠孝之名……

【一封书】今书与宪云，我到京师无战征，朝廷命取恁，要封官当拜领。智把三军屯扎住，莫负皇朝宠赐荣，见佳音，速登程，努力加鞭莫暂停。①

《精忠记》写岳飞不仅认为自己"死有何妨"，而且召张宪、岳云骗来一同入狱这一情节是不合于史实的。翻阅南宋文献里找不到相关文本记载。不仅如此，在笔记《夷坚志》里，我们甚至发现还有一种写法，放大了岳飞对于命运的不甘与挣扎。不仅没有写岳飞慷慨赴死、而且写他因为不想死而接近辛中丞可怜巴巴表达"愿公救护之"的愿望：

辛企李（次膺）绍兴八年自右正言出为湖南提刑。舟到武昌，大将岳飞来江亭通谒。辛以道上不见宾客为辞，岳不肯去。良久，不获已见之，即欲以明日具食，意殊恳切，不得辞。既宴，酒三行，延辛入小阁。尽出平生所被宸翰，凡数百纸，具言眷遇之渥，执辛手曰："前夕梦为棘寺逮，对狱，狱吏曰：'辛中丞被旨推

① （明）姚茂良．精忠记[M]．北京：中华书局，1959.

> 勘。'惊寤，遍体流汗。方疑惧，不敢以告人，而津吏报公至。公自谏官补外，他日必为独坐。飞或不幸下狱，愿公救护之。"辛悚然，不知所对，罢酒，即解维。后数年，飞罢副枢，奉朝请。故部将王贵迎时相意，告其谋叛，系大理狱。命新除御史中丞何伯寿铸治其事，方悟昨梦乃新中丞也。何公后辞避不就，乃以付万俟丞相和云。①

将宋代《夷坚志》里的岳飞面对死亡的态度和《精忠记》岳飞之死进行对比，可以看出，《夷坚志》虽是小说家言，但尚能看到岳飞作为普通人内心柔软脆弱的一面。后者人物形象则流于概念化了。正如康保诚先生指出的那样："写岳飞一家忠孝节义俱全，带有明显的时代印记，与《五伦全备记》《香囊记》等如出一辙，丧失了元代南戏朴实、粗犷的基本风范。"②在戏中，朝廷让班师便不假思索班师；朝廷旨意让他去死，他便死得心甘情愿，毫无挣扎反抗。不仅如此，还自愿搭上了儿子和张宪的性命。于是，"精忠"岳飞也就变成了"愚忠"岳飞。

之所以如此，首先是和明代"教化为先"的文化政策有密不可分的关系。明太祖朱元璋确立了明教化、以礼为本的治国理念。作为平民出身的皇帝，朱元璋不是不喜欢戏曲，他曾经对"正是不关风化体，纵好也徒然"的《琵琶记》赞赏有加。这种审美趣味传达出一个重要信息：他是将戏曲看成了传道、载道的工具。为了贯彻和推行他的这种认识，朱元璋制定了严格的戏曲管理法令和政策，对后世影响深远：

> 凡乐人搬做杂剧戏文，不许装扮历代帝王后妃、忠臣烈士、先圣先贤神像，违者杖一百；官民之家，容令装扮者与同罪；其神仙道扮及义夫节妇孝子顺孙劝人为善者，不在禁限。③

---

① （南宋）洪迈著，何卓点校．夷坚志[M]．北京：中华书局，2016.

② 康保成．从《东窗事犯》到《东窗记》《精忠记》[J]．艺术百家，1990，(1)

③ 王晓传．元明清三代禁毁小说戏曲史料[M]．北京：作家出版社，1958.

朱棣也继承了这种做法，曾多次颁布律令榜文，对戏剧演出的内容作出严格的规定：

> 永乐九年七月初一日。该刑科署都给事中曹润等奏乞敕法司，今后人民、倡优装扮杂剧，除依律神仙道扮、义夫节妇、孝子顺孙、劝人为善及欢乐太平者不禁外，但有亵渎帝王圣贤旨辞去驾头杂剧，非律所该载者，敢有收藏传送印卖，一时拿送法司究治。奉圣旨，但这等词曲，出榜后，限他五日都要干净将赴官府烧毁了。敢有收藏的，全家杀了。①

统治者采取了一系列如此严格的法令措施来管理戏曲，无疑给作家们带来了精神和心理上的震恐。为了逃避惩罚、保全生命，他们纷纷绕开统治者的敏感禁忌地带，写的戏曲多是宣传封建道德一类的安全文字。

此外，这个从“精忠”到“愚忠”的转变，也和程朱理学大行其道有密切关联。宋代理学兴起时，就非常重视文艺作品的教化作用，提出“小说非含教训，便不足道”的观点。这为明清通俗文学作品形成“教化为先”传统做了铺垫和准备。为了加强对人们的精神钳制，更有效地奴役各阶层民众，程朱理学被统治者定为官方哲学和国家考核人才的思想标准。明代前期文人受到程朱理学指引，把三纲五常推崇到极高地位。如宋濂认为“三纲”是天地间至大的大经，薛瑄认为做事的本体是“三纲五常”。明中期，程朱理学受到心学挑战，但心学和程朱理学虽然观念、方式有很多不同，却同样关注用封建伦理道德束缚人的心灵。比如王守仁提出：“今要民俗返朴还淳，取今之戏子，将妖淫词调俱去了，只取忠臣孝子故事，使愚俗百姓，人人易晓，无意中感激他良知起来，

---

① 王晓传．元明清三代禁毁小说戏曲史料［M］．北京：作家出版社，1958.

却于风化有益。”①正是由于这些社会思潮对人们的意识形态进行了催眠，所以元杂剧所具有的那种斗争精神和思想高度不复存在，岳飞的“精忠”形象只能降为“愚忠”。

清代《说岳全传》受明代戏曲影响，将岳飞“愚忠”形象推向了新高度。在小说中，朱仙镇大捷后，秦桧矫诏命他班师，他知道奸臣从中作梗，韩世忠提醒他成功在即，不发兵粮，反召兵回朱仙镇，必是朝中出了奸臣，切不可轻自回兵。刘元帅劝他不如一面催粮、一面发兵，直抵黄龙府，灭了金邦，迎回二圣。然后回朝，将功折罪。岳飞却说自己一生只图尽忠，既然是朝廷圣旨，哪管奸臣弄权。当秦桧派钦差捉他，王横阻拦并竭力保护他，冯忠要杀死王横，王横想躲避，岳飞却喝令不准动手，导致王横惨死于乱刀之下；下狱后张保冒险想救他出狱，他却拒绝，张保无奈，撞墙而死，“望着围墙石上将头一撞。一声响，头颅已碎，脑浆迸出而死！”岳云、张宪痛哭起来，独有岳飞哈哈大笑：“我们‘忠’‘孝’‘节’已经有了，独少个‘义’字。他今日一死，岂不是‘忠孝节义’四字俱全了？”②就义之前，又亲手绑住岳云和张宪，防止他们“打出去”；死后多次显灵，阻止牛皋和施全等兄弟为自己复仇。在这样的塑造下岳飞被朝廷冤死，却死而无怨。

《说岳全传》里的岳飞愚忠色彩之所以更加浓郁，和封建专制制度在清代达到鼎盛有着密切关系。清王朝统治逐渐稳定后，他们加强了对文化思想领域的严密控制，采用“刚柔并济、宽猛并用”的两手政策。大力提倡儒学，程朱理学在明代繁荣基础上得到进一步发展，已经达到无以复加程度。《康熙实录》卷249记载，康熙曾热情赞美朱熹：“宋儒朱子，注释群经，阐发道理。凡所著作及编纂之书，皆明白精确，归于大中至正，今经五百余年，学者无敢疵议。朕以为孔孟之后，有裨斯文

---

① (明)王阳明．王阳明全集上册[M]．上海：上海古籍出版社，1992.

② (清)钱彩编订，金丰增次．说岳全传[M]．北京：人民文学出版社，2014.

者，朱子之功，最为宏钜。”①此外，他还组织力量编写《朱子全书》《性理精义》进行宣传。在这种推动下，唯心主义理学倡导的“君为臣纲”进一步融入了人们的思想。于是，与之相伴而行，岳飞故事也滑向了“愚忠”。

到了清末，京剧《岳侯训子》标志岳飞故事“愚忠”思想已经到了愚不可及程度。这部戏讲述岳飞接到十二道金牌、决定放弃抗金大业时，有一段岳飞父子的对话，很有典型意义。岳云劝父亲“将在外，君命有所不受”，而岳飞答道：

> 我儿说话太无礼，圣上有命不肯依。说是权臣弄奸计，忌功便把主上欺。劝我勿入圈套里，缴还君命且乘机。可惜你们不懂理，胡言乱语惹是非。可知天经与地义，君父有命岂可违？臣子心肠死无二，进退惟命有何辞。我儿此话休提起，分付即日快班师……②

结果，岳氏父子回京城后旋即被拿获下狱，在牢里，面对愤愤不平的岳云，岳飞继续训导：

> 骂一声，小畜生，出言无道，说什么白日里汗马功劳，说什么众兄弟一声号召，说什么清君侧，杀进朝，说什么不白冤，心中懊恼，除国害忿发一朝。你可知，臣尽忠，子当尽孝。守天经，依地义，莫错分毫。为臣的，受君恩，如同再造。岂可以逞私见，自诩功劳。③

岳飞教导孩子同去受死，大讲了一番“忠孝”之道，作者借韩世忠

① 转引自戴逸．简明清史[M]．北京：人民出版社，1984.
② (清)余治．庶几堂今乐，光绪六年，苏州得见斋刊本.
③ (清)余治．庶几堂今乐，光绪六年，苏州得见斋刊本.

的口赞叹：

父尽忠来子尽孝，岳家父子是英豪。
劫监劫狱是强盗，反叛大逆罪恶滔。
岂有忠臣甘如暴，一身逃罪便咆哮。
教忠教孝可知道，岳侯训子实在高。①

该剧把岳飞塑造成唯君命是从的应声虫形象，一个只是代表着忠、孝、善的单薄道德符号。面对命运波折，他内心如一片死水，一味只知道顺从。之所以如此，和它的作者有不可分割的关系。《岳侯教子》取自余治的《庶几堂今乐》，该书包括剧作40出，付梓于咸丰十年。当时已是晚清，政治腐朽、内忧外患的颓势难以逆转，但封建社会"百足之虫，死而不僵"，仍然有属于自己的追随者坚定捍卫封建纲常，余治就是其中一个。《中国京剧史》上卷给余治的评价是："综观余治言行及其作品，不难看出这是一个地地道道的封建文人，是封建统治者的忠实臣僚。他也做过一些好事，如办义学，反对溺婴，以及救灾等，但他一生行事，更多的是为了自己的飞黄腾达，极力维护封建秩序和统治阶级的利益。"②考察余治生平，五应乡试不中之后绝意进取，却仍然以布衣在野身份，大力创作、宣传传统道德的文学作品。甚至直到去世之日，仍念念不忘宣传教化，将《教化两大敌论》送给前来探望的廉访使应宝，批判坏法乱世的淫书邪剧，表达"淫书宜毁，淫戏宜禁"的看法。可以说，他是一个穷极一生极力维护封建秩序和统治阶级利益的腐朽文人。《岳侯训子》正是他以伦理说教维护封建统治的集中体现。这在《岳侯训子》的题解里已经表明："教忠教孝也。院本有《关侯训子》一出，命题极好，而按其曲白，满纸都是夸张威武，诩诩自矜。全不似以父教子口

① （清）余治．庶几堂今乐，光绪六年，苏州得见斋刊本．
② 马少波等．中国京剧史[M]．北京：中国戏剧出版社，1990．

气。盖传家庭训，贵有义方。以教忠教孝为大旨，庶观感激发于风化人心大有裨也。作《岳侯训子》。”①正是在这种移风易俗的创作动机下，该剧体现出浓厚的说教意味，岳飞形象也就变得毫无血色，不近人情。

四、青山有幸埋忠骨，白铁无辜铸佞臣：复仇性增强的忠奸斗争故事

元代杂剧《东窗事犯》已经出现了岳飞冤魂报复秦桧的故事情节，剧中他向高宗托梦，哀请他为自己伸冤。到了明代，在《精忠记》里，岳飞冤魂报复秦桧时不再神情苦楚，他的身份变为了威风凛凛的雷部赏善罚恶都元帅，可以亲自审判秦桧等奸臣。到了清代，这种岳飞报复秦桧的情节生出了新花样，开始和秦桧等人长跪其墓前的铁像结合起来。不仅如此，还出现了岳飞英灵惩罚报复奸臣子孙后代的故事情节。

明代四铁像的出现不是一蹴而就的。先是出现了秦桧、王氏、万俟卨三人长跪于岳飞墓前的铁像，后来张俊也加入其中，组成四铁像。四铁像的存废在明清阶段几经波折。据《四铁像考》交代其经过：

> 明正德八年，都指挥李隆范铁为秦桧、桧妻王氏，及万俟卨三人像，长跪墓前。万历二十二年按察副使犯涞重铸，并添加张俊像，后巡抚王汝训以王氏为其同宗，沉王氏及张俊二像于湖，改跪、卨二像于祠前。万历三十年，犯涞复任浙藩司，捐俸重葺，四铁复全，后村民棍击王氏，铁头为落，清雍正时李卫督浙，奏请重铸，谓凡铁不应为所污，请用贮叛逆盗兵秽铁，铸四奸像，从之。饬钱塘县知县李惺重铸四铁人，立碣为记。乾隆十二年，布政使唐模重铸奸像，嘉庆七年阮元又重铸，同治四年，布政使蒋益澧修葺祠墓，改铸奸像，光绪二十三年，张祖翼又重铸之，并自为记，郡人杨文莹书之，现存者，即张氏所铸也。自棍击王氏头落后，像周

① （清）余治．庶几堂今乐，光绪六年，苏州得见斋刊本．

护以石栏如虬龙，然乡人游墓者嫉奸，往往溺秦桧、张俊、万俟卨之首，秽臭四溢。于王氏则复摸其双乳以辱之，至铁乳光滑可鉴。语曰，遗臭万年，四像有也。①

清代，有人考虑到年深日久，四铁像应当可以移除，结果岳飞显灵，阻止了这种事情的发现，清代陈撰《玉几山房听雨录》：

西湖岳墓铁铸五俘，向在他处，嘉兴项伯坚德祯雇装订徙置墓前。顺治乙未萧学使莅杭，梦张俊鸣冤，恳求除去。萧谋于二句，因祷于王，以卜可否，王不许。②

材料交代，该故事发生于清初顺治年间，此时正是改朝换代之时。故事中岳飞英灵并没有因为时间流逝而原谅奸臣，所以绝不允许奸臣像移出岳墓、决不允许奸臣亡灵获得自由，这可以视为岳武穆英灵对奸臣的一种复仇。另外还有一则文言笔记，记录了崇祯年间岳武穆英灵惩罚奸臣子嗣的情节：

罗汝楫附秦桧劾岳飞下狱，汝楫之子愿知鄂州，入武穆庙，遽卒像前。崇祯间，金陵秦某，桧之后裔，偶入岳庙，双睛堕落出，遂以瞽废。③

无论是岳武穆英灵不允许奸臣像移出岳坟，还是奸臣子嗣进入岳庙后双目失明，都体现出一种复仇精神，显示的是国变时期人民对忠臣和奸臣截然不同的爱憎分明态度。明亡于奸臣之手在当时是一个广泛得到认可的看法。明亡之际，崇祯皇帝自缢于煤山前绝笔云："朕凉德藐

① 钱艾选等．精忠小志[M]．台北：台湾"商务印书馆"，民国六十二年．
② 转引自丁传靖．宋人轶事汇编[M]．北京：中华书局，1981．
③ （清）褚人获．坚瓠集[M]．北京：中华书局，1975．

躬，上干天咎，然皆诸臣误朕。朕死无面目见祖宗，自去冠冕，以发覆面，任贼分裂，无伤百姓一人。"①在这种自我谴责的情绪中，包含着对"诸臣误朕"、奸臣误国的怨念，这是明朝末代皇帝对明朝覆亡原因的一种反省。明末士大夫阶层在当时也提出一种颇有自我批评意味的"有君无臣"论，与这种想法遥遥呼应。比如崇祯元年，山东道御史邓启隆疏责辅臣："票拟前后二、三，难以彰信，召对无所可否，未能摅忠，扼腕于有君无臣之可惜。"②崇祯八年倪元璐言："若夫今日有君无臣，上廑独忧，下鲜同德，平治不出，祸乱相寻，财匮兵骚，祖恫民怨。"③这些言论一定程度上代表了当时官员对自我政治功能失职的反省自责。到了清代，就连清统治阶层也一度把明亡原因归结为奸臣作乱。比如顺治二年，多尔衮提出："崇祯皇帝也是好的，只是武官虚功冒赏，文官贪赃坏法，所以把天下失了。"④。可以说这种明亡于奸臣之手的说法弥漫于明末清初各个阶层，怀有故国之思的遗民对这种奸臣亡国的论调颇为认同。他们把眼前的国变与历史上颇有相似性的靖康之耻联系起来，就很容易以岳飞之酒杯，浇自己心头的块垒。岳飞对奸臣亡灵以及奸臣后代的报复大快人心，舒展了人们内心的郁结，也反映出人们对忠臣的拥戴、热爱。在国难当头的时刻，岳飞作为精神寄托的作用无形中凸显了出来。

① (清)张廷玉等．明史[M]．北京：中华书局，1974.
② (清)汪楫．崇祯长编[M]．台北：中研院历史语言研究所，1962.
③ (明)倪元璐．倪文贞奏疏．文渊阁四库全书影印本.
④ (清)陈具庆．多尔衮摄政日记[M]．北平故宫博物院，1933.

第四章　岳飞故事与儒将主题

岳飞既能排兵布阵、横扫千军，也能雅人深致、翰墨淋漓，可谓是文武双全的儒将。这在中国古代武将文化水平普遍不高的情况下，显得格外特殊、醒目。正因为如此，人们对他兴趣浓厚。经过不断地艺术加工和创作，他逐渐在历史原型基础上变成了一个超越几乎所有武将作战水平和文化水平的双料冠军。

第一节　儒将文化概述

“儒”在《说文解字》里的解释是：“儒，柔也，术士之称。从人，需声。”①《说文解字》对“将”字的解释为：“将，帅也。从寸，酱省声，即谅切。”②据此可知，在汉字的原始意义上，“儒”是“术士”，“将”指行军打仗的将领，他们分属于不同阵营，不是一回事。

考之以典籍，到魏晋时期，“儒”所具有的“柔”的特征已经开始应用于对军事将领的描述。比如陈寿《三国志》描述李典：“典好学问，贵儒雅，不与诸将争功。敬贤士大夫，恂恂若不及，军中称其长者……李

① （汉）许慎著，（清）段玉裁注．说文解字注[M]．南京：江苏古籍出版社，2006.

② （汉）许慎著，（清）段玉裁注．说文解字注[M]．南京：江苏古籍出版社，2006.

典贵尚儒雅，义忘私隙，美矣。”①“儒”字本身包含“柔”的含义，此处用来形容军事将领李典，强调他的温文尔雅、博学多才，这标志着“儒”与“将”的初步融合。

晚唐五代时期，“儒将”一词正式诞生。目前文献最早提及“儒将”一词的是薛能的诗歌《清河泛舟》：“都人层立似山丘，坐啸将军拥棹游。绕郭烟波浮泗水，一船丝竹载凉州。城中睹望皆丹雘，旗里惊飞尽白鸥。儒将不须夸郄縠，未闻诗句解风流。”诗中提到的“郄縠”此后在诗文里谈论“儒将”文化时候被高频提及，所以被视为“儒将”形象的起源。作为晋文公手下颇具儒学素养的军事将领，《左传》里面人们评论他“说礼、乐而敦诗、书”。② 结合郄縠历史原型和诗歌内容来看，此时的“儒将”一词是指饱读诗书、有深厚儒学素养的军事将领。

到了北宋，“儒将”含义再一次发生转折。宋代开山皇帝赵匡胤马上得天下，对武将防范意识较浓，于是有了杯酒释兵权，有了崇文抑武、以文制武的基本国策。在这种大环境下，“儒将”观念经历了数次嬗变。《文武之间：宋代“儒将”观念的演变》一文曾清晰勾勒过这种变动轨迹：“宋初‘儒将’含义较为宽泛，既包括出身儒生的文士统兵者，也包含‘恂恂若儒生’的武将。宋太祖、太宗出于平衡文武关系、巩固统治的目的，提倡和推崇‘儒将’。北宋中后期，‘儒将’含义与‘武夫’相对，强调其科举出身和文资身份，渐为文士所专有。文臣士大夫通过对‘儒将’的阐扬拒斥武人，巩固崇文抑武格局。这一时期‘儒将’的社会评价愈来愈高，但也面临着名实不符的尴尬。”③由此可知，随着北宋后期“儒将”概念的收紧，身为武将而稍通文墨之人已不再被视为“儒将”。

到了南宋，儒将含义再一次由窄变宽，由于南宋国运衰微，逐渐增大的国防需求导致对武将比较迁就纵容，因此武将势力膨胀。随着武将

① （西晋）陈寿．三国志[M]．北京：中华书局，1959.

② 杨伯峻．春秋左传注[M]．北京：中华书局，1981.

③ 尤学工，翟士航．文武之间：宋代“儒将”观念的演变[J]．郑州大学学报，2016(3).

力量增强，他们具有更多话语权，"儒将"一词对文武出身之别的重视逐渐变淡。也就是说那些具有一定文化修养而又非文官出身的将领，在北宋时期被排斥在儒将范围之外，到了南宋，他们也是"儒将"的组成部分。在这样的社会语境中，岳珂在《岳鄂王行实编年》中描述出身行伍的祖父岳飞："入则博衣宽带，讲论经史，恂恂若书生；又雅歌投壶，俱极精致，有古儒将风。"是很贴切的。

到了明清时期，"儒将"概念进一步得意忘筌，只要兼具过人智慧与军事作战能力的军事将领，都可以视为儒将。在此基础上，伴随市井文学的高歌猛进，关羽、秦琼等人物形象因为符合普通百姓的审美旨趣，也逐渐加入到了儒将谱系。

总体而言，"儒将"一词凸显的是军事将领的"柔"与"智"。这意味着如果一个军事将领不仅武艺超群、作战勇猛，而且兼具温文尔雅的风度和较高的文化素养，体现出文武双全特征，那他就会脱颖而出，被归类为"儒将"。由此也可以看到中华民族的"尚智"传统：莽撞的武夫不足取，智勇双全的人才则会被青眼相加。结合"儒将"一词的具体内涵来看，岳飞无论是放在南宋、元、明、清，亦或是现在，都是一名实至名归的儒将。因为他既有"抬望眼，仰天长啸，壮怀激烈"的硬汉形象，也有"雅歌投壶，恂恂如书生"的翩翩风采。

第二节　南宋："赋河朔之雄姿，熟《左氏》之兵法"的儒将形象

南宋时期的岳飞在军事才能和文学修养两方面绽放了自己的光芒，他既"赋河朔之雄姿"，又"熟《左传》之兵法"，堪称儒将的杰出代表。但此时他作为武将所具有的粗暴性格与儒将"柔"的本质还是有一定冲突的。

一、军事才能

袁燮曾说："有兵而不教，与无兵同；教之而不精，与不教同。夫

人未有不可教者，怯者可使勇，弱者可使强。”(《絜斋集》卷七《边防质言论十事·论训习》)由此可见治军的重要性。关于南宋治军的总体水平，程珌曾有过评价：“愚而忌偏稗，贪而猎士卒，守边则婴城以自保，赴援则迂道以避锋，勇不足以倡三军，智不足以料十里，公不足以服众，威不足以御下，小战则衄，大敌则奔，实败而言胜，无功而希赏，此盖百年之弊，有未易以遽革者。”(《洺水集》卷二《轮对剳子》)尽管大环境不尽人意，但岳飞却并不因此懈怠，而是励精图治，训练出一支具有“撼山易，撼岳家军难”威名的岳家军。由此，我们可以想见岳飞的武将风采。南宋邵辑曾有《满庭芳》一词专门展示了岳飞的这种风采：

> 日落旌旗，霜侵甲胄，塞角声唤寒更。论兵慷慨，齿颊带风生。坐拥貔貅十万，衔枚勇、云輚交横。嚬笑羌戎授首，千里静欃枪。九州人竞乐，提壶劝酒，布谷催耕。尽芝夫荛子，歌舞威名。好是轻裘缓带，驱营阵、绝漠横行。功谁纪，风神宛转，麟阁画清明。①

据《金佗稡编》卷二八《纪鄂王事》记载，这首词“句句缘实，非寻常谀词”，是作者邵辑当时对岳飞治军严明、军民皆乐这一现象心有所感而写成的。从这首词里，我们也可以感受到岳飞出色的军事才能。

岳飞出色的治军能力具体观之，和他的“仁、信、智、勇、严”理念分不开。这种理念，与其说传承的是孙武“将者，智、信、仁、勇、严也”的用兵之道，毋宁说是岳飞作为一名武将所秉持的价值观的体现。我们可以从这几个方面入手来进一步领略岳飞作为一名儒将的特点。

---

① 傅炳熙，傅乃芹．宋元明清咏岳飞广辑[M]．郑州：中州古籍出版社，2015.

（一）仁

"仁"，用岳飞自己的话解释是"同甘苦"，"待人以恩，常与士卒最下者同食。尊酒脔肉，必均及其下，酒少不能遍，则益之以水，人受一啜。出师野次，士卒露宿，虽馆舍甚备，不独入。诏词有所谓'绝少分甘，与人同欲'，又云'甘苦同于士卒'，'虽万众而犹一心'者指此。诸将远戍，则使妻至其家，问劳其妻妾，遗之金帛，申殷勤之欢，人感其诚，各勉君自以忠报。其有死事者，哭之尽哀，辍食数日，育其孤，或以子婚其女，士卒有疾，辄亲造抚视，问所欲，至手为调药……"①

除了同士兵同甘共苦，岳飞的"仁"还体现于对百姓的理解与同情。《鄂国金佗稡编》记载他："凡出兵，必以广上德为先，歼其渠魁，而释其余党，不妄戮一人。"绍兴五年(1135 年)，岳飞平定杨么、钟相叛乱。斩杀杨么后，对于其余的投降将领以及投降乡民，面对"赶尽杀绝"的建议，他认为："杨么之徒，本是村民，先被钟相以妖怪诓惑，次又缘程吏部怀鼎将劫虏之辱，不复存恤，需要杀尽，以雪前耻，至养得贼势张大。其实只是苟全性命，聚众逃生。今既诸寨出降，又渠魁杨么已被显诛，其余徒党并是国家赤子，杀之岂不伤恩，有何利益？况不战屈人之兵，而全军为上，自是兵家所贵；若屠戮斩馘，不是好事。但得大事已了，仰副朝廷好生之意，上宽圣君贤相之忧，则自家门不负重责，于职事亦自无惭也。"②最后，他做出了"不得杀"的决定。在岳飞这种尽量避免伤害无辜百姓的善举中，体现出了儒家"仁"的思想与信念。

不仅在战斗中，岳飞有悲悯之心，在审理案件时，也能体察民情，对一些错误作出适度宽容。《夷坚志》甲卷第八《哮张二》记载：

① （南宋）岳珂编，王曾瑜校注．鄂国金佗稡编续编校注[M]．北京：中华书局，1999.

② （南宋）岳珂编，王曾瑜校注．鄂国金佗稡编续编校注[M]．北京：中华书局，1999.

> 鄂州大吏丁某死，妻年方三十，与屠者朱四通。其子二郎尚少，不能制。至于成立，朱略无忌惮，白昼宣淫，反怒丁子不揖，以为见我无礼，盖以假父自处也。丁愤懑，以母之故且虑丑声彰著，隐忍弗言。有哮张二者，密州诸城人，遭乱南徙，亦以屠为业，壮勇负气。丁意可嘱此事，而每与侪辈诣市饮酒，张担肉过前，辄呼买之而厚酬厥价，久或至数倍。他日邀之饮，问："何以不作区肆，而行贾仆仆?"张曰："非不能之，但赤手乏本耳。"乃付之数百缗，默念彼当感我恩谊，必可使，从容曰："君知我心中有不平事乎?"曰："不知也。"丁以乞殴朱为请，张艴然曰："讶汝贷我钱，盖欲陷我于争斗?"奋衣而起。自后相遇，邈然如不相识，迨于绝交。众哂丁不知人，而下交非类，丁亦衔之。未几，张拉朱同渡江，买猪于汉阳，争舟，相殴击。既归，夜入朱室，杀朱与男女并三人，自缚告官，终不及丁一词。时岳少保领大兵驻鄂，嘉其志义，移檄取隶军中，不问其罪，后以功补官。①

张二之所以杀死作恶多端的朱四，是出于对丁二郎曾对他帮助的感激，在被捕后他始终不肯把罪责推到丁二郎身上，自己全力承担下来，是一种非常仗义的行为。他的有情有义赢得了岳飞的理解和尊重，因此，岳飞考虑到他作案的心理动机，做出了宽宥。这也体现出了岳飞的仁者之心。

(二)信

何为"信"?《说文解字》对"信"的解释是："诚，信也"，"信，诚也"，"信，申也。言以相申束，使不相违也。"意思是人们应该言行一致。"信"作为中国传统文化道德范畴与仁义礼智并举，对中华民族的价值观念、社会生活、思维方式产生了重要影响。儒家历来有"恭宽信

---

① (南宋)洪迈撰，何卓点校．夷坚志[M]．北京：中华书局，2016.

敏惠"一说，视诚信为五德之一。此外，"信"也被儒家视为"文行忠信"四教之一。《论语》曾言："曾子曰：'吾日三省吾身，为人谋而不忠乎？与朋友交而不信乎？传不习乎？'"①"与朋友交，言而有信"②"主忠信，无友不如己者，过，则勿惮改"③"人而无信，不知其可也"等，无不反映出儒家对"信"的重视。由此可见，"信"被视为群体生活中最基本的素质之一。岳飞是一个言必信行必果的人。《要录》卷八记载："飞，安阳人，尝为人庸耕，去为市游徼，使酒不检。"这证明岳飞有喜欢喝酒的毛病。《金佗续编》卷二七引黄元振文："某旧能饮""尝有酒失，老母戒某不饮，主上□□□□，自后不复饮。"④另据《百世昭忠录》记载："少时饮酒，至数斗不乱，上尝当面戒之曰：'卿异日到河朔，方可饮酒。'自是绝口不饮。"⑤《宋史·岳飞传》也写他"少豪饮，帝戒之曰：'卿异时到河朔，乃可饮。遂绝不饮。'"他答应了皇帝和母亲的要求，真的戒酒，是一种诚信的表现。

（三）智

宋高宗赵构非常赏识岳飞的智谋，曾言："卿识虑精深，为一世智谋之将，非他人比。"⑥而岳飞的"智"很大程度上体现在他作战灵活，能够因地制宜。这在绍兴四年收复襄阳之战中表现得很明显。伪齐将领李成率领号称数十万军队出城四十里阻击岳飞。虽然人数上岳飞面对以少对多的劣势，然而他并不惊慌，而是注意到李成布兵的疏漏之处：李

① 杨伯峻点校．论语译注[M]．北京：中华书局，2006.
② 杨伯峻点校．论语译注[M]．北京：中华书局，2006.
③ 杨伯峻点校．论语译注[M]．北京：中华书局，2006.
④ （南宋）岳珂编，王曾瑜校注．鄂国金佗稡编续编校注[M]．北京：中华书局，1999.
⑤ （南宋）岳珂编，王曾瑜校注．鄂国金佗稡编续编校注[M]．北京：中华书局，1999.
⑥ （南宋）岳珂编，王曾瑜校注．鄂国金佗稡编续编校注[M]．北京：中华书局，1999.

成把置于平地更能发挥优势的骑兵安置在不平之地，把在险恶地形更为有利的步兵安置在了平地上。于是指挥王贵"尔以长枪步卒，由成之右击骑兵"，① 指挥牛皋"尔以骑兵，由成之左击步卒"。李成的部队因为地势原因无法发挥优势，岳飞顺利夺回襄阳城。

岳飞能够如此充分地利用地理环境争取战争胜利绝非灵光一闪、偶然为之。这其实是他一以贯之的"以智取胜"的作战策略的体现。早期在宗泽麾下，宗泽赏识他的军事才能，但提出："尔勇智才艺，虽古良将不能过。然好野战，非古法，今为偏稗尚可，他日为大将，此非完全计也。"②于是想教给岳飞阵图，然而岳飞并不感兴趣，他认为："留守所赐阵图，飞熟观之，乃定局耳。古今异宜，夷险异地，岂可按一定之图。兵家之要，在于出奇，不可测识，始能取胜。若平原旷野，猝与虏遇，何暇整阵哉！况飞今日以裨将听命麾下，掌兵不多，使阵一定，虏人得窥虚实，铁骑四蹂，无遗类矣。""阵而后战，兵之常法，然势有不可拘者，且运用之妙，存于一心。"③

此"运用之妙，存于一心"，足以彰显岳飞之智。此外，在岳飞早期投奔河北招抚使张所的时候，张所问他："闻汝从宗留守，勇冠军，汝自料能敌几人何？"岳飞答道："勇不足恃，用兵在先定谋。谋者，胜负之机也，故为将之道，不患其无勇，而患其无谋。今用兵者皆曰'吾力足以冠三军'，然未战无一定之画，已战无可成之功。是以'上兵伐谋，次兵伐交'，栾枝曳柴以败荆，莫敖采樵以致绞，皆用此也。"④这段对答也足以彰显岳飞的文韬武略。

---

① （南宋）岳珂编，王曾瑜校注．鄂国金佗稡编续编校注[M]．北京：中华书局，1999.

② （南宋）岳珂编，王曾瑜校注．鄂国金佗稡编续编校注[M]．北京：中华书局，1999.

③ （南宋）岳珂编，王曾瑜校注．鄂国金佗稡编续编校注[M]．北京：中华书局，1999.

④ （南宋）岳珂编，王曾瑜校注．鄂国金佗稡编续编校注[M]．北京：中华书局，1999.

（四）勇

岳飞的"勇"主要体现在他以大局为重、不畏艰难、迎难而上、将个人利益置之度外。关于这一点，最有说服力和代表性的是建炎四年岳飞奉命驰援楚州一事。当时金军为了打通北归的水路，疯狂围攻楚州。朝廷命令张俊、刘光世支持楚州，两名大将皆因敌我力量悬殊而心有余悸、拒不从命。建炎四年八月十九日，朝廷命岳飞支援楚州，此时的岳飞处境非常艰难："见(现)带军马万余，自春并不曾支给衣赐"，"惟是新复建康之后，所有士马疮溃尚新，羸弊方甚，兼自到任未及一旬，刍茭糗粮，一一窘乏……欲望钧慈捐一二千之众，假(借)十余日之粮"。① 以岳飞当时这种微弱的兵力，去抗击力量数倍于己的金军，显然是非常危险的，然而他竟然临危受命、知难而上，带领部队斗志高昂地打了胜仗。虽然最后由于得不到其他军队的配合，还是败了下来，使得楚州被金人攻陷，但他大无畏的勇敢精神却体现得淋漓尽致。这种勇敢贯穿着岳飞经历过的大大小小的所有战斗。

（五）严

岳飞的"严"首先体现在对自己的要求上。他身为大将，对自己的武艺"谨训习"。具体体现为"止兵修舍，辄课其艺，暇日尤详，至过门不入，视无事时如有事时。如注坡、跳壕等艺，皆被重铠，精熟安习，人望之以为神"。②

岳飞的"严"其次体现在对身边人、自己人上。我们从他对儿子岳云的训练记录上，可以清晰地看到，他是一位绝不徇私、绝不溺爱、要求非常严格的父亲。据《鄂国金佗稡编》记载："云尝背甲习注坡，马踬

① (南宋)岳珂编，王曾瑜校注．鄂国金佗稡编续编校注[M]．北京：中华书局，1999.

② (南宋)岳珂编，王曾瑜校注．鄂国金佗稡编续编校注[M]．北京：中华书局，1999.

而踣，怒，欲斩之，诸将力祈免，犹鞭之百，乃释之。”①岳云虽然是他的儿子，但表现欠佳时，仍然会被鞭打。这也很好地体现了他“待千万人如待一人”的治军原则。也许正是由于岳飞的高标准、严要求，岳云才小小年纪，就武功高强，并多次立下战功。同样可以体现岳飞这一特征的还有他对岳云的战功隐瞒不报。这在今天看来，有些不近人情。后来，有人指出这对岳云不公平：“岳侯避宠幸一至此，廉则廉矣，然未得为公也。”②并把岳云功劳上报朝廷，朝廷对岳云连升三级。岳飞却作《辞男云转三官札子》《辞男云转三官第二札子》，拒绝了朝廷对儿子的拔擢。岳飞之所以这么做是因为他认为：“正己而后可以正物，自治而后可以治人。若使臣男受无功之赏，则是臣己不能正己而自治，何以率人乎?”③

此外，岳飞的“严”还指“严纪律”。他不允许岳家军拿群众一针一线。据《齐东野语》记载：“岳鹏举征群盗，过庐陵，托宿廛市。质明，为主人汛埽门宇，洗涤盆盎而去。郡守供帐，饯别于郊。师行将绝，谒未得通。问大将军何在，殿者曰：‘已杂偏裨去矣。’”④其严肃如此，真可谓中兴诸将第一。他的这种严格要求意在规范士兵行为、整肃军纪，一旦有人违抗军令、表现不力，将会得到重罚。《鄂国金佗稡编》卷27黄元振编岳飞事迹：“一日，行军至于一店，见其屋新盖茅而有少缺处，公呼店主人问之：‘此必我军士取汝茅乎?’店主曰：‘宣抚之军未尝一毫扰人，此自偶缺茅耳。’公曰：‘岂有汝新盖店屋，而缺此一束茅。’立命查之。须臾，查到一马军，即欲斩之，军曰：‘非入取其茅

① （南宋）岳珂编，王曾瑜校注．鄂国金佗稡编续编校注[M]．北京：中华书局，1999.

② （南宋）岳珂编，王曾瑜校注．鄂国金佗稡编续编校注[M]．北京：中华书局，1999.

③ （南宋）岳珂编，王曾瑜校注．鄂国金佗稡编续编校注[M]．北京：中华书局，1999.

④ （南宋）周密著，高心露、高虎子校点．齐东野语[M]．济南：齐鲁书社，2007.

也，下店饮食，系马于檐，忽闻宣抚来，急上马来，不觉误掣下。'店主举家泣告，是不曾扰，犹杖之百而后行。"①民间在岳飞治军之严的事实基础上，后来又加入了带有奇幻色彩的想象。《夷坚志》支戊卷第六记载，鄂州三公庙失去了一条黄罗幔，于是托梦给从义郎左良，让他去岳家军中找回。左良梦醒，将这件事告诉了岳飞，岳飞治军素来严格，于是将偷黄幔的军中盗贼处以死刑，并做了新幔子送到庙里。之所以会有这样的情节产生，也是由于岳飞治军之严在口耳相传过程中越传越神，激发了人们的想象。

二、文化修养

宋自建国以来很多大将目不识丁，而岳飞并没有满足于做一介莽夫。除了上文对他军事才能的分析，我们还必须注意到，他具有的非凡出众的文化修养。

岳飞出生在一个比较贫困的农民家庭。据岳珂《鄂国金佗稡编》卷四记载："唐尧时，有四岳者，佐尧理天下，因官以命姓氏，实岳性所自始。其后支胄莫考，凡数千载，皆韬迹不耀。望虽出山阳郡，先臣实家于汤阴，亦莫知其所以徙。自先臣(岳)成而下，皆以力田为业。"②可见，他祖祖辈辈以力农为业，生存的物质条件并不优渥。那他的文化修养来自哪里？之前有学者指出，宋代"冬学"制度有可能为岳飞受教育提供了机会和可能。南宋陆游《秋日郊居》诗云："儿童冬学闹比邻，拒案愚儒却自珍。授罢村书闭门睡，终年不着面看人。"自注云："农家十月，乃遣子弟入学，谓之冬学。"由此可见，即便是农村儿童也可以在南宋农闲时得到学校教育。我们也有理由相信，岳飞有可能是冬学制度的受益者。

---

① (南宋)岳珂编，王曾瑜校注．鄂国金佗稡编续编校注[M]．北京：中华书局，1999.

② (南宋)岳珂编，王曾瑜校注．鄂国金佗稡编续编校注[M]．北京：中华书局，1999.

但最根本的，我们认为他的文化素养还是来自于他的勤奋。如果没有他自身对知识的孜孜不倦追求，外力很难推动他成为具有深厚儒家文化素养的儒将。

《鄂国金佗稡编》记录了岳飞童年自学情况："(岳飞)天资敏悟强记，书传无所不读，尤好《左氏春秋》及《孙吴兵法》，或达旦不寐。家贫，不常得烛，昼拾枯薪以自给。然于书不拘泥于章句，一见得要领，辄弃之。为言语文字，初不经意，人取而诵之，则辨是非，析义理若精思而得者。"①由此可见，他的自学能力与勤奋程度都很出众，容易让人产生囊萤映雪、凿壁借光一类的联想。此外，我们还可以从材料中读出他日后儒将风采的部分形成原因。从他阅读的书目来看，《左氏春秋》是儒家推崇的经典，位列十三经之一。岳飞后来的忠君爱国之举很可能也受到该书影响。《孙吴兵法》则和他日后作战灵活巧妙、以少胜多、出奇制胜很可能有密不可分的联系。前文分析过，他治军讲究仁、信、智、勇、严，颇得《孙吴兵法》精髓。

还有一点值得注意，他的儒家文化素养的形成还受到了时代的熏染。刻苦读书是宋代人的普遍风气，宋人明确将读书增学问作为一种必备的文化素养。在这样的熏染下，岳飞会有意识地不断学习。由于具备良好的书面表达能力，他给皇帝的很多言辞恳切的章表书奏多由自己亲自拟定。除了政治类的公文，他还擅长文学作品创作。岳珂《金佗稡编·鄂王家集》收录的岳飞诗文如《题翠岩寺》《寄浮图慧海》《小重山·昨夜寒蛩不住鸣》《五岳祠盟记》《广德军金沙寺壁题记》《东松寺题记》《永州祁阳县大营驿题记》等诗文已经成为很耀目的宋代文学代表作品。这些作品不仅具有高超的写作技巧、强烈的个人风格，而且也呈现出岳飞崇高的人生境界。正如钱穆所云："欲成一理想的文学家，则必须具有一种对人生真理之探求与实践之最高心情与最高修养。抑不仅于此而

① (南宋)岳珂编，王曾瑜校注．鄂国金佗稡编续编校注[M]．北京：中华书局，1999.

已，欲成为一理想的大文学家，则必于其生活陶冶与人格修养上，有始终一致，前后一贯，珠联璧合，无懈可击，无疵可指之一境，然而乃使得成为一大家。"①

岳飞不仅自己有较好的文化素养，而且很爱才，对其他有文化素养的人也能给与充分尊重和欣赏。成书于宋代的《娱书堂诗话》提道："毛国英，泽民之仲子也。以诗自鸣。曾经岳侯驻兵之地。江禁方严。国英投诗云：'锁铁沉沉截碧江，风旗猎猎驻危樯。禹门纵使高千尺，放过蛟龙也不妨。'侯曰：'诗人也。'委舟以渡之。"②这证明岳飞不仅留意翰墨，而且极喜延揽和亲近有才学的人。

正因如此，岳飞才称得上文武双全、风度翩翩的儒将。中国历史上那些头脑简单、四肢发达、举止粗鲁的武将难以和他比肩。得出这种结论，或许和中国自古以来重视文武全面发展的文化传统有关。考诸历史，我们会发现中国文化习惯于把"文武"连起来讲。能文能武者乃是最理想的军事统帅。早在《诗经·鲁颂·泮水》中就已经流露出对文武兼备的欣赏："允文允武，昭假烈祖。"先秦时期的传统教育也已经开始讲究"礼、乐、射、御、书、数"的文武协调发展。到了汉代，文武双全、文武并用已经提升到国家管理策略的高度。此时的"文"指的是用教化治理国家的"文治"，"武"指的是用刑法、暴力、权威治理国家的"武功"。《史记·郦生陆贾列传》载："陆生时时前说称《诗》《书》。高帝骂之曰：'乃公居马上而得之，安事《诗》《书》！'陆生曰：'居马上得之，宁可以马上治之乎？且汤武逆取而以顺守之，文武并用，长久之术也。昔者吴王夫差、智伯极武而亡；秦任刑法不变，卒灭赵氏。乡使秦已并天下，行仁义，法先圣，陛下安得而有之？'"③陆贾否定了秦代崇尚武功、压制文化的策略，提出"文武并用"的治国方略，实际上已经

① 钱穆．中国文化与中国文学[M]．台北：东大图书公司，1982.

② 王德保，岳朝军．文渊阁四库全书岳飞资料汇编[M]．北京：中国社会科学出版社，2015.

③ （汉）司马迁．史记[M]．北京：中华书局，1959.

揭示了“武以定国，文以治国。乱世思将，治世思相”的历史发展规律。这意味着文武并用已经上升到了治国层面，引起了人们的高度重视。此外，从中国古代人才的实际情况来讲，很多杰出历史人物也都是文武兼备的，例如郄縠为帅，能够说《礼》《乐》而敦《诗》《书》。又比如孔子，《淮南子·主术训》记载：“孔子之通，智过于苌宏，勇服于孟贲，足摄郊菟，力招城关，能亦多矣。”①可见，孔子既知识渊博，又勇武过人，是文武兼备的通才。此外孔子的学生冉有、子路、有若也都能文能武。再比如曹操父子，既是军事家又是文学家，秋冬射猎，春夏读书，团聚了一批有才华的作家群，形成规模颇为盛大的建安文学。这些武而通文的英杰为衡量人才提供了更多可能性、确立了更高的标准，也为后人创造了渴望抵达的理想境界。这可能也会无形中对岳飞产生激励和影响。

三、武夫型的粗暴性格

我们必须意识到，岳飞的历史原型虽然称得上一名文武兼济、风度翩翩的儒将，他有儒将共有的态度柔和、智慧超群的一面，但他并不完美，身上还保存着武夫惯常会有的粗暴性格，与儒将“柔”的本质特征还是有冲突的。这在《三朝北盟会编》的记录里能够很清晰地反映出来：

> 岳飞以通泰州镇抚使，方退屯于江阴军。戊申被命，已本进发。癸丑到宜兴，取老小到徽州。有百姓诉其舅姚某搔扰。飞白其母。责之曰：“舅所为如此，有累于飞。飞能容，恐军情与军法不能容。”母亦苦劝而止。他日，飞与兵官押马，舅亦同行。舅出飞马前而驰约数十步，引弓满，回身射飞，中其鞍鞒。飞驰马逐舅，擒下马，令王贵张宪捉其手，自取佩刀破其心，然后碎割之。归白其母。母曰：“我钟爱此弟，何遽如此？”飞曰：“若一箭或上或下，则飞死矣。为舅所杀，母虽欲一日安，不可得也。所以中鞍鞒者，

① 刘文典．淮南鸿烈集解[M]．北京：中华书局，1989.

乃天相飞也。今日不杀舅，他日必为舅所害，故不如杀之。”母意亦解。①

岳飞舅舅欺压百姓、违反军规，不仅不认错，反而图谋杀害岳飞，的确可恶，被岳飞绳之于法也情理应当，但“自取佩刀破其心，然后碎割之”的处理方式未免太过于粗野残忍。

这种粗豪的气息在他的文学作品里也有些许流露。回归到他的代表作《满江红》，整首词表达出岳飞精忠报国之志和浩然正气的同时，也通过“壮志饥餐胡虏肉，笑谈渴饮匈奴血”散发出些许野蛮之气，这或许可以侧面反映出岳飞性格中粗豪的一面。再读他的《五岳祠盟记》，我们可以从中感受到岳飞平金人、迎二帝的赤胆忠心，但“喋血虏廷，尽屠夷种”的夸张修辞也体现出他有比较粗暴的一面。只是后人有意无意地选择淡化、忽略这一点。

需要注意的是，历史上真实的岳飞虽然有时候举止间流露出粗豪的气息、并不百分之百符合儒将“柔”的特征，但放到具体语境中，这种粗豪并非毫无可取之处。正如歌德在《论德国建筑》中曾经提醒我们的那样：“不要让现代的美的贩子的软弱学说弄得你太软弱，以至不能欣赏有意义的粗野……”②回归到岳飞的历史原型，我们会觉得这样的将军比较符合大众期待视野中的真实将军，面对残酷的战争，如果岳飞没有这等气魄恐怕也难以生存。

第三节　元代：对岳飞儒将形象评价提高

元代史书《宋史》对岳飞的评价反映了当时官方对岳飞的看法：

① 王德保，岳朝军．文渊阁四库全书岳飞资料汇编[M]．北京：中国社会科学出版社，2015.

② 转引自鲍桑葵．美学三讲[M]．上海：上海译文出版社，1983.

> 论曰：西汉而下，若韩、彭、绛、灌之为将，代不乏人，求其文武全器、仁智并施如宋岳飞者，一代岂多见哉。史称关云长通《春秋左氏》学，然未尝见其文章。飞北伐，军至汴梁之朱仙镇，有诏班师，飞自为表答诏，忠义之言，流出肺腑，真有诸葛孔明之风。①

《宋史》认为岳飞“文武全器、仁智并施”，少有人可以匹敌，并认为他的才能在关羽之上，因为关羽是以武偏胜，而岳飞却文武双全。《宋史》甚至以为岳飞有诸葛亮的风采，这个评价是从“儒将”角度衡量岳飞的，高度肯定了他“文”和“武”的全面发展。

此外元代诗歌也对岳飞文武兼备的儒将形象有着热情的肯定。比如陈基《吊岳武穆文》写到：“亘天地而长存兮，惟孝与忠。参日月以齐明兮，惟德与功。昔有宋之多贤兮，礼彬彬其在鲁。彼绛灌或弗喻乎文兮，隋与陆岂良于用武。何夫子之英杰兮，文与武其并施。……”②周德清在《满庭芳·看岳王传》写到：“披文握武，建中兴庙宇，载青史图书……”③

总体而言，元代对岳飞文武双全的特征认识得更加清晰。在南宋时，岳飞位居“中兴四将”之末，最高统治者在很长时间内不喜欢岳飞。宋高宗末年，金海陵王举兵南侵，南宋抗金情绪再度高涨。许多人呼吁为岳飞平反，高宗也只是下诏令将“蔡京、童贯、岳飞、张宪子孙家属令见拘管州军并放令逐便”，④ 岳飞子孙虽然有了生还之路，却是和蔡京、童贯等奸佞之臣的后代并列，可见统治者对岳飞的态度。即使在高

① (元)脱脱等．宋史[M]．北京：中华书局，1977.

② 傅炳熙，傅乃芹．宋元明清咏岳飞广辑[M]．郑州：中州古籍出版社，2015.

③ 傅炳熙，傅乃芹．宋元明清咏岳飞广辑[M]．郑州：中州古籍出版社，2015.

④ (南宋)李心传．建炎以来系年要录[M]．北京：中华书局，1956.

宗死后，岳飞身后由低落向回升的转变也并不是一蹴而就、一步到位的。而元代摆脱了宋人评判岳飞时比较压抑的舆论状态，没有了"为尊者讳"的心理问题，在尊重事实基础上，得出一个"一代岂多见哉""文与武其并施""披文握武"的更高评价，也可谓顺理成章，实至名归。

第四节　明清：儒将色彩愈加浓厚

明清时期是岳飞儒将形象的飞跃时期。无论绘画作品、雕塑作品还是文学作品都能够呈现出岳飞儒将色彩不断加强的趋势。

一、图绘功臣：从绘画角度看岳飞儒将色彩的强化

1937 年在武汉原岳庙废墟中出土了明代武穆半身遗像画像碑(如图 4.1 所示)。尽管画像已然模糊，但我们还是可以从该画像碑所载明代张翼先题画赞中约略揆度出岳飞的气质。其诗《武穆画像赞》曰："于赫

图 4.1　武汉岳飞亭中的岳飞石碑

维王，英风万古。穆穆其文，桓桓其武。壮志吞胡，精忠报主。肃瞻遗像，如熊如虎。浩气堂堂，八荒按堵。翊我邦家，有秩斯祜。'"①通过"穆穆其文，桓桓其武"的描述，岳飞文武兼济的儒将形象特征，跃然纸上。

而如果将宋代刘松年作的《中兴四将图》和明代武穆功臣画像中的岳飞形象进行一番对比，我们可以更加直观地看到岳飞儒将形象自南宋到明代的变迁。从外表上看，宋代《中兴四将图》里的岳飞居四将之末，个子不高、脸圆、肤白、眼睛较小，下巴微丰，身形微胖。(如图 4.2 所示)这一点，在后来清代笔记中也有提及。清人阮元《石渠随笔》卷 3《刘松年宋中兴四将图》说："岳飞面大而方，广额疏眉，两颊甚丰，目圆鼻尖，自口以下，重颐甚长，无髭须。"

图 4.2　《中兴四将图》(藏于故宫博物院)局部

① 傅炳熙，傅乃芹．宋元明清咏岳飞广辑[M]．郑州：中州古籍出版社，2015.

到了明代《历代功臣像轴》(故宫南熏殿旧藏)里的《宋岳飞座像轴》(纵五尺七寸，横三尺一寸，画坐像高四尺九寸)，岳飞形象改为长髯，蓝巾，蟒玉，手执书册。如图4.3所示。

图4.3 宋岳飞座像

从绘画形象的变迁，可以看出他的儒将外貌存在显著变化。

第一，明代岳飞外貌增添了“蓄须”特征。这可能和古人须发崇拜的习俗有关。在对自然认知能力比较低下的时候，须发神奇的再生能力曾让人敬畏不已。后来随着“孝”观念的渗透，“身体发肤，受之父母，不敢毁伤”成为共识，也让人们对胡须加倍珍惜、爱护。逐渐地，须髯逐渐成为男性美的关键。“瑶之贤于人者五，其不逮者一也。美须长大则贤，射御足力则贤，技艺异俗则贤，巧文辩惠则贤，强毅果敢则贤……”①“颊上加三毛，观者觉神明殊胜。”这类重视胡须的例子在古代不一而足。正因为人们形成了这种以胡须衡量男性美的审美习惯，久而久之，古代史书、文学典籍也逐渐形成了一种稳定的书写传统：以

① (北宋)司马光．资治通鉴[M]．北京：中华书局，1956.

“美须髯”特征塑造英杰形象。典籍中诸如此类的例子比比皆是：

(霍)光为人沈静详审，长财七尺三寸，白皙，疏眉目，美须髯。①

羽美须髯，故亮谓之髯。羽省书大悦，以示宾客。②

(杨素)善属文，工草隶，颇留意于风角。美须髯，有英杰之表。③

由此可见，“美须髯”是许多俊杰美好外表的共有特点。因此，给岳飞画上三缕好看的胡须，无形中也增强了他作为“儒将”的文化底蕴。这种带有胡须的岳飞形象出现在明代，也为清代绘画所接受。见图4.4：

图4.4　清中叶天津杨柳青年画(纵34cm，长58.8cm)

第二，画像中岳飞形象以读书的姿态呈现出来。这是对历史中真实

① (东汉)班固．汉书[M]．北京：中华书局，2009.

② (西晋)陈寿著，(东晋)裴松之注．三国志[M]．北京：中华书局，1959.

③ (唐)长孙无忌，魏征等．隋书[M]．上海：汉语大辞典出版社，2004.

岳飞读书人形象的概括、提炼和升华。正如前文提到的那样，《鄂国金佗稡编》记录了岳飞童年自学情况：“(岳飞)天资敏悟强记，书传无所不读，尤好《左氏春秋》及《孙吴兵法》，或达旦不寐。”①《宋史》记载：“好贤礼士，览经史，雅歌投壶，恂恂如书生。每辞官，必曰：‘将士效力，飞何功之有?’”这些记录都折射出一个儒雅的读书人形象。明代人进一步突出了岳飞喜爱读书的特征，并在绘画里塑造了他手捧书本阅读的形象。虽然画上岳飞手中的书看不清名字，但从《鄂国金佗稡编》《续编》和《宋史》中记录的岳飞阅读习惯来看，很有可能是一本儒家经典。这样也就加强了岳飞和儒家的联系。

结合这幅画储存、展览的地点(皇宫)来看，如此塑造岳飞形象并非无意识的偶然。诚如张彦远曾在《历代名画记》所云：“夫画者，成教化，助人伦，穷神变，测幽微。与六籍同功，四时并运。”②绘画具有强有力的教化作用。所以，在统治者眼里，它们不仅是物质客体，还是引领和宣传思想的工具。历史上西汉麒麟阁、东汉云台、唐代凌烟阁、宋代景灵宫、金代衍庆宫、清代紫光阁之所以要陈列若干功臣画像，原因正在于此。统治者们企图对那些渴望“功成献凯见明主，丹青画像麒麟台”的臣子树立符合他们价值观和审美观的榜样，以此来激励和引导他们。而这幅岳飞画像也不例外。它悬挂在明代皇宫，突出的是岳飞的儒将气质而非武夫惯有的莽汉形象，体现出明代文治政府对官员儒家思想素养和文化素养的重视。

也正是由于官方这样有意识地引导，明代逐渐形成了文人尚武、武人好文的社会风气。明末陈继儒曾言：“名妓翻经，老僧酿酒，将军翔文章之府，书生践戎马之场，虽乏本色，故自有致。”③“书生践戎马之

① (南宋)岳珂编，王曾瑜校注．鄂国金佗稡编续编校注[M]．北京：中华书局，1999.

② (唐)张彦远．历代名画记[M]．郑州：中州古籍出版社，2016.

③ (明)陈继儒．岩栖幽事．收入宝颜堂秘籍，上海文明书局民国十一年石印本.

场”与“将军翔文章之府”在陈继儒眼里是一件很有风致的事情，这种评价浓缩的是明代人对儒将形象的肯定。

二、从文学作品看岳飞儒将特征的突出与深化

(一)通过夸张、虚构等手段提升岳飞儒将形象的文化素养

文字里，岳飞的儒将才智特征由于虚构、夸张等手法的灵活运用而得以被进一步渲染得神乎其神。在《精忠记》第二出《赏春》里写到：

笔底龙蛇走篆虫，胸中豪气贯长虹；五车经史藏心腹，百万貔貅掌握中。

心胆壮，气英雄，云台麟阁岂难逢？从今且养凌云志，听取春雷上九重。下官姓岳名飞，字鹏举，本贯相州汤阴人也。自古建都之地，贤人隐迹之乡。粤自夏河亶甲迁鼎于此，嗣后秦强楚霸定盟于兹。韩忠献文武全才，杜正伦一门三秀。俗尚英雄之习，谙通诗礼之风。何幸吾身生长于此地！吾乃博通六艺，兼览百家，学射周同，受制张俊。春秋褒贬，吾欲考其二百四十年之昭鉴；左传名家，比如吾欲核其一十六年之沿革。……①

由上述描写可知，岳飞的文化素养在历史原型基础上进一步得到提升。与之相似，明末清初《夺秋魁》第四出《刺字》写也岳飞“十八般武艺，件件皆能；三略六韬，篇篇记得”：

【西江月】俺三略六韬熟究，孙吴兵法精详，奇门遁甲我能强，谈笑貔貅虎帐；饶他天蓬下降，管教地煞来当，不须两手用慌张，

① (明)姚茂良．精忠记[M]．北京：中华书局，1959.

一指教他魂荡。①

无独有偶，明末清初的《续金瓶梅》也夸赞岳飞：

昔日韩白能将不能战，关张能战不能谋。又说绛灌无文，隋陆不武，有全人未必有全才，有全才未必有全德。岳武穆一片赤心，却兼了韩白关张的谋勇，上马杀贼、下马草檄的文学。看来不止宋朝，就是汉唐以来名将，似这岳武穆的才品也是少的了，岂不是天付他一段英雄力量，又与他一副圣贤的肝胆！②

清代任克傅在《谒武穆祠》里甚至把岳飞和孔子、关羽同时联系起来，认为他"武略近接关夫子，文学远绍孔圣人"。以文圣、武圣作为参照系，将岳飞和一文一武两个顶尖级人物类比，并认为他兼具两人优点，实在是极高的评价。

纵观从南宋到明清的变迁，可见南宋时历史上真实的岳飞就因文武双全而具有儒将风采，但他的文化素养写实色彩比较浓重；到了明清，他的才学被进一步渲染、神化。这体现出了中国文化审美取向由"以力为美"向"以智为美"的转化。中国古代男性习惯以阳刚劲健为美。很多文学人物刚健有力到一定程度，会被视为英雄，比如斩颜良和文丑不费吹灰之力的关羽、倒拔垂杨柳的鲁智深、大闹天宫的孙悟空。这些英雄人物皆以超人的勇力和体魄为共同特点。相较而言，"以智为美"的审美范式晚出，两者并行不悖，后来后者逐渐在文化市场上占据上风。越来越多作品涌现出虽然并不孔武有力、但却可以单凭智商碾压他人的文学形象，他们比那些靠体力赢取胜利的赳赳武夫更加令人称奇。比如《三国演义》中羽扇纶巾的诸葛亮比以武力见长的关羽、张飞段位更高；

① 杜颖陶、俞云．岳飞故事戏曲说唱集[M]．上海：上海古籍出版社，1985.
② （清）丁耀亢．金瓶梅续书三种[M]．济南：齐鲁书社，1988.

《水浒传》里梁山好汉李逵、武松、林冲、鲁智深等豪杰需要听书生吴用调遣指挥。这些现象意味着“智”的美学已经赶超“力”的美学。岳飞故事里，岳飞越来越文气、文化水平越来越高，儒家内蕴越来越浓厚，毫无疑问受到了这种“以智为美”的审美范式影响。

(二)以牛皋反衬岳飞儒将形象的沉稳、肃穆、威严

克莱夫·贝尔曾于19世纪提出影响深远的“有意味的形式”理论。该理论认为，那些在作品里面能够激起人类审美感情的线条、色彩以及某种特殊方式组合而成的形式或者形式之间的关系，是一种“有意味的形式”。放眼明清小说理论，金圣叹提出的“背面敷粉法”与之不谋而合。金圣叹评《水浒传》时说：“有背面敷粉法。如要衬宋江奸诈，不觉写作李逵真率；要衬石秀机智，不觉写作杨雄糊涂是也。”除了水浒，还有很多经典作品都运用了此种方法塑造人物。比如《三国演义》里的张飞与刘备、《说唐》里的程咬金与秦琼。在这些人物关系里，前者的莽撞、野性、叛逆、粗犷无不更清晰衬托出后者的沉稳、典雅、肃穆、威严。岳飞故事在明清阶段也借鉴了这种塑造人物的方式。具体言之，是运用牛皋这一人物形象来反衬岳飞。牛皋在明清阶段和岳飞之间建立起了一种兄弟关系，他作为岳飞的好兄弟，对岳飞赤胆忠心，并常伴岳飞左右。这两个人物放在一起，组成一对有意味的形式，通过彼此外貌和处事风格的巨大反差可以更好地突出各自特点。

首先是通过外貌来凭添对比意味。牛皋外貌特征是“面如黑漆，身躯长大”“黑熊般一身粗肉”，看上去比较粗野。而岳飞形象则是“头戴烂银盔，身披银叶甲，内穿白罗袍，坐下白龙马，手执沥泉枪，隆长白脸，三绺微须，膀阔腰圆，十分威武”。① 这种描写显示了岳飞相貌堂堂、威风凛凛的外在特征，和牛皋的粗野外表相映成趣。

① (清)钱彩编订，金丰增次．说岳全传[M]．北京：人民文学出版社，2014.

其次是通过性格来反衬。牛皋的性格特点是率性而为、任情使性。他做事情常常被情绪主宰，体现出一种原始的野性蛮力和冲动，这更衬得岳飞沉稳、冷静、克制、威严。在第十二回《夺状元枪挑小梁王 反武场放走岳鹏举》岳飞被小梁王柴桂所逼，步步退让后忍无可忍，最后结果了小梁王的性命，于是被下令逮捕：

> 岳大爷把枪一起，把个梁王头望下、脚朝天挑于马下；复一枪，结果了性命。只听得合教校场中众举子并那些看的人，齐齐的喝一声采。急坏了左右巡场官，那些护卫兵丁军夜班等，俱吓得面面相觑。巡场官当下吩咐众护兵："看守了岳飞，不要被他走了！"那岳大爷神色不变，下了马，把枪插在地上，就把马拴在枪杆之上等令。①

由此可见，岳飞面对不利局面，反应尚能神色不变，从容镇定，性格之沉稳庄重跃然纸上。而牛皋见岳飞面临危机，怒不可遏，大喊大叫：

> "得令"两字尚未说完，底下牛皋早已听见，大声喊道："呔！天下多少英雄来考，那一个不想功名？今岳飞武艺高强，挑死了梁王，不能够做状元，反要将他斩首，我等实是不服！不如先杀了这瘟试官，再去与皇帝老子算帐罢！"便把双锏一摆，望那大纛旗杆上"呰"的一声。两条锏一齐下，不打紧，把个旗杆打折，"哄咙"一声响倒将下来……
>
> 牛皋大叫道："众哥哥们不要慌，我们都转去，杀进城去，先把奸臣杀了，夺了汴京，岳大哥就做了皇帝，我们四个都做了大将

① (清)钱彩编订，金丰增次．说岳全传[M]．北京：人民文学出版社，2014.

军，岂不好？受他们什么鸟气！还要考什么武状元！”岳大爷大怒，喝道：“胡说！你敢是疯了么？快闭了嘴！”牛皋努着嘴道：“就不开口，等他们兵马赶来时，手也不要动，伸长了颈脖子，等他砍了就是。”

无论是嚷嚷着要先杀了瘟试官，然后去找皇帝老子算账，还是暴怒之下折断旗杆、点燃众举子情绪的沸点，都反映出牛皋性格中的粗鲁直率。相形之下，岳飞循规蹈矩、富于忠孝节义伦理道德精神的特征愈发因对比而凸显。

（三）以宝贝兵器“沥泉枪”增添岳飞儒将形象的奇幻色彩

在早期作品里，岳飞已经呈现出勇武特征，写实色彩浓厚，远没有夸张增饰到奇幻地步。比如《鄂国金佗续编》卷第十七记：“二月，战于曹州，飞被发，挥四刃铁锏，直犯虏阵”①；同卷又记：“飞单骑持丈八铁枪，刺杀虏帅，所谓黑风而王其号者。”“八月三日，与金人大战汜水关，虏骑将驰突，飞跃马左射，杀之。”②又据《宋史》记载：“三年，贼王善、曹成、孔彦舟等合众五十万，薄南熏门。飞所部仅八百，众惧不敌，飞曰：‘吾为诸君破之。’左挟弓，右运矛，横冲其阵，贼乱，大败之。”由此可见，在宋元史料记载里，真实岳飞在冷兵器时代常用的兵器主要是枪、弓箭、大刀等。

到了清代，《说岳全传》吸纳了宝贝兵器母题，这是岳飞故事的一个新变化。宝贝兵器是神魔小说和历史演义、英雄传奇小说奇幻斗法时，塑造人物的一种重要配备。它往往出现于英雄意外得到神奇宝物战斗力大增的情节。这种情节在明清小说中比比皆是。例如《西游记》中

---

① （南宋）岳珂编，王曾瑜校注．鄂国金佗稡编续编校注[M]．北京：中华书局，1999.

② （南宋）岳珂编，王曾瑜校注．鄂国金佗稡编续编校注[M]．北京：中华书局，1999.

孙悟空得到金箍棒，《封神演义》中哪吒得到风火轮等不一而足。

《说岳全传》中宝物兵器以第四回《麒麟村小英雄结义　沥泉洞老蛇怪献枪》中的“沥泉神矛”最有代表性。该回目写岳飞去沥泉山取水时勇斗怪蛇，大败怪蛇后获得沥泉神矛：

> 那岳飞在旁听了，暗暗想道：“既有这等妙处，怕什么雾？多因是这老和尚悭吝，故意说这等话来唬吓人。待我去取些来。与爹爹洗洗眼目，也见我一点孝心。”遂暗暗地向小沙弥问了山后的路径，讨个大茶碗，出了庵门，转到后边。只见半山中果有一缕流泉，旁边一块大石上边，镌着“沥泉奇品”四个大字，却是苏东坡的笔迹。那泉上一个石洞，洞中却伸出一个斗大的蛇头，眼光四射，口中流出涎来，点点滴滴，滴在水内。岳飞想道：“这个孽畜，口内之物，有何好处？滴在水中，如何用得？待我打死他！”便放下茶碗，捧起一块大石头，觑得亲切，望那蛇头上打去。不打时犹可，这一打，不偏不歪，恰恰打在蛇头上。只听得呼的一声响，一霎时，星雾迷漫，那蛇铜铃一般的眼露出金光，张开血盆般大口，望着岳飞扑面撞来。岳飞连忙把身子一侧，让过蛇头，趁着势将蛇尾一拖。一声响亮，定睛再看时，手中拿的那里是蛇尾，却是一条丈八长的蘸金枪，枪杆上有“沥泉神矛”四个字。回头看那泉水已干涸了，并无一滴。①

上文所提及的“沥泉神矛”是典型的宝贝兵器。该母题之所以出现，和农业社会靠天吃饭状况所滋生出的社会心理有关。农耕生活让人们意识到稼穑艰难，学会了惜物爱物，形成了物崇拜。这种物崇拜在劳动里体现为对先进生产工具的崇拜；在战斗过程中则迁移为对先进兵器的推

① （清）钱彩编订，金丰增次．说岳全传［M］．北京：人民文学出版社，2014.

祟。于是逐渐在文学领域出现了宝贝兵器母题。除了现实需求的催生，宝贝兵器母题的诞生还和远古时代就有的社会群体渴望以神奇幻想飞跃现实困难的心理诉求有关："生活中充满了为衣食居住的奋争，充满了长途跋涉的疲劳，充满了由于失恋或事业受挫而出现的沮丧，因此，作为生灵的人，在日思夜梦之中产生清除这一切艰辛的幻想是不足为奇的。一块能变出食品饮料的桌布、一件能击败敌人的武器、一张能载人自由飞翔的魔毯、一件能使人战胜疾病死亡并获得爱情的法宝——所有这些期望都成了实际生活中医治创痛的良药。"①

至明清阶段，对宝贝兵器的文学想象格外繁荣，《说岳全传》仅仅是冰山一角。这和明清兵器文化的繁盛息息相关。明清时期边境扰攘、军情告急、中国军事水平逐渐落后于西方的社会现实以及落后就要挨打的心理使得人们上下求新，高度重视兵器文化。比如徐光启《西洋神器既见其益宜尽其用疏》提出："惟尽用西术乃能胜之。欲尽其术，必造我器尽如彼器，精我法尽如彼法，练我人尽如彼人，而后可。"②又比如《熹宗实录》卷三十四记载："（天启三年五月乙未）浙江道御史彭鲲化上言：'……中国长技火炮为上，今澳夷远来，已有点放之人，宜敕当事者速如式制造，预先演熟，安置关外，庶几有备无患。'"③在这种局面下，先进兵器的重要性得到广泛共识，大量兵器著作纷纷问世，开秦汉以来未有之盛况。这也促进了宝贝兵器母题在明清文学的繁荣。

结合"宝贝兵器"母题的基本规律来看，宝贝兵器的主人通常是超凡英雄，而超凡英雄获得宝贝兵器后往往具有神奇力量，会让他实力大增，所以这两要素是相互成就的。这也蕴含了中国文化当中"吉人自有天相"的深层心理。具体到岳飞故事，沥泉枪的出现大大增添了岳飞儒将形象的传奇色彩。

① 斯蒂·汤普森著，郑海等译．世界民间故事分类学[M]．上海：上海文艺出版社，1991.

② 徐光启．徐光启集[M]．上海：上海古籍出版社，1984.

③ 李国祥，杨昶．明实录类纂：涉外史料卷[M]．武汉：武汉出版社，1991.

（四）以婚恋情节增添岳飞儒将形象的世俗化

人们热衷于英雄美女的想象，这同样是古老的文学传统。然而岳飞心系国家安危，不可能将太多心思放在感情生活上。事实上，他作为一个农民之子，感情是非常淳朴的。在史料中，我们找不到他富有浪漫色彩的记录。在前面一小节提到过，南宋武将的生活往往是骄奢的，但是岳飞在这样的环境里，出淤泥而不染。

历史上记载的岳飞婚姻状况分为前后两段。16 岁时岳飞第一次结婚，对方是一位刘姓的女子。其时，岳飞尚未发达，按照中国婚嫁讲究门当户对的传统推断，对方应当也出自寒素之家。这位妻子为岳飞诞下岳云。然而后来因为丈夫常年在外征战，而家庭生活又颇困苦，于是改嫁他人。据《建炎以来系年要录》记载："初，湖北、京西宣抚使岳飞之在京师也，其妻刘氏与飞母留居相州，及飞母渡河而刘改适，至是在淮东宣抚使韩世忠军中，世忠谕飞复取之，飞遗刘钱三百千。丁卯以其事闻，具奏：'臣不自言，恐有弃妻之谤。'诏答之。"①另据《三朝北盟会编》："飞执兵权之日，遣使臣王忠臣往楚州韩世忠处下书，得回书欲归，临行，世忠嘱之曰：'传语岳宣抚，宣抚有结发之妻，见在此中，嫁作一拥押之妻，可差人来取'。忠回，密报飞以世忠语，飞且曰：'履冰渡河之日，留臣妻待老母，今妻两经更嫁，臣切骨恨之。已差人送钱五百贯，以助其不足。恐天下不知其由也。'"②综合这两则信息可以得知，岳飞曾经娶一名刘氏女子为结发之妻，后来这位妻子改嫁韩世忠手下一位"拥押"，从"臣切骨恨之"来看，岳飞实际上对这个事实是很痛心的。这件事读来心酸。作为一名大将，为国奔波，却疏于对家庭的照料，导致妻子改嫁他人。这和南宋其他官僚的奢靡、混乱作风大相径庭。

---

① （南宋）李心传．建炎以来系年要录[M]．北京：中华书局，1956.

② 王德保，岳朝军．文渊阁四库全书岳飞资料汇编[M]．北京：中国社会科学出版社，2015.

岳飞27岁左右的时候，又娶一名李姓女子为妻。岳珂《鄂国金佗稡编》中仅记载这位李氏，而未提及刘氏存在。据载："娶李氏，名娃，字孝娥。奉其姑有礼度，又能筹理军事。先臣出军，则必至诸将家，抚其妻、子，以恩结之，得其欢心。在宜兴日，先臣尝召至行在，部下谋叛，李氏得之，不言。一日，会诸将于前，即坐告之，捕斩叛者，一军肃然。"①由此观之，这位李氏贤良淑德，有勇有谋，既能照顾岳飞一家老小，又能协助他整肃军纪、清除叛徒，堪称贤内助。

在古代一夫一妻多妾的婚姻制度下，岳飞有没有除了妻子以外的配偶呢？答案是没有。岳飞作为一个将军，不是没有机会，但是他拒绝了。我们现在还可以查到当时他曾有过拒绝别人所赠姬妾的记录：

> 公家素无姬侍，先父被檄差出，远方妄传公纳士族之女为妾。先父以告，公曰："四川吴宣抚尝遣属官来议军事，某饭之，彼惊讶某之冷落，归言于吴宣抚。吴乃以二千缗买一士族女，遣两使臣妻送来。某令其立于屏后，告知曰：'某家上下所衣紬布尔，所食者荠麺耳。女娘子若能如此同甘苦，乃可留，不然，不敢留。'女乃吃然而笑，某曰：'如此则不可留也。'遂遣还之，初未尝曾见其面耳。"公之不喜声色，出于性之自然者如此。②

明代朗瑛《七修类稿》卷三十六《岳庙》提及此事称："王刻像行温凊礼，平居布素，死之日无余赀，其与绝裾穷奢者何如？好色人情也，故至死弗克断虞姬；王能却交欢之名姝，勇殊过之。"

很明显，岳飞如此简单、如此平淡的感情生活并不能满足人们猎奇的心理。至明清时代，他的情感经历不断加工、改造，渐渐超越了历史

① （南宋）岳珂编，王曾瑜校注．鄂国金佗稡编续编校注[M]．北京：中华书局，1999.

② （南宋）岳珂编，王曾瑜校注．鄂国金佗稡编续编校注[M]．北京：中华书局，1999.

事实。这在明末清初朱佐朝写的《夺秋魁》里可以看到端倪。

《夺秋魁》除了安排战斗主线，还安排了爱情作为副线。该剧叙岳飞与牛皋、王贵义结兄弟，一同考武举，遇小梁王柴贵自恃勇悍，飞与之斗，刺死小梁王，被捕入狱。牛皋为救岳飞四处奔波，得官员崔纵之女莲玉救助，崔纵使金被拘，触崖尽节。秦桧诬纵降金，逮其女莲玉，牛皋劫出莲玉，将她安顿在岳母处。岳母求助于张世麟。张世麟女儿善卜星象，告诉父亲："当以八字劲旅者为匹。"张世麟看中岳飞，暗中帮助来伸冤求助的岳母，让她去找宗泽救助岳飞。宗泽知其枉，奏免岳飞罪。于是皇帝让岳飞戴罪立功去平定杨么，岳飞大获全胜。及凯旋，授岳飞与牛皋官职。岳飞与张世麟女，牛皋与崔女莲玉双结良缘。

此外成书于清代的《金莲仙史》第三回《岳鹏举舍命辅中兴　王世雄被黜空世事》，在交代岳飞婚恋状况时直接把岳飞第一位妻子刘氏抹去，只单独介绍了李氏：

> 初，相州汤阴县岳和，真人须林五世孙也。妻姚氏有娠，昼寝，见铁甲丈夫人曰："汉张翼德当住于此。"醒来遂生一子，有大鸟若鹄，飞鸣屋上，因名飞，字鹏举。时崇宁癸未二月望日。生未几，洪水泛涨，母抱飞坐大瓮中，随水冲激。抵岸，母子无恙。少负节气，沉厚寡言。家贫力学，少有神力。初学射于周同，发无不中。周同死，每朔望必至墓祭奠。父卒，尽礼丧葬。娶妻李氏奉母。复师西牟山魏中，即魏伯阳真人玩世，得受兵钤。①

大概作者对岳飞第一任妻子刘氏抛弃岳飞这件事还是心存芥蒂的，因为这意味着一种遗憾和不完美，直接从第二位比较贤慧的妻子李氏开始介绍，显得岳飞的婚姻状况比较顺利、幸福、美满。这种疏漏意味着

① （清）潘昶，烟霞散人．金莲仙史·斩鬼传［M］．黑龙江：黑龙江出版集团，2016.

对岳飞感情生活的美化，体现出市民阶层兴起后的市民趣味。

此外，清初李玉《牛头山》传奇还对岳飞儿子岳云的感情生活进行了艺术加工。该剧写岳飞被贬，赵构被金人困牛头山。岳云得知皇上和爹爹在牛头山上，次日起程赶往牛头山，路遇巩氏兄妹，定下终身，并在牛皋配合下，杀上牛头山。岳飞以云不奉军令，欲将其推出斩首，赵构救下岳云，封他为忠勇大将军，命他随岳飞共同抗金。金兵大败，兀术逃脱。赵构定鼎临安，岳飞一家俱得封赏。

在清代咸丰年间颇有才子佳人戏风味的《大造化》里，也出现了类似于李渔《风筝误》一类以误会巧结姻缘的情节。剧本一方面写岳飞后代在内忧外患局势下的护国行为，一面又插入了李如玉要娶顾侍郎女儿为妻、李如玉相亲、冯德私定终身之类的一番曲折。

通过上述梳理，我们可以很清晰地发现，宋、元岳飞故事里的岳飞爱情生活是写实的、次要的，但到了明清则转变为虚构，其重要性与所占篇幅也明显上升。为什么会发生这种变化呢？

首先，是受到了新兴的市民阶层趣味影响。到明代，随着农业的恢复和发展、工奴制的废除、商品税率的降低，商业活动进一步活跃。在嘉靖、隆庆时期及以后，出现了资本主义生产关系的萌芽。所有这些，都大大促进了新兴市民阶层的发展壮大。这个新兴的市民阶层，与农民相比较，分布集中，并且多有闲暇，容易构成娱乐需求旺盛的消费市场；与士大夫相比较，他们文化水平总体上相对较低，不太能理解后者的品味、抱负与追求，更喜欢通俗的东西。为了适应这一快速崛起的消费群体，文学作品的商品属性进一步凸显出来。文人和书坊主们为了促进作品的传播、赢得更多受众、获得更大利益，非常重视照顾和迎合这一阶层的口味。而爱情是老百姓生活里津津乐道的重要内容，因此，市民阶层对美满感情的偏好必然会影响到作者的书写方式。

其次，明代心学掀起的重情思潮也影响了作者们对岳飞婚恋故事走向的把握。明清通俗文学喜欢写“情”，以文为戏、以文娱情是非常显著的特点。这与心学带动思想意识层面的解放分不开。阳明心学反对程朱理学理、气二分观念，他们认为心和理不能一分为二，对理、气的讨论不该脱离对心的探讨，否则会沦为空谈。该学派继承了宋代陆九渊“心即是理”的观念，认为最高道理不需外求，从自己心里即可得到。这种对心的关注直接导向了人们对人日常的关心。他们反对形而上的空谈性理，关心的是人的喜怒哀乐之情，也就开始认识到情的重要性。“人若无情，有块处一室，老死不相往来已耳。”①“不捐事以为空，事即空，不灭情以求性，情即性。”②“天地若无情，不生一切物。一切物无情，不能环相生。生生而不灭，由情不灭故。四大皆幻设，性情不虚假。有情疏者亲，无情亲者疏，无情与有情，相去不可量……无奈我情多，无奈人情少。愿得有情人，一齐来演法。”③这些观点的提出意味着人们逐渐达成一种共识：空谈义理不及情，是假道学，对世人身心无益。与这种意识相伴随的是文学领域对爱情大书特书的创作实践。

第三，受到明清才子佳人小说影响。才子佳人小说是明末清初产生的小说流派。代表作有《玉娇梨》《平山冷燕》《好逑传》等。才子佳人小说不是文学史上的空降兵，它的出现不是意外，历朝历代文学传统里面写情之种种，都为其做了铺垫。唐传奇里面已出现《莺莺传》这种情节结构和后来才子佳人小说经典结构相似的作品。该作品以青年男女诗简传情、私订终生为基本构架，虽然以悲剧结尾，但是对后来才子佳人小说有很多借鉴意义。宋代《王魁传》《流红记》《谭意歌传》等文本也将主人公设置为才子佳人。元代王实甫的《西厢记》将张生与崔莺莺的故事改为喜剧结尾，为后来的才子佳人小说提供了典型情节模式。到了明代中后期，世风开放，逐渐涌现出以《金瓶梅》为代表的世情小说。正如鲁迅《中国小说史略》第十九篇《明之人情小说（上）》开篇所提：“当神魔小说盛行时，记人事者亦突起，其取材犹宋人小说之“银字儿”，大

① 吴炳．情邮传奇·自序[M]．北京：文献古籍刊行，1956.

② 焦竑．澹园集[M]．北京：中华书局，1999.

③ 朱一玄编，朱天吉校．明清小说资料选编[M]．天津：南开大学出版社，2006.

率为离合悲欢及发迹变态(泰)之事，间杂因果报应，而不甚言灵怪，又缘描摹世态，见其炎凉，故或亦谓之‘世情书’也。”①这一类作品关注的是有烟火气的平凡人生，描写的是普通人的爱情及家庭生活，着意于以此来反映人心美丑、世态炎凉。纵观之，这一切都为才子佳人小说提供了契机和准备。到明末清初，才子佳人小说终于诞生。这一类小说的作者多是落拓文人，自诩才高却难以出人头地，科举不顺利使得他们陷入理想与现实的尴尬矛盾。“书中自有颜如玉”“洞房花烛夜，金榜题名时”的理想在现实中得不到实现，这种失落心理只有靠文学疗愈。这种心理在创作者的笔下有过诚实交代。

《平山冷燕序》言：

> 顾时命不伦，即间掷金声，时裁五色而过者，若周闻阁见，淹忽老矣。欲人致其身而既不能，欲自短其气而又不忍。计无所之，不得已而借乌有先生以发泄黄粱事业。有时色香援引儿女相怜，有时针芥关投友朋爱敬，有时影动龙蛇而大臣变色，有时气冲牛斗而天子改容。凡纸上之可喜可惊，皆胸中之欲歌欲哭。②

作者自叙了他们借才子佳人之酒杯，浇自己心头之块垒的原因。套用王尔德的一句名言：“我们都生活在沟渠里，但有一部分人仰望星空。”正是因为不甘心，他们才会在文学作品里把才子塑造得那样才华恣肆、好运连连；佳人那样才貌双全、情笃志坚；情路那样好事多磨、皆大欢喜。这实质上是在借文学疗愈内心的失落。这种写作心理在当时颇为盛行，形成一股潮流，促进了文学作品里面爱情故事的发展，这也会间接影响到岳飞爱情故事的书写。

回顾岳飞婚恋故事中形象的变化，很容易想起莫里斯·哈布瓦赫的

① 鲁迅．中国小说史略[M]．上海：上海文化出版社，2005.

② (清)天花藏主人．平山冷燕[M]．沈阳：春风文艺出版社，1982.

名言："尽管我们确信自己的记忆是精确无误的，但社会却不时地要求人们不能只是在思想中再现他们生活中的以前的事情，而是还要润饰它们，削减它们，或者完善它们，乃至于赋予它们一种现实都不曾拥有的魅力。"①岳飞婚恋故事亦是如此。历史现实中的他，是武艺非凡的豪杰英雄，又是文章震铄古今的著名才子。然而文学并不满足于此，在明清历史语境与文学传统的融汇下，他最终被笼罩上一层富有浪漫色彩的荣光。

(五)好汉结义情节纳入岳飞故事：民间对草莽之气与江湖义气的推崇

清代民间的岳飞故事加入了具有江湖气与草莽气的"结义"情节。在《说岳全传》里，岳飞年幼时在麒麟村与王贵、张显、汤怀结义。后来，考武举途中遇到剪径的牛皋，就如民间故事经常出现的套路："两个未来的兄弟在结义之前有一场对打，对打中二人或是势均力敌，或是胜利者(主角)勉强战胜对手之后对他又表示出自己光明磊落、胸怀宽大的态度。"②不同的地方在于，岳飞的武艺比牛皋高出很多；相同的地方在于，战胜以后，岳飞大度原谅了对方的冒犯和无礼，而对方素来久仰他的大名，于是结拜为兄弟。后来参加武举因为枪挑小梁王而砸了场子，归途遇剪径，被施全阻拦，原来施全等人也意欲参加武举，想投奔岳飞，于是在山中打劫，想要取些金银作见面之礼。他们道了歉，岳飞大喜，也和他们结为兄弟。后来岳飞参加战斗、为朝廷效力，在这个过程中，他能够以才德服人，在打败对方后，以宽广的的胸襟招录各路强将结拜誓盟，将对方转化成自己的战斗力量，齐心协力，为抗金所用。比如第三十一回，在康狼山，康郎山元帅余化龙归降后与岳飞结拜；第四十八回，打败九龙山首领杨再兴后，对方心服口服，与之结拜。此

① 莫里斯·哈布瓦赫．论集体记忆[M]．上海：上海人民出版社，2002.

② 李福清．古典小说与传说[M]．北京：中华书局，2003.

外，八角鼓《精忠》也提到结义情节："老夫人刺字，岳父子把家离。路遇牛皋、王贵，结拜兄弟……"①

需要指出的是，《说岳全传》不仅仅有岳飞和好汉结义的描写，他的儿子也承袭了这一特点。比如第四十三回，岳云与韩彦直结拜为兄弟。第七十回："柴排福年长居首，以下韩起龙、韩起凤、诸葛锦、宗良、欧阳从善、牛通、汤英。施凤、罗鸿、王英、吉成亮、余雷、伍连、何凤、郑世宝、岳雷、岳霆、岳霖、岳震，共是二十位小英雄。是日结为兄弟，终日讲文习武，十分爱敬，赛过同胞。"②

溯及南宋历史，我们找寻不到岳飞与牛皋、王贵等人结义的记载，后两者实际上是前者的下属。清代作者做出大胆虚构，为他们搭建起一种结义兄弟关系，深化了他们的友谊。在这个变动过程中，岳飞豪爽、慷慨、仗义等特点得到放大、突出。这种接地气的创作手法使得岳飞有了江湖气、草莽气，与之前的"儒生气"中和后，产生了一种"野"与"质"的交融。这有助于岳飞故事在民间的普及和传播。

追根溯源，这种对"义"的讲究与重视在中国出现很早。《管子·牧民》将"义"列为"四维"之一，"四维不张，国乃灭亡。""何谓四维？一曰礼，二曰义，三曰廉，四曰耻。"③汉代董仲舒提出"五常"(仁、义、礼、智、信)也包括"义"，它们与"三纲"一起构成了中国的古代伦理体系。一直以来，"义"是中国各个阶层的共同追求。然而士大夫阶层和民间普通百姓追求的"义"不同。前者追求的"义"更多指"忠义"，而后者则多追求"义气"，更具有江湖草莽之气。后者追求"义"、体现"义"的一种重要形式，就是"结义"。"结义"俗称"拜把子""义结金兰"，是中国民间自古就有的古老文化传统。中国重农抑商的经济政策使得民间百姓与土地的联结非常紧密，因此形成安土重迁的风俗习惯，人们长久

① 杜颖陶，俞云．岳飞故事戏曲说唱集[M]．上海：上海古籍出版社，1985.

② (清)钱彩编订，金丰增次．说岳全传[M]．北京：人民文学出版社，2014.

③ 管子著，李山译注．管子[M]．北京：中华书局，2009.

生存在同一块土地上，逐渐形成了以血缘为纽带连接彼此的群体，这意味着宗族组织的形成。这种以血缘关系为基础形成的人际关系网络的内在凝聚力非常强大，它可以使有血缘关系的人有强烈意识自觉团结起来互相信任、互相帮扶、一致对外抵御外部侵袭。久而久之，一些意气相投但没有血缘关系的人为了加强、巩固彼此之间的联系，也会仿效血缘关系以准宗族形式聚集在一起，于是友情变成了类似亲情的情感，这就是"结义"。可以说，结义是为了巩固友情而形成的一种固定交往方式。结义者们精神上会彼此达成一种默契，"四海之内皆兄弟"，"落地为兄弟，何必骨肉亲?"他们只讲义气、不讲出身，有福同享、有难同当。"结义"动因往往包括两个层面。一方面他们有赖于彼此间精神与心灵的气味相投、理想与价值观的一致而达成。另一方面，正如本章节开始时指出的那样，他们也往往会有现实因素的考虑，比如很多身处江湖、形单影只的个体经常受到外部环境霸凌，他们会比较相信"人多力量大"。为了增强自我保护能力与反抗能力，需要将量变引起质变，需要团结更大的力量，在这些种种的因素推动下，"结义"应运而生。质言之，"结义"其实是下层民众的人际理想。他和讲究君君臣臣父父子子等级差序的儒家思想不一样，折射出的是受到封建等级制度压迫的民众内心朦胧的人格平等观念。

这种结义情节之所以能够出现在说岳故事里，我们推测可能受到三国故事的影响。一方面，我们是根据三国故事在明清的流行程度提出这种看法的。据何刚德《客坐偶谈》卷四记载："京中茶馆唱大鼓书，多讲《演义》，走卒贩夫无人不知三国。北人好听戏，尤好武戏，武戏多演三国也。然凡军人，无论南北，则谈吐间皆《演义》。甚矣，《演义》魔力之大也。""自有《三国演义》出，而世慕拜盟歃血之兄弟、占星排阵之军师者多。"①梁启超《论小说与群治之关系》一文也认为："今我国民绿

① 阿英．晚清文学丛钞·小说戏曲研究卷[M]．北京：中华书局，1960.

林豪杰，遍地皆是，日日有桃园之拜，处处为梁山盟……”①这些评论证明三国故事在明清的盛行，也证明三国桃园结义故事很好地推动了结义文化向前发展，并在民间造成轰动效应。岳飞结义故事与三国故事颇有几分相似，很可能受其影响。另一方面，将三国故事与岳飞故事进行比较研究，可以从情节、人物设置等多方面找到两者的相似性，这足以证明三国对说岳故事的影响是确实存在的。就情节而言，早在南宋《鄂国金佗稡编》里就有所记载的岳飞佯装错认张斌、智破伪齐故事，据学者推测，很可能就是三国故事蒋干盗书的变相。又比如从人物形象设计角度考察，在元代《宋史·岳飞传》将岳飞同诸葛亮、关羽相提并论；在清代，《说岳全传》里的诸葛锦被塑造为诸葛亮的后裔，第六十四回写他梦见祖先诸葛亮授“兵书”。这些都是三国故事在岳飞故事里的斑驳投影。由此我们可以推断，三国结义故事，很可能也为岳飞结义故事的书写带来了间接的启发与灵感。

（六）身份变更：从行伍出身到武状元

宋代史书说岳飞出身于河北西路相州汤阴县（今河南安阳汤阴县）的一个普通农家。1122年（宣和四年），河北官员刘韐于真定府（今河北正定县）招募“敢战士”以御辽。岳飞应募，经过选拔，被任命为“敢战士”中的一名分队长。20岁的岳飞自此开始了他的军戎生活。此后又加入抗金队伍，通过一场场结结实实的战役，证明了自己的作战能力和军事才能，成为“中兴四将”之一。纵观其一生，没有参加过科举。

然而到了明清，人们开始虚构他武状元的身份。《如是观》《夺秋魁》《说岳全传》《后水浒传》《枪挑小梁王》皆提到他的武状元身份。其中《后水浒传》第四十五回《岳少保收服么摩众星宿各安躔次》写到：

话说黄佐，正在见机岭上，巡视了一番，回入寨中。忽有军校

① 朱一玄，刘毓忱．三国演义资料汇编[M]．天津：百花文艺出版社，1983.

来报岳飞相访，不胜惊疑，因暗想道："他是我同省，忠孝智勇兼全之人，背刺'精忠报国'四字，得中武状元，向随宗汉立功，近又闻得连败金人，恢复河南诸州郡，所向无敌。今夜为何来此见我？我今若将他做了细作，报与众弟兄，便失了乡情之谊；又且不知他来意如何。莫若以礼接见，看其来意，再作商量。"①

岳飞明明白手起家、出身行伍，何以在明清有了武举出身？之所以如此，和武举制度在明清的发展状况及社会影响力有密不可分的关系。武举是科举制度的重要组成部分，正式创设始于唐代武则天长安二年(公元702年)。之前选拔武将多依靠皇帝诏令和官吏推荐的方式，任人唯亲、埋没人才现象屡有发生，人才得不到重用必然心理失衡，胸中的郁结之气时时发作，不平而鸣就是常有的事，这其实是一种潜在的导致社会动荡不安的因素。随着武举制度开科时间、间隔时间逐步固定，对军事人才的选拔日趋公正、规范，大大舒缓了人们的郁闷愤慨心理，对于缓解社会矛盾、提高国家军事战斗能力都有所裨益。

到了宋代，对武举制度实施的具体措施进行了多方面卓有成效的改革。宋仁宗于天圣七年(1029年)下诏复置制举凡六科，武举之中的常举自此开始。英宗之后三年一度的武举制度真正形成。仁宗时，庆历三年(1043年)置武学。宋神宗熙宁年间建立了"武学"这种专门培养军事人才的机构。在程序上，宋朝首开武举殿试先河。受重文轻武思想影响，宋代武举对武艺的要求并不太高，对文化水平的要求则进一步上升。

元代，专事荫袭，废武举。明代武举重开。发展过程一波三折。早期明太祖朱元璋不同意设立武举。原因在于他认为立武举是"专讲韬略，不事经训，专习干戈，不闻俎豆，拘于一艺之偏之陋哉！"②由此可

① (清)青莲室主人辑．后水浒传[M]．沈阳：春风文艺出版社，1985.

② 转引自王凯旋．明代科举制度考论[M]．沈阳：沈阳出版社，2005.

见，明太祖希望得到全面发展的人才，他认为设立武举一科会有片面强调武艺之嫌，影响官员综合素质的提升。到了天顺八年，武举算有了比较正式的开端。天顺以后，明代武举开始从武举形式、武举开科年限、武举应考内容等方面逐步完善，录取人数也到明中期变化不大，到中后期则大幅攀升。据《罪惟录》卷18《科举志》记载，弘治十七年规定的武科条例要求取15名至30余名。《明武宗实录》卷166记载，正德年间会试每年选取60人。到了明末崇祯四年(1631年)，据《明史》卷70《选举志二》记载，录取人数则升至120人。这体现出的是明末统治阶级对军事人才选拔重视程度的提升。这种现象的出现很可能和明代日益严峻的内忧外患政局问题有关。明朝中后期国内农民起义愈演愈烈，周边“南倭北虏”的棘手难题日益突显，导致国家对军事人才的需求量增大，因此朝廷不得不利用武举制度招揽大批武学人才。

到了清代，武举长期受到统治者重视，进入鼎盛时期。据《中国历代武状元》一书所述：“在清朝，武举考自顺治入关到光绪年间，每三年举行一次，遇国家庆典之时特设恩科，使得自清以来一个朝代武科会试竟达109次，录取武进士高达8000余人，从未间断。”①但鸦片战争以后，武举已无法满足时代需求。光绪二十一年(1895年)，康有为同在京参加科考的各省举子联合上书皇帝，提议废除武举。光绪二十七年(1901年)，在西洋坚船利炮的压力下，“率以武科所习弓、刀、石、马、步射无与兵事，废之。”武举正式退出中国历史舞台。

纵观武举发展流程，明清阶段，特别是明末清初，可以视为繁荣期。岳飞故事作为社会现实的一面镜子，敏感及时地捕捉到了这一现象。

当然，这也和民众对科举的接受程度和迷恋程度有很大关系。先秦时期，家世决定社会地位，社会阶层僵化；春秋战国时期伴随经济和政

① 王鸿鹏，王凯贤，肖佐刚，张荫堂．中国历代武状元[M]．北京：解放军出版社，2004.

治剧变，社会阶层流动性加强，布衣百姓如苏秦只要有才能就可以通过努力打破阶层天花板、获得巨大上升空间；西汉后期，豪强势力崛起，建立东汉，在“四世三公”的社会现实面前平民百姓很难突破阶层限制；到了魏晋南北朝时期，门阀社会更加重视出身，下层英雄豪杰有志难伸，弱势群体心中抑郁不得志。正如左思《咏诗》诗歌感慨得那样：“郁郁涧底松，离离山上苗。以彼径寸茎，荫此百尺条。世胄蹑高位，英俊沉下僚。地势使之然，由来非一朝。金张藉旧业，七叶珥汉貂。冯公岂不伟，白首不见招。”很多怀才不遇的人因为出身低微而得不到施展抱负的机会。到了隋朝，科举制度出现，这种阶层流动迟滞现象得到改善。到了唐代，科举已经成为人们心中衡量成败的标尺。唐代刘餗《隋唐嘉话》写道：“薛中书元超谓所亲曰：‘吾不才，富贵过分，然平生有三恨，始不以进士擢第，不得娶五姓女，不得修国史。’”①不在科举中取得功名，已经让唐代人觉得人生不美满，深以为憾事。宋代以降，科举进一步完善，选官看能力不看身世的做法深得民心。一方面，统治阶级为底层广大人民提供晋升阶梯，抛出财富、功名的诱饵，使得人们醉心于“寒窗苦读”，钻入了统治者们精心设计的圈套，客观上维护了社会稳定；另一方面如此吸收人才可以提供更多新鲜、优质的力量为统治阶层服务。于是我们可以看到，宋代社会产生了一个前所未有的变化：世俗寒门地主将门阀世袭地主取代，成为了社会生活中的主导力量。明清时期，虽然科举趋于僵化，仍有无数英雄为此竞折腰。比如蒲松龄“初应童子试，即以县、府、道三第一补博学弟子员，文名籍籍诸生间”。（张元《柳泉蒲先生墓表》）“惨淡经营，冀博一第，而终困场屋。至五十余尚希进取”。经过刘氏劝慰，才不再赴试。71岁冬，为了援例得岁贡生，他还奔驰在青州道上。由此可理解科举在时人心中的分量。这种认识可以和明末清初《西游补》第四回《一窦开时迷万镜 物形现处我形亡》里对科举的描述参差映照。后者虽是小说家言，但对反映当时

① （唐）刘餗．隋唐嘉话[M]．北京：中华书局，1979.

人们对科举的狂热痴迷程度具有很大的现实意义：

行者怏怏自退。看看日色早已夜了，便道："此时将暗，也寻不见师父，不如把几面镜子细看一回，再作料理。"当时从"天字第一号"看起，只见镜里一人在那里发榜；榜文上写着：第一名廷对秀才柳春，第二名廷对秀才乌有，第三名廷对秀才高未明。顷刻间，便有千万人，挤挤拥拥，叫叫呼呼，齐来看榜。初时但有喧闹之声，继之以哭泣之声，继之以怒骂之声；须臾，一簇人儿各自走散：也有呆坐石上的，也有丢碎鸳鸯瓦砚；也有首发如蓬，被父母师长打赶；也有开了亲身匣，取出玉琴焚之，痛哭一场；也有拔床头剑自杀，被一女子夺住；也有低头呆想，把自家廷对文字三回而读；也有大笑拍案叫"命，命，命"；也有垂头吐红血；也有几个长者费些买春钱，替一人解闷；也有独自吟诗，忽然吟一句，把脚乱踢石头；也有不许僮仆报榜上无名者；也有外假气闷，内露笑容，若曰应得者；也有真悲真愤，强作喜容笑面。独有一班榜上有名之人：或换新衣新履；或强作不笑之面；或壁上题诗；或看自家试文，读一千遍，袖之而出；或替人悼叹，或故意说试官不济；或强他人看刊榜，他人心虽不欲，勉强看完；或高谈阔论，话今年一榜大公；或自陈除夜梦谶；或云这番文字不得意。①

这种应试者千姿百态的描写，活画出科举在人们心目中的崇高地位。人们之所以如此看重科举，是因为它可以帮助人们实现阶层流动、扭转命运、享受"昔日龌龊不足夸，今朝放荡思无涯。春风得意马蹄疾，一日看尽长安花"的扬眉吐气之感。武举作为科举的一部分，虽然和文举比起来，一直属于从属地位，但是对很多人仍有吸引。"武状

① （明）静啸斋主人著，李前程点校．西游补校注［M］．北京：昆仑出版社，2011.

元”像一顶桂冠，意味着能证明能力的一份殊荣。

回归到岳飞故事，人们愿意为自己心目中喜爱的英雄岳飞亲自加冕，让他的形象因此大放异彩。这份用心良苦的举措后面，是封建礼教“名不正则言不顺，言不顺则事不成”心理。在以科举定乾坤的时代，自己心目中的英雄如果只是行伍出身，没有经过科举的检验，人们会觉得他形象不够完美高大。成为武状元，可以使得岳飞出身草根的儒将形象因为科举的认可而高贵正统起来，他的才能也无形中得到进一步证明。因此人们为他虚构了武状元的身份。

第五章　岳飞故事与岳飞信仰

南宋时期岳飞生时就立有生祠，这意味着他在世前就已初步具备了神格；去世后在尚未平冤阶段，人们把他放在城隍庙里偷偷祭祀；平冤后逐渐赋予了他官方正神的地位。元代岳飞神形象稳定，没有发生巨大异变，元人精心呵护并把这种信仰传递到明清。明清时期岳飞信仰出现了一系列新现象，比如与关羽信仰相提并论，与群体事件结合，岳飞庙成为魏忠贤生祠选址的参考依据，在一些资料里成为道教雷部神灵和速报司神灵，与其他行业神共同祭祀。这些新现象共同见证了岳飞信仰的进一步繁荣。

第一节　民间信仰概论

民间信仰源远流长，而学术界对于民间信仰的认识并不一致。林国平认为："民间信仰是指信仰并崇拜某种或某些超自然力量(以万物有灵为基础，以鬼神信仰为主体)，以祈福禳灾等现实利益为基本诉求，自发在民间流传的、非制度化的、非组织化的，介于一般宗教和一般信仰形态之间的'准宗教'……。"①钟敬文认为，民间信仰"是民众看待自然社会的一种精神态度"，"是在长期的历史发展过程中，在民众中自

① 林国平．关于中国民间信仰研究的几个问题[J]．民俗研究，2007(1)．

发产生的一套神灵崇拜观念、行为习惯和相应的仪式制度”。① 魏长领认为：“民间信仰是指在长期的历史发展过程中，在民众中自发产生且广泛存在的、非官方的、非组织的对具有超自然力的精神体的信奉、敬畏和崇拜，是围绕着对于超自然力的信仰而形成的观念、态度和行为。”②

上述三种说法的共同特点是认为：民间信仰的主体是民间(有别于官方)，客体是超自然的力量。而与上述观点不同的是，也有学者认为可以将民间信仰理解为“民之间”的信仰，也就是说“民间”的范围不仅仅包括普通民众，也包括上层官僚甚至帝王将相：

> 过去人们使用“民间”一词往往有强调其信仰群体、价值观念等方面均为下层的意味，与官方、精英相对应，实则该词亦有“民之间”的含义。“民者”民众，以民众为主，兼及上层的官僚，甚至帝王将相，“间”者指民间信仰乃是各个阶层、群体共享的社会空间，各个群体在这个空间中活动、对话。所以，我们比较倾向于将民间信仰看作一种文化体系，或者说是文化场域，其核心是神明信仰，包括神明信仰所赖以成立的宇宙观，建立在它之上的祠庙、祭祀礼仪、节庆庙会、信仰组织、占验之术等……③

受此启发，本文采取这种将官方精英群体纳入岳飞民间信仰考察范围的研究策略，在考察官方与民众围绕岳飞所展现的互动时，力求更深入、更全面地了解朝代更迭、政局变动、社会思潮、士人心态、审美观念给岳飞形象变迁带来的影响。

---

① 钟敬文．民俗学概论[M]．上海：上海文艺出版社，1998.

② 魏长领．民间信仰及其与道德信仰的关系[J]．河南师范大学学报，2009(3).

③ 王见川，皮庆生．中国近世民间信仰——宋元明清[M]．上海：上海人民出版社，2010.

第二节　南宋：岳飞信仰的初始阶段

南宋时期，百姓在岳飞在世时为他建立了生祠来感激他的救命之恩，岳飞去世后逐渐得到平冤昭雪，岳飞神成为了朝廷认可的正神。在这个过程中，他和土地神、城隍神有密不可分的联系。

一、从朝廷“罪臣”向官方认可的“正神”转化

岳飞屈死后，朝野甚感不平，渴望朝廷给他平冤昭雪遂成为一种大众普遍心理。但赵构不肯。即便是绍兴三十一年(1161 年)金海陵王要重新对宋发起侵略战争，很多官员趁机劝谏皇帝给岳飞平反并录用岳飞后人继续抗金，高宗也只是下令“蔡京、童贯、岳飞、张宪子孙家属令见拘管州军并放令逐便”。① 给岳飞、张宪家属解除了拘禁，但却将两人和蔡京之辈相提并论，可见皇帝对岳飞的态度。直至宋孝宗赵昚继位后主张积极抗金，为岳飞平反一事始出现转机。这个过程《宋史》记录如下：“桧死，议复飞官。万俟卨谓金方愿和，一旦录故将，疑天下心，不可。及绍兴末，金益猖獗，太学生程宏图上书讼飞冤，诏飞家自便。初，桧恶岳州同飞姓，改为纯州，至是仍旧。中丞汪澈宣抚荆、襄，故部曲合辞讼之，哭声雷震。孝宗诏复飞官，以礼改葬，赐钱百万，求其后悉官之。建庙于鄂，号忠烈。淳熙六年，谥武穆。嘉定四年，追封鄂王。”②

岳飞得到平反并受到朝廷的认可、嘉奖，意味着开始从“罪臣”逐步转化为“正神”。这一方面是出于朝廷对金政策的调整，孝宗的积极抗金战略需要像岳飞这样抗敌有功的精神符号鼓舞士气、需要凝聚更多力量齐心协力，就必须医治人们因英雄之死而产生的心理创伤，给他们

---

① (南宋)李心传. 建炎以来系年要录[M]. 北京：中华书局，1956.

② (元)脱脱等. 宋史[M]. 北京：中华书局，1977.

足够的精神慰藉。另一方面民间舆论、民众态度在促使官方对岳飞态度进行调整方面也起到了重要作用。上文提到官方在湖北地区建立岳庙，也是在民间强烈的吁请下批准的："秋七月癸巳，诏鄂州建岳飞祠宇，以忠烈庙为额，从州人之请也。""州人之请"意味着人们从来没有忘记岳飞。比起官方对岳飞态度慢吞吞的修正和调整，民间对岳飞的尊崇和缅怀始终热情澎湃。"从州人之请也"，是朝廷顺应民意的结果。

二、平寇爱民，立有生祠

中国民间信仰所崇拜的对象，除了超自然的神灵以外，还有那些建有卓越功勋的圣贤。祭祀的场所在朝廷为宗庙，在民间为祠堂。而生祠顾名思义，是为活着的人修建的祠堂。

生祠出现很早。清代赵翼认为，早在先秦时期就已经出现了生祠："《庄子》庚桑子所居，人皆尸祝之。盖已开其端。《史记》栾布为燕相，燕齐之间皆为立社，号曰栾公社；石庆为齐相，齐人为立石相祠，此生祠之始也。"①生祠发展至唐代，出现了国家"缘情制礼"的新局面，即国家出台相应法令，对官员立碑造祠作出限制，可知生祠已非个别现象。到宋代，生祠仍然是百姓表达对官员感恩之情的朴素方式。历史上口碑不错的王湛、狄仁杰、郭元振、李遵等都曾被百姓立生祠纪念。南宋时期，岳飞享受了这一荣光。

岳飞的生祠在江西宜兴。据《鄂国金佗稡编》记载：

> 郭吉在宜兴，扰掠吏民。令、佐闻先臣威名，同奉书以迎，且谓邑之粮糗，可给万军十岁。先臣得书，遂赴宜兴。甫及境，吉已载百余舟，逃入湖矣。先臣即遣部将王贵、傅庆将二千人追之，大破其众，驱其人、船、辎重以还。时又有群盗马皋、林聚等精锐数千，先臣遣辩士说之，尽降其众。有号张威武者不从，先臣单骑入

① (明)赵翼．陔馀丛考[M]．北京：中华书局，1963.

其营，手擒出，斩之，收其军。常之官吏、士民弃其产业趋宜兴者万余家。邑人德之，各图其像，与老稚晨夕瞻仰，如奉定省，曰："父母之生我也易，公之保我也难。"又相帅即周将军庙，辟一堂祠之，邑令钱谌为之记。①

邑令钱谌在《宜兴县生祠叙》一文中也详细交代了岳飞生祠的来龙去脉："时方夷狄、盗贼交寇四境，举邑生灵几死而复生者屡矣，皆公之造也，其德孰加焉。人莫不谓：'父母生我也易，公之保我也难。'无以见其报称不忘之意，乃立生祠，绘英雄卓绝之姿，修沉水芬馨之奉。……然察人之情，犹以为未至，皆欲图像于家，与其稚老晨昏钦仰，如奉省定而后已。"②

为岳飞建立生祠来崇拜，尚不足以表达时人的感激之情，"皆欲图像于家，与其稚老晨昏钦仰"，这可真是奉若神明了。

此外岳飞在虔州也曾有生祠。据《宋史·岳飞传》记载：

(绍兴)三年春，召赴行在。江西宣谕刘大中奏："飞兵有纪律，人恃以安，今赴行在，恐盗复起。"不果行。时虔、吉盗连兵寇掠循、梅、广、惠、英、韶、南雄、南安、建昌、汀、邵武诸郡，帝乃专命飞平之。飞至虔州，固石洞贼彭友悉众至雩都迎战，跃马驰突，飞麾兵即马上擒之，余酋退保固石洞。洞高峻环水，止一径可入。飞列骑山下，令皆持满，黎明，遣死士疾驰登山，贼众乱，弃山而下，骑兵围之。贼呼丐命，飞令勿杀，受其降。授徐庆等方略，捕诸郡余贼，皆破降之。初，以隆佑震惊之故，密旨令飞屠虔城。飞请诛首恶而赦胁从，不许；请至三四，帝乃曲赦。人感

① (南宋)岳珂编，王曾瑜校注．鄂国金佗稡编续编校注[M]．北京：中华书局，1999.

② (南宋)岳珂编，王曾瑜校注．鄂国金佗稡编续编校注[M]．北京：中华书局，1999.

其德，绘像祠之。①

据此可知，岳飞被派去虔州是去镇压当地的反抗武装，而农民的反抗武装反抗的是朝廷镇压和官军叛乱所带来的灾难。因此岳飞的镇压活动是不得人心的。然而当高宗因为太后在虔州受到惊吓密令岳飞“屠城”，岳飞却没有执行，而是多次请求高宗只诛杀为首的罪恶重大之人，将其他随从反抗的民众释放，最后终于得到高宗的同意，使得虔州百姓避免了被屠城的灭顶之灾。于是民众“市不易肆，虔人欢声如雷，至今父老家家绘而事之”，把岳飞崇祀为自己的再生父母。

张载曾言士大夫“为天地立心，为生民立命，为往圣继绝学，为万世开太平。”岳飞在宜兴、虔州两地，所作所为所体现的正是儒家的这种担当精神。他在生祠享受祭祀的事实，并非由于统治者借助外力推动而成，而是人民的自发、主动行为。人们这样做，一方面是为了报答功德，清人在碑记里曾经较好地概括过这种心理：“盖谓神也者，参赞天地，佑护群生，其恩深，其功大也。□欲报答无凭，故建庙设象，禋祀祼献，所以达其诚，将其敬焉。”②乌丙安也曾概括过这种心理状态：“中国民间信仰对于人物的崇拜，除了对神化的人物及仙化了的人物崇拜外，最为直接的就是对于圣化了的人物的供奉与崇拜。民间崇拜的圣贤，主要崇拜他们为国为民建立的功德，通过祭祀的制度、方式和手段，表达民众对他们的拥戴。”③岳飞出生入死，救民于水火，体现出高尚道德，因此民间自发愿意以建立生祠的方式表达对他的感激。此外还有“祷祀”、寻求庇佑的心理动力存在。因为在兵荒马乱的乱世，人们格外缺乏安全感，他们相信岳飞具有超凡能力，渴求得到他的庇护。

岳飞生祠的建立意味着岳飞在活着的时候已经开始被世人神圣化，

① （元）脱脱等．宋史[M]．北京：中华书局，1977.

② 黄竹三，冯俊杰．洪洞介休水利碑刻辑录第一辑[M]．北京：中华书局，2003.

③ 乌丙安．中国民间信仰[M]．上海：上海人民出版社，1995.

已经初步开始具备了保护世人的神格。这体现出人们希望能借助他的神威平息灾难、远离祸患的心理诉求，也体现出岳飞勇武与敢于担当的形象深得民心。

三、岳飞成为太学土地神

土地神，又称"土地""土地爷""土地公""福德正神"等，源于原始时期人们自然崇拜当中的土地崇拜。先人讲究敬天法地，祭拜土地以求五谷丰登，因此土地神是古代农业社会民间信仰里面的重要神灵。土地神前身是社神。"社者，五土之总神。土地广博，不可遍祭，故封土地为社而祀之，以报功也。以句龙生时为后土官，有功于土，死配社而食。"①先秦时期，在社日由天子或各地行政长官主持祭地是与祭天一样郑重的大事。秦汉之后，社神演变成国家祭祀之神，即"后土皇地祇"，后土皇地祇被视为地母，在万物有灵观念作用下，人们将土地孕育万物的特征和女性繁殖的特征联系起来，这标志着土地神的人格化。到了汉代，人格化的土地神形象分裂为文官土地神、武官土地神。就文官土地神而言，栾布是一个标志："吴楚反时，以功封为俞卜侯，复为燕相，燕齐之间皆为立社，号曰栾公社。"②而武官土地神的出现则以蒋子文为标志。据干宝《搜神记》卷五记载：

> 蒋子文者，广陵人也。嗜酒好色，挑达无度。常自谓："己骨清，死当为神。"汉末，为秣陵尉，逐贼至钟山下，贼击伤额，因解绶缚之，有顷遂死。及吴先主之初，其故吏见文于道，乘白马，执白羽，侍从如平生。见者惊走。文追之，谓曰："我当为此土地神，以福尔下民。尔可宣告百姓，为我立祠。不尔，将有大咎。"
>
> 是岁夏，大疫，百姓窃相恐动，颇有窃祠之者矣。文又下巫

① (日)安居香山，中村璋八．纬书集成[M]．河北：河北人民出版社，1994.

② (汉)班固撰，(唐)颜师古注．汉书[M]．北京：中华书局，1962.

祝："吾将大启佑孙氏，宜为我立祠；不尔，将使虫入人耳为灾。"俄而小虫如尘虻，入耳皆死，医不能治。百姓愈恐。孙主未之信也。又下巫祝："若不祀我，将又以大火为灾。"是岁，火灾大发，一日数十处。火及公宫。议者以为鬼有所归，乃不为厉，宜有以抚之。于是使使者封子文为中都侯，次弟子绪为长水校尉，皆加印绶。为立庙堂。转号钟山为蒋山，今建康东北蒋山是也。自是灾厉止息，百姓遂大事之。①

由此可知，蒋子文是汉末秣陵尉，被贼人杀死后成为了地方土地神。他曾数次显灵，要求人们为他立祠，否则将降灾罪于民。后来他获得了百姓的敬畏，得到了隆重的祭祀。蒋子文的这一形象，开武官土地神先河。随着土地神文化的繁荣发展，汉代之后，各地山陵、园地的大社坛，逐渐演变为各个地方的土地庙。东晋以后，民间纷纷以生前行善或者廉正的官吏为土地神，比如护蜀献王的陈子昂、征吐蕃的韦皋。到了南宋，岳飞以其勇冠三军、爱民如子、刚正不阿的武将身份也进入了土地神行列：

太学内东南隅设庙廷，奉后氏土神，即土地神。朝家旧封号曰"正显昭德孚忠英济侯"。按赞书，相传为中兴名将，其英灵未泯，而应响甚著。盖其故居也。理或然欤？自是遂明指为岳忠武鄂王，况鄂国已极于隆名，宜庙食，增崇于命祀。谨疏侯爵，未正王封，仍改庙额曰"忠显"。神之父母妻子，下逮将佐，皆有命秩，华以徽号。②

由以上记载可知，岳飞去世后，其故居成为太学新址。考之史实，

① （晋）干宝撰，汪绍楹校注．搜神记[M]．中华书局，1985.

② 王德保，岳朝军．文渊阁四库全书岳飞资料汇编[M]．北京：中国社会科学出版社，2015.

岳飞故居成为太学的时间是绍兴十三年。当时赵构在应天府(河南商丘)重建宋室后很快南迁，定都杭州。跟随高宗南迁的国子监太学生少之又少，只有36人，朝廷以“戎事未暇”为理由把国子监并入礼部，安排两位博士监管。这意味着当时太学名存实亡。绍兴八年，温州州学教授叶林上书建议恢复太学：“今中兴圣祚，驻跸东南，百司庶府，经营略备，若起太学，计官吏生徒，姑养五百人，不过费陛下一观察使之月俸，愿谋之大臣、咨之宿学，亟复盛典，以昌文治。”①朝廷又以军情紧急为理由拒绝了这一提议。至绍兴十二年，宋金达成和议以后，高宗在众臣的呼吁下决定恢复太学。次年，临安知府将岳飞故居改为太学校址并加以扩建。潜说友撰于咸淳年间的《咸淳临安志》记载说：“十三年，临安守臣王唤请即钱塘县西岳宅造国子监，从之。”②可见，绍兴十三年将太学选址地点定为岳飞旧宅。当时或许是因为南宋在那段动荡的岁月里地域缩小、战争频仍、财政困难，所以才因地制宜，将废弃荒芜的岳飞宅第充分利用了起来。然而岳飞是在绍兴十三年建成太学后就马上成为太学土地神了吗？此时他冤死不久，在仍旧执政的高宗和秦桧眼里，其罪臣的形象尚未改变，朝廷是绝不可能让他做太学这种全国最高学府的神灵的。由此我们有理由相信岳飞不是在其故居成为太学选址以后马上就成为官方册封的土地神的。那么岳飞是何时得到朝廷认可成为土地神的呢？田汝成的记载是：

> 忠佑庙在按察司左，宋绍兴十三年以岳飞故宅改为太学。学中时时相惊以岳将军见。孝宗朝，诏复其官，追谥武穆，建庙学左，曰“忠佑”。淳佑六年，改谥忠武，已而学中复惊，岳将军降为土神。景定二年从监学之请，立为土神，封鄂王，改谥忠文，庙曰“忠显”。③

① (元)马端临．文献通考[M]．北京：中华书局，1986.

② (南宋)潜说友．咸淳临安志[M]．北京：中华书局，1990.

③ (明)田汝成．西湖游览志[M]．杭州：浙江人民出版社，1980.

由此可知，岳飞故居成为太学后，太学经常出现岳飞显灵事件。景定二年(1261 年)，在监学申请之下，朝廷批准将岳飞封为太学土地神。这是岳飞成为太学土地正祠之神的来龙去脉。

岳飞作为土地神之所以能从民间走向官方，获得朝廷加封，主要原因如下：

第一，朝廷为岳飞平冤昭雪，实现了他由罪臣形象向功臣形象的转变，为岳飞土地神身份的转化提供了宽松环境。岳飞死后，蒙冤多年，人们只能偷偷祭祀，因此此时尚不属于正祀范畴。宋孝宗继位以后，接受了太学生程宏图“昭雪岳飞之罪”的上书请求，为他平冤昭雪，之后又采取追复原官、以礼改葬、寻访子孙授予官职等措施为他正名。干道六年(1170 年)在湖北鄂州(湖北武昌)人民的吁请下，建立正庙纪念岳飞，赐“忠烈庙”匾额嘉赏。此后岳飞庙祀逐渐普及推广至全国，继鄂州之后，杭州“忠烈庙”、汤阴“精忠庙”也纷纷建立起来，并明定了祭时祭礼。淳熙五年(1178 年)，高宗老去，朝臣更替，孝宗追谥岳飞为武穆。嘉泰四年(1204 年)，进一步追封岳飞为鄂王。宝庆元年(1225 年)赐岳飞忠武。这些都为岳飞成为官方肯定的太学土地神提供了条件。

第二，南宋统治阶级注意运用正祠的力量教化百姓。北宋统治者喜欢根据神灵的灵验程度以授爵赐额形式确立他们正祠之神地位。“元丰三年(1080 年)，根据博士王古的建议，对天下神灵授爵赐额制度进行了统一调整，男性神的爵位分为侯、公、王三档；女性神分夫人、妃两档；道教神分真人、真君二类；同一档次的爵位，其爵号前所含的字数分为二字、四字、六字三等。”“宋代神灵爵位的最高等级为八字王、八字妃、八字真君”。① 南宋朝廷继承了这种做法，有意识地运用授额赐爵形式将民间神灵转化为正祠之神。岳飞太学土地庙“朝家旧封号曰‘正显昭德孚英济侯’”。岳飞太学“立为土神，封鄂王，改谥忠文庙，

① 朱海滨．祭祀政策与民间信仰变迁[M]．上海：复旦大学出版社，2008.

曰‘忠显’”。据此可以肯定太学土地庙岳飞是正祠之神。之所以如此，岳飞忠君爱国的形象深入人心，岳飞忠孝的人格特征和太学倡导的“以孝悌为本”的教育方针是一致的。南宋朝廷非常看重他的忠君爱国形象，希望以此来控制意识形态、砥砺人心、激发民族气节。事实证明，南宋朝廷的良苦用心没有白费，很多爱国人士都以岳飞太学土地神作为一种文化象征和精神寄托。由此可见，朝廷也确实达到了以岳飞砥砺人心、激发人们民族气节的效果。在此我们举徐应镳和陈文龙作为例子来更好地理解。

宋代佚名的《昭忠录》里面有一则《徐应镳太学生》故事：1276 年，蒙古兵攻陷临安，南宋亡，以皇太后谢道清为首的皇亲国戚投降。蒙古下令将宋恭帝为首的南宋重要人物并三百多太学生押解北方。太学生徐应镳深感亡国之耻，不甘做亡国奴，于是同子女一起于太学祭拜岳飞祠后，与家人一起自杀殉国。徐应镳死后，私谥正节先生。原文如下：

> 徐应镳，字巨翁，衢州人。德佑乙亥，两宫赴北，瀛国公暨太学生百余人皆从行。应镳乃与其子琦崧、女元娘誓共焚。子女喜从之。太学，故岳飞第，有飞祠，应镳具酒肉，祀飞曰：“天不祚宋，社稷为墟。应镳誓不与诸生俱北，愿死祠下，与王英灵永永无斁。”祭毕，以酒肉饷诸仆，俟其醉卧，乃与子女入梯云楼纵火自焚。一小仆未寝，闻火声，穴牖视之，见其父子俨然坐立如塑像，走报诸仆，得不死，与其子女怏怏出户。翌日得其尸祠前井中，皆僵立瞠目，面色如生。①

徐应镳与子女不甘为亡国之奴而选择在岳飞祠自尽的事迹在当时轰动一时。有诗歌专咏其事：

① 王德保，岳朝军．文渊阁四库全书岳飞资料汇编[M]．北京：中国社会科学出版社，2015.

高名不与魄俱沉，鱼腹孤忠耿至今。
翠碣已书身后谥，寒泉犹照死时心。
神游旧地山河改，梦断疏槐风雨深。
埋骨誓终从武穆，栖霞岭树隔秋阴。

徐应镳死前带领子女拜谒太学，表达誓死追随岳飞英灵的意愿，体现出对岳飞忠君爱国人格风范的高度认可。此外，宋末状元陈文龙死前绝食并拜谒太学岳飞庙，悲恸而死，也体现出对岳飞忠义大节的感佩：

宋陈文龙，初在太学，累试不入佫。一夕梦太学土地岳侯，请交代自调必死于学。既而廷对第一，仕路显达。后端宗移跸福州，复充闽广宣抚使。元兵入境，招隆使者两至，文龙皆斩之。既而林萃等执文龙，欲降之，文龙指其腹曰："此皆节义文章也。"卒不屈俘。系至杭，不食，谒岳飞庙大恸，即夕死庙中。谥忠肃，乃符前梦云。①

结合明代田汝成《西湖游览志余》卷六对此事"国亡家陷，身俘至杭，拘縶于太学"的记载，陈文龙死前拜谒的恰是太学岳飞土地庙。徐应镳和陈文龙在南宋覆灭时皆在死前拜谒太学岳飞土地庙，这一行为体现出对岳飞忠君爱国精神的强烈认可，也很好地体现出朝廷借助岳飞正祠之神的力量教化人民目标的实现。

第三，受到传统文化中的"强死为厉"鬼神观念的影响。在古人心目中，横死者精魂不散，必有奇迹，其鬼或为厉，危害地方。这在《左传·昭公七年》里就已经出现了相关记载：

郑人相惊以伯有，曰伯有至矣，则皆走，不知所往，铸刑书之

① （南宋）邵雍．梦林玄解．明崇祯刻本．

岁二月，或梦伯有介而行，曰："壬子，余将杀带也，明年壬寅，余又将杀段也。"及壬子，驷带卒，国人益惧，齐燕平之月，壬寅，公孙段卒，国人愈懼……及子产适晋，赵景子问焉，曰，伯有犹能为鬼乎？子产曰："能。人生始化曰魄，既生魄，阳曰魂，用物精多，则魂魄强，是以有精爽，至于神明，匹夫匹妇强死，其魂魄犹能冯依于人，以为淫厉，况良霄我先君穆公之胄，子良之孙，子耳之子，敝邑之卿，从政三世矣，郑虽无腆，抑谚曰'蕞尔国'，而三世执其政柄，其用物也弘矣，其取精也多矣，其族又大，所冯厚矣，而强死，能为鬼，不亦宜乎！"①

伯有的死亡属于横死，是遇到意外事件而导致的非常态死亡，他死后冤魂不散，连索二人之命，反映的是早期人们对强死之人具有强大复仇力量的认识。为了化解强死者对社会的破坏，人们认为应该对他们进行必要的祭祀，祭而后安，所以每年都由官府出面组织厉祭。这种祭祀是"强死为厉，有所归则不为灾"意识的产物，对后代影响颇为深远。人们为了使非正常死亡的岳飞亡灵得到安息、避免祸端，希望为他建立祠庙。

根据《论宋代土地神信仰与基层社会控制》一文所述，"宋代的土地神是以村为单位的农业劳动者和以坊为单位的城市下层民众的共有神灵。与信仰者社会阶层一致，它在各级别的神灵结构中处于最底端，受城隍王的辖制，负责一村一坊的管理，它的出现加强了宋代基层社会的整合"。② 由此可知，宋代的土地神只是一介小神。岳飞作为太学土地神在众神之中神格并不算高，但不可否认的是，他在人们心目中却有着不可替代的重要地位。

---

① 孔颖达．春秋左传正义[M]．北京：北京大学出版社，2000.

② 杨建宏．论宋代土地神信仰与基层社会控制[J]．湖南科技大学学报，2006(3).

四、岳飞与城隍神结合

“城隍神”中的“城”是指城池，“隍”本义是护城河。城隍神信仰起源于古老的水庸崇拜，是从古代“八腊”之祭中的坊和水庸发展而来。坊和水庸都是人造的水利设施。坊用来蓄水和障水，庸用来受水与排水。人们崇拜它们，是因为与农事和城镇村庄的安全密切相关。城隍与坊、庸字义相通，但城隍神的出现比水庸之祭晚得多。城隍之名最早产生于《北齐书·慕容俨传》：“城中先有神祠一座，俗号城隍神，公私每有祈祷。”①到唐代，奉祀城隍神渐成习俗，达到“水旱疾疫必祷焉”的地步。到了唐末五代，城隍神更加普及。这在很大程度上是由于官方给城隍封爵赐额的褒扬行为所导致的。总体而言，唐代以前算是城隍神的早期阶段。这一阶段，城隍的功能主要是祈雨和祈晴。城隍神形象为自然神，人鬼尚没有结合。唐代以后，城隍神进入新阶段，形象开始人格化，人鬼合二为一。各地奉祀的城隍神，有的是刚正不阿、敢于和权贵斗争的直臣，有的是爱民如子、消灾解难、名扬辖地的清官，有的是政绩显赫、生时对地方乃至全国作出巨大贡献的功臣，也有至忠至孝、品德高尚的所谓“好人”。因此可以总结，正人直臣才有死后成为城隍神的资格。

到了宋代，城隍信仰被进一步推广，城隍庙几乎遍布天下各地，并被官方祠典吸收。据《宋史·礼志八》记载，城隍作为一种和人民生活密切相关的神，在民间祭祀场所多到难以尽数的程度：“其他州县岳渎、城隍、仙佛、山神、龙神、水泉江河之神及诸小祠，皆由祷祈感应，而封赐之多，不能尽录。”②这种现象源于宋代统治者大力支持倡导以“灵应”作为标准给祠神封爵赐额。但相对于广布各地的城隍庙，得到朝廷封爵的毕竟是一小部分，民间流传的才是主体。相比较而言，北

① （唐）李百药．北齐书[M]．北京：中华书局，1972.
② （元）脱脱等．宋史[M]．北京：中华书局，1977.

宋末年兵荒马乱的政局导致对城隍等祠神封爵赐额情况减少。但到了政权南迁、高宗登基，城隍神发展势头再次上扬。考其原因，当是与高宗把在登基前后虽然屡受危难却最终化险为夷的原因归功于受到了城隍神的“保护巡幸”有关，所以他将自己车驾所经处的多个城隍神封爵赐额。这将民众对城隍神的信仰再次推向高峰。

也是在这一时期，作为城市保护神的城隍神功能从早期祈雨、祈晴转化为了祈求平安。是时中原板荡、人心惶惶，祈求神灵保佑平安是朝野上下所有人的普遍心理诉求。因缘际会，岳飞与城隍神结合了。这在《南昌武宁县城隍祠岳忠武王遗像记》一文说得明白。该文中作者章子仁自言曾经在江西南昌武宁地区拜谒城隍庙，在庙里意外发现岳飞像，并得知在城隍庙设置岳飞像的原因在于岳飞当年在当地救民于水火，提兵吓退叛军，守护了当地安宁，因此他们的祖先才得以留存，这里才会变成一片人口繁盛之地：“不数日，随牒下里，酷讶邑在万山中，壤地颇狭，而生齿极繁。因召故老讯之，咸举手加额曰：‘昔在绍兴初，叛将李其姓者，巢穴我疆井，溪壑我盖藏，立将丘墟我室庐，膏血我骨肉，势方危如累卵。造物假手我忠武岳王，忽提师由阙鄙来，压境三十里间，水适暴涨，众方需渡，□□□□□谓神兵自天而下，仓皇宵遁，由是不鸣一桴，不施一镞，而解一邑倒垂于指顾之间。丕休哉！遡源生齿之繁，实王续迓我祖之命于天也。昔之所活者一人，今不知几千万人矣；昔之所全者一户，今不知几千百户矣。凡斯世斯人，各有所谓我生之祖，由祢而上，皆是也；惟吾土吾曹，独有所谓生我之祖也，王之谓欤！噫！戲欷！不有我祖，孰有我身，不有我王，孰有我祖。祖固吾身肇开之天地矣，王又吾祖再造之天地也。恩斯勤斯，子孙孙子有心能识，有口能诵，而迄无毫髪能报万分之一也。’言既，涕零如雨。时亦感慨之深，不能自禁其悲且泣。”①正是因为人们把岳飞看作恩人，因此

① （南宋）岳珂编，王曾瑜校注．鄂国金佗稡编续编校注[M]．北京：中华书局，1999.

在岳飞尚被定为罪臣的时候就偷偷放入城隍庙加以祭祀。作者希望将岳飞迁出去另起庙宇祭祀的时候，被当地人阻拦，他们表达了将岳飞视为本地守护神的看法："佥言城隍，吾土之司命，而王，吾人之司命也，朝夕起敬于斯，岁时与享于斯，非但祖之而已，直所以神之也。且其灵与神等矣，谨勿易，区区爱莫助之，祇加葺饰，少寓勤惓，其为敬若严君，事若上帝之意。"①由此可见岳飞在当地深受爱戴，岳飞神也被视为当地的守土之神。

回归到这段材料的背景，岳飞像被放入城隍庙祭祀，一方面和岳飞的作战状况有关，在当地百姓受到叛军危害时候岳飞提兵解救，因此得到当地百姓的祭念；另一方面，则是因为乱世中人们内心极度缺乏安全感，具有强烈渴望英雄守护一方安宁的心理。城隍神作为城市守护神具有保卫家宅平安的职责。而岳飞骁勇善战、爱民如子，享有"撼山易，撼岳家军难"的美誉，有足够的能力担负起守护家宅安宁的重任。

需要注意的是城隍神地位在南宋虽高于土地爷，却也属于小神，地位不高。这也再次证明在南宋时期，岳飞形象非常亲民，融入到了各地百姓的精神生活中，但地位远没有后世那么高大。

第三节　元代：异族统治时期的岳飞信仰

岳飞信仰的发展由宋至元，几经兴衰，这由对岳飞庙的保护体现出来。据郑元祐《遂昌杂录》记载：

> 时岳坟渐圮，江州岳氏讳士迪者，宋迪功郎，于王为六世孙，与宜兴唐门岳氏通谱，合力以起废，坟与寺复完整。久之，王孙有为僧者，居坟之西，大坏庙与祠，至靡有孑遗。台僧可观者，坚忍

① （南宋）岳珂编，王曾瑜校注．鄂国金佗稡编续编校注[M]．北京：中华书局，1999.

人也，以其事诉之上司官府。时何怡真为湖州推官，柯敬仲以书白其事，寺田典与人者，复归。而寺与庙寸椽片瓦不留。会江西李全初为总杭府经历，慨然以兴废为己任，劝勉王华甫者捐资兴建。于是，寺与庙稍稍复完。余为记《忠烈庙》。①

另据陶宗仪《南村辍耕录》卷三《岳鄂王》记载：

岳武穆王飞墓，在杭栖霞岭下，王之子云祔焉。自国初以来，坟渐倾圮。江州岳氏讳士迪者，于王为六世孙，与宜兴州岳氏通谱，合力以起废。庙与寺复完美，久之，王之诸孙有为僧者，居坟之西。为其废坏，庙与寺靡有孑遗。天台僧可观以诉于官，时何君颐贞为湖州推官。柯君敬仲九思以书白其事，田之没于人者复归。然庙与寺无寸椽片瓦。

会李君全初为杭总管府经历，慨然以兴废为已任。而郑君明德元祐为作疏语曰："西湖北山褒忠演福禅寺，窃见故宋赠太师武穆岳鄂王，忠孝绝人，功名盖世，方略如霍骠姚，不逢汉武，徒结志于忘家。意气如祖豫州，乃遇晋元，空誓言于击楫，赐墓田栖霞岭下，建祀祠秋水观西。落日鼓钟，长为声冤于草木；空山香火，犹将荐爽于渊泉。岂期破荡子孙，尽坏长久规制，典祊田，鬻佛宇，春秋无所烝尝。塞墓道，毁神楼，风雨遂颓庙貌。休留夜啼拱木，踯躅春开断垣，泪落路人，事关世教。盖忠臣烈士，每诏条有致祭之文，岂狂子野僧，挽国典出募缘之疏，望明有司告之台省，冀圣天子锡之圭璋，褒忠义在天之灵。激生死为臣之劝，周武封比干墓，事著遗经。唐宗建白起祠，恩覃异代。"成，郡人王华父一力兴建，于是寺与庙又复完美。且杭州申明浙省，转咨中书，以求褒

① 王德保，岳朝军．文渊阁四库全书岳飞资料汇编［M］．北京：中国社会科学出版社，2015.

赠。适赵公子期在礼部，倡议奏闻，降命敕封并如宋，止加“保义”二字。①

从以上两则具有代表性的文字看，岳飞庙、岳飞坟曾经一度破败、荒芜，但由于岳飞后人和百姓、地方官、中央政府共同努力，相关文物古迹重新得到了有力保护。人们通过修葺庙宇、收回岳飞庙旧田产、新赐墓田、保持封号、增添谥文等实际行动，给岳飞信仰带来新的生机，并为岳飞信仰在明清的壮大做了很好的铺垫和过渡。

民间有谚云“忠臣孝子人人敬”。历朝历代的统治者不论是处于维护自身统治的需要，还是出于对忠孝价值观的真诚认同，他们对于如岳飞这样的忠臣孝子、志士仁人都会表达尊敬。至元十三年(1276)二月，元世祖忽必烈颁布诏书，明确宣布了对原宋忠贤的保护政策：“前代圣贤之后，高尚儒、医、僧、道、卜巫，通晓天文历数，并山林隐逸名士，仰所在官司，具以名闻。名山大川，寺观庙宇，并前代名人遗迹，不许拆毁。鳏寡孤独不能自存之人，量加赡给。”②这是岳飞信仰在元代不曾中断的重要外部原因。另外，岳飞护国爱民的忠臣行迹、尽忠报国的爱国精神、文武兼备的儒将风采，具有跨越时空、历久弥新的永恒力量，赢得了人民内心的认可、缅怀与尊重，这是他没有被人遗忘的内部原因。“忠魂比明月，可死不可灭。空堂坐貂蝉，荒冢埋碧血。当时剑花寒，肝胆照北阙。君臣计已定，一死何足雪。湖山翁仲青，坐见气消歇。欲语老胥心，飞涛过吴越。”(任士林《岳鄂王墓》)“有公无此日，再拜泪交颐。大义君臣重，孤忠天地知。鸩毛何太毒，龙渡只如斯。坟畔休留桧，行人欲斧之。”(胡炳文《拜岳鄂王墓》)“黄沙漠漠起边锋，万里山河落照中。奸佞遽成南渡计，英雄空誓北征功。冬青树老无遗种，瑞石山荒有废宫。此日经行吊陈迹，野花和露泣残红。”(徐震《钱

① 王德保，岳朝军．文渊阁四库全书岳飞资料汇编[M]．北京：中国社会科学出版社，2015.

② (明)宋濂等编．元史[M]．北京：中华书局，2000.

塘怀古》)元人以这些动人文字，一句句，一声声，表达出对岳飞的怀念，折射出对英雄悲剧人生的同情与叹惋。只要公平、正义仍然是人们内心的价值追求，人们就不可能忘记岳飞，就不可能放弃岳飞信仰。

黄仁宇先生在评价元朝时说："隋唐宋组成的第二帝国带开放性，相对之下，明清组成的第三帝国则带收敛性。元朝是一个短朝代，处于二者之间，只能在历史上完成一种过渡期间的任务。"①元代对岳飞信仰的意义同样也在于"完成了一种过渡期间的任务"，正是因为有了元代对宋代岳飞信仰的接续与传承，明清阶段岳飞信仰的繁荣才得以获得必要的准备和铺垫。

第四节　明清：岳飞信仰的鼎盛阶段

明清时期随着政策的调整、各种文学样式的运用、民众的推崇，岳飞信仰进入繁荣阶段。此阶段岳飞信仰获得了更加丰富的神格，地位有明显上升，而且和民众生活结合得非常紧密。

一、明代官方：对岳飞信仰高度肯定

明代岳飞神形象不断被拔高，这无论是在官方正史还是在通俗文学作品里都有体现。诚然，这种现象的产生首先和官方的肯定态度有关。

洪武初于京都建立历代帝王之庙，特以岳飞从祀宋太祖神位。《五礼通考》卷一百十六《群庙考》记载：

(明洪武)二十一年，令每岁郊祀，附祭历代帝王于大祀殿，仍以岁八月中旬，择日遣官祭于本庙，其春祭停之。又定每三年遣祭各陵之岁，则停朝祭。是年诏以历代名臣从祀。礼官李原名奏擬

① 黄仁宇．赫逊河畔谈中国历史[M]．北京：生活·读书·新知三联书店，2015.

三十六人以进。帝以宋赵普负太祖不忠，不可从祀；元臣四杰，木华黎为首，不可祀孙而去其组祖，可祀木华黎而罢安童；既祀伯颜，则阿术不必祀；汉陈平、冯異、宋潘美，皆善始终，可祀。于是定风后、力牧、皋陶、夔龙、伯夷、伯益、伊尹、傅说、周公旦、召公、太公望、召虎、方叔、张良、萧何、曹参、陈平、周勃、邓禹、冯異、诸葛亮、房玄龄、杜如晦、李靖、郭子仪、李晟、曹彬、潘美、韩世忠、岳飞、张浚、木华黎、博尔忽、博尔术、赤老温、伯颜，凡三十七人，从祀于东西庑，为坛四。①

此后，明英宗正统十四年(1449年)，“土木堡之变”明军大败，英宗被俘，兵部侍郎于谦以社稷为重，请立郕王为明景帝，改元景泰。为了激发抗击外侮斗志，徐有贞等人请立汤阴岳飞庙，建成后御赐“精忠之庙”。据史书记载：

景帝景泰元年闰正月，建岳飞庙于汤阴，翰林院侍讲徐理言：“臣以招募民壮至河南彰德府，道经汤阴县周流社。宋臣岳飞，实生其地，飞以应募勤王，大立战功，佐成中兴之业，理宜庙食。矧今方将奋扬武，复仇雪耻成中兴之功如飞者，宜令建立庙宇，春秋祭祀，使将士知所激劝从之。”庙成，赐额“精忠”。②

至明神宗万历四十二年(1614年)，皇帝赐关羽神“三界伏魔大帝、神威远镇天尊、关圣帝君”封号。这件事在《陔余丛考》第四十三卷有所记载：“万历二十二年因道士张通元之请，进爵为帝，庙曰‘英烈’，四

① 王德保，岳朝军．文渊阁四库全书岳飞资料汇编[M]．北京：中国社会科学出版社，2015.

② 续文献通考，卷八十五，文渊阁四库全书本。

十二年又封'三界伏魔大帝、神威远镇天尊、关圣帝君'"。① 万历四十三年(1615年)，政府加封岳飞为"三界靖魔大帝"。皇帝的加封诏书写到："咨尔宋忠臣岳飞，精忠贯日，大孝昭天，愤泄靖康之耻，誓清朔漠之师，原职宋忠文武穆岳鄂王，兹特封尔为三界靖魔大帝。"②总体而言，相较于宋元时期，明代对岳飞信仰的重视和扶持更加有力，推动岳飞信仰走向了隆盛。

明代之所以如此看重岳飞，和统治阶级的喜好关系很大。朱元璋推翻蒙古人统治，重新建立了汉人统治的政权，重新以儒家意识形态作为政权合法性的基础。明代申时行《大明会典》卷九十三礼部五十一记载："洪武元年，令郡县访求应祀神祇。名山、大川、明帝、明王、忠臣、烈士，凡有功于国家及惠爱在民者，具实以闻，著于祀典，有司岁时致祭。"如此重视人格神生前的义行事迹，并以此作为入选祀典对象的标准，是一种儒家祭祀观。此外朱元璋重视文艺作品的教化功能，对思想文化严格把控，他推崇的是如《琵琶记》般宣扬"义夫节妇，孝子顺孙"的作品。延续了这种思想，永乐十八年，朱棣作《御制孝顺事实》，里面载有《岳飞忠孝》，对岳飞忠孝节义史实的记载基本沿袭了《宋史·岳飞传》，文章中充满对岳飞的讴歌和高度肯定。比如"君亲，人之大伦；忠孝，人之至行。能孝于亲，必忠于君。忠孝之道两尽，而臣子之职无愧者，岳飞其人焉。""为臣子者，可不以岳飞为则，尽孝于亲，而移其忠于君哉!"③这俨然是把岳飞树立为全国效仿的榜样了。到了明中期，长期受到蒙古攻击、又有严重倭患的现实体现出中央政府的软弱无力，以至于有"土木堡之变"。政局的混乱、军事上的软弱，激发了文人的

① (清)赵翼著，栾保群、吕宗力点校．陔余丛考[M]．石家庄：河北人民出版社，1990.

② 汤阴县志编纂委员会，汤阴岳飞纪念馆．岳飞庙志[M]．郑州：中州古籍出版社，1987.

③ (明)朱棣．孝顺事实[A]．北京图书馆古籍珍本丛刊第十四册[Z]．北京：书目文献出版社，1987.

创造性和批判勇气。他们把矛头指向宦官、高层官僚，认为是这些奸臣误导了皇帝。在这种情势之下，统治阶级渴望拥有岳飞这样军事才能出众又忠心耿耿的军事干将保家护国，抵抗侵略；正直的官僚们以岳飞这样的忠臣相互砥砺、渴望忠君报国，并以岳飞为精神偶像和盾牌与奸臣展开斗争；百姓们深受国家内忧外患的困扰，也希望出现岳飞这样的英雄挽狂澜于既倒，救民于水火。随着政治问题日益突出，各个阶层对忠臣和御侮能将的诉求日益彰显，忠臣成为整个时代的呼唤，举国上下都对岳飞重视、尊敬、缅怀，岳飞被统治者升格也就不难理解了。

此外，我们从上述关羽、岳飞两位神灵的爵号里可以看到比较浓郁的道教神灵特征。有学者推断，道教在这个过程中发挥了积极的推动作用。明代道教发展迅猛，明统治者特别是明中叶统治者，非常支持道教。在这种大环境下，关羽、岳飞获得封号这件事，据刘若愚《芜史》记载："太监林朝所请也。"林朝是当时道经厂的太监，道经厂是当时管理道教事务的部门，道经厂太监是皇帝和道士们联系的中间桥梁。结合《芜史》内容推断，当时极有可能是道士们首先通过太监林朝把授予关羽、岳飞封号的请求反映上去，然后才得到朝廷批准的。道士们之所以要如此积极地推动关羽信仰和岳飞信仰，或许与他们在自身发展过程中积累起来的生存智慧有关。作为本土第一大宗教，道教因其带有的民间色彩，曾被正统儒学家视为"邪教""异端"而遭受打击。为了争得一席之地，除了和儒家展开激烈论争，道家也非常注意以儒家学说充实自己，吸纳儒家圣贤人物进入自己的神灵体系，迎合统治者和民众。因此"道教的宗教伦理道德观念，在本质上与儒家正统一致，只是披上了道教的神学外衣"。① 他们之所以推动关羽和岳飞信仰，是因为敏锐地意识到这两个儒家推崇的先贤生前行迹符合忠义大节，顺应了统治者以儒家思想维护统治秩序的需求，这可以让那些想要遏制道教发展力量的官僚和百姓难以找到合适的理由阻挡他们壮大自我。同时也是因为他们意

① 卿希泰，唐大潮．道教史[M]．南京：江苏人民出版社，2006.

识到，随着关羽信仰和岳飞信仰走向兴旺，他们在管理道观、收香火钱的过程中势必可以得到相当可观的经济利益。

二、清代官方：有趣的变化——抑采并施的岳飞信仰

与明代相比，清代岳飞信仰出现了一种有趣的变化。清代，统治者对岳飞的态度是，肯定他的忠君爱国形象，但不再宣传、彰显其抵抗金人的赫赫战功。在雍正在位时期，雍正一方面为岳飞祠修庙立碑，另一方面将岳飞移出“武庙”。雍正四年(1726年)，岳飞“靖魔大帝”的匾额已被下令从武庙里搬了出来。① 这意味着明代产生的“关岳合祀”局面告一段落，也意味着关羽的地位越来越高，而岳飞地位却受到了限制。比较一下关羽与岳飞的境遇是十分有趣的。

关于关羽信仰的发展，赵翼《陔余丛考》卷三十五曾这样描述：

> 鬼神之享血食，其盛衰久暂，亦皆有运数而不可意料者。凡人之殁而为神，大概初殁之数百年则灵著显赫，久则渐替。独关壮缪在三国、六朝、唐、宋皆未有禋祀，考之史志，宋徽宗始封为忠惠公，大观二年加封武安王，高宗建炎三年加壮缪武安王，孝宗淳熙十四年加英济王，祭于当阳之庙。元文宗天历元年加封显灵威勇武安英济王。明洪武中复侯原封。万历二十二年因道士张通元之请，进爵为帝，庙曰“英烈”，四十二年又封“三界伏魔大帝、神威远镇天尊、关圣帝君”，又封夫人为“九灵懿德武肃英皇后”，子平为“竭忠王”，兴为“显忠王”，周仓为“威灵惠勇公”，赐以左丞相一员为陆秀夫，右丞相一员为张世杰。其道坛之“三界馘魔元帅”则以宋岳飞代，其佛寺伽蓝则以唐尉迟恭代。刘若愚《芜史》云：“太监林朝所请也。”继又崇为武庙，与孔庙并祀。本朝顺治九年，加封“忠义神武关圣大帝”。今且南极岭表，北极寒垣，凡妇女儿童，

① 飞云居士．中国道教传奇[M]．台北：新潮社文化事业公司，1994.

> 无有不震其威灵者，香火之盛，将与天地同不朽。何其寂寥于前，而显烁于后，岂鬼神之衰旺亦有数耶？①

由此来看，关羽信仰和其他历史人物转变为信仰之神的兴衰过程不太一样。一般而言，很多历史人物在其去世后几百年内较有影响力，而后随着时间推移，影响力会变小。而关羽信仰则大异其趣。在汉唐阶段，他的影响力不大，到了宋代才开始出现突破性提高，此后国家统治阶级持续关注、扶持，到了清代他的影响力攀升到顶峰。有学者统计，从北宋哲宗绍圣三年(公元1096年)到清道光八年(公元1828年)间的七百余年，先后曾有十六个皇帝对关羽追加封号，共受封(包括复封)二十四次。其中宋徽宗、明神宗、清高宗等曾多次对他加封改谥，当他获得"忠义神武灵佑仁勇威显关圣大帝"称号，意味着达到无以复加的荣耀地位。

而我们要思考的问题是为什么在清代岳飞信仰的发展势头不如关羽信仰？考其原因，当和清代统治阶级的民族身份和文化政策有密不可分的联系。清代是由满族建立起来的政权。建政初年，他们因为异族统治者的身份而被汉人排斥，双方势如水火。遗民们的故国之思和民族情感导致他们常常借古喻今，拿南宋抗金的故事影射当局，岳飞也就自然而然成为他们寄托哀思、鼓舞彼此奋起抗争的精神旗帜。正是因为岳飞抗金的史实碰触了满族统治者敏感的心理，促使他们刻意要压制这种寓意着抵抗异族、奋起反击的文化符号。这是清统治者之所以要把岳飞赶出武庙的原因。但统治阶级并不因此就不需要一个精神偶像来引导人们顺从自己的统治秩序，因此他们精心选择了关羽作为扶植对象。关羽虽然也是汉人，但他不存在领导各民族全力抗击异族统治者的行为，而且他对刘备的忠心耿耿能够满足历代统治者思想宣传的需要，再加之三国故

① (清)赵翼著，栾保群、吕宗力点校．陔余丛考[M]．石家庄：河北人民出版社，1990.

事在清代家喻户晓，所以统治阶级会趁势把他作为一个“忠义”符号推上民间信仰的最高峰。对于岳飞，清代统治者只选择性地肯定他身上忠于朝廷的部分。这种情感态势从清代皇帝给岳庙的题词也可以看出。乾隆题岳飞庙匾额为“伟列纯忠”，慈禧题岳飞庙为“忠灵未泯”，他们强调、突出的是岳飞之“忠”，而不是他面对侵略者的顽强抵抗。

三、群体事件与岳飞信仰的结合

承天府原为湖广安陆州，元朝时是安陆府，明初归属湖广行省。洪武九年降为州，隶属于湖广布政司。洪武二十四年六月改属河南，后来又改还湖广。弘治四年，兴献王府从德安府迁到这个地方。嘉靖十年，嘉靖皇帝为了表达对生父的尊敬，提高父乡地位，将生父兴献王的封地安陆州升级为承天府，与应天府、顺天府并驾齐驱。随着该地区行政级别的提高，该地区设置了守备太监。

守备太监设置的初衷在于加强地方和中央的联系，加强中央对地方的管理。但在现实生活中，他们并没有真正起到这种作用，而是在当地作威作福、巧取豪夺，搞得天怒人怨。万历二十八年，时任守备太监的陈泰要在当地挖掘宋玉古窖，招致了当地民众的反对。当地民众认为古窖和文庙相连，挖掘行为势必会导致当地风水遭到破坏。于是集结起来去税监泊船的地方抗议，并提出具体要求，力图挽回，但遭到官府拒绝。民众并不罢休，又跑到当地岳飞庙哭诉告神，借以寻求心理安慰。事件过程在《抚楚疏抄》里有比较详细的记载：

> 沈希孟等闻得陈税监要掘宋玉古窖，思与文庙相连。又在官承天卫都司刘资宅内，切近祖陵龙脉，有碍学校风水，遂于本月拾陆日，约生员多人，赴陈税监泊船处所，讲求释放县官、免掘古井、免提富户、淘金事情，不允，各士民人众喧嚷，沈希孟等各穿戴衣巾集赴左府桥前，焚香哭告。彼时世爵奉委把守城门，不舍，不行依时关闭，任从人众往来。沈希孟等仍在桥前哭三日。至十八日，

齐出城外岳王庙告神，本庙原竖有神旗一面，遂各集于旗竿下，口称冤变，以致备监杜茂，思有地方责任，遂将地方鼓噪事出异常，查参职守人员，警怠玩事。①②

但民众的抗议与哭庙仿佛以卵击石。尽管有官员上书申诉陈泰的不良记录，但朝廷选择包庇陈泰，将事件的领头人沈希孟等投入了监狱。沈希孟后来死在狱里。直到七年后的万历三十五年，当年因此事被投入监狱的其他相关人员才援恩诏例放出。

结合岳飞信仰来看，这个事件证明岳庙是求告无门的民众的聚集地，是承载民众寄托的地方，这反映了民众对岳飞神灵的信赖，也反映出岳飞信仰与当时百姓生活的密切关系。

如前所述，有明一代，岳飞成为忠昭日月的代表。洪武九年诏仍谥武穆，从祀历代王庙，配宋太祖享。景泰年间，武功伯徐有贞创庙汤阴，御题精忠之庙。隆庆四年，诏仍谥忠武。万历四十三年，政府加封岳飞为“三界靖魔大帝”。朝廷的一次次加封，既彰显了官方的价值取向，也促进了岳飞信仰与百姓生活的结合。岳飞本身所具有的忠义等品质已经使他成为了一种深入人心的正义象征。人们在心理上将岳庙视为伸张正义的场所——一个受到委屈和不公正待遇可以倾诉和寻求帮助的场所，因此才有了群体事件与岳飞信仰的结合。

四、岳飞庙成为魏忠贤生祠选址的参考依据

生祠从生成机制看，可以分为政治力量自上而下强制推动和人民自发而建两种，前面章节讨论的岳飞生祠属于后者。而前者是政治风云变幻的产物，常常成为大小官员演绎的个人崇拜的丑剧，体现的往往是无良官僚趋上逢迎的劣根性，映照出的是畸型社会丑恶的众生相，此类以

① 张问达，抚楚疏抄，卷九，参劾，“承天府沉机等释放复学疏”。

② 明神宗实录，卷四四〇，万历三十五年十一月乙未条。

明末为魏忠贤建立生祠的政治运动为代表。而大堪玩味的是，魏忠贤生祠与岳飞存在一定联系。

考之史实，魏忠贤一手遮天，是明代祸国殃民、丑闻昭著的奸臣。据《明史·宦官传》所述，他本是一个市井无赖，性情“猜狠自用”，后来“走入市肆，为群少所窘辱，恚而自宫。”入宫以后，先后处心积虑攀附握有重权的孙暹、马谦、魏朝，后来又通过魏朝，结识了深受明熹宗朱由校宠爱的乳母客氏，并与之私下结为“对食”。就这样，他凭借皇帝手下重臣与乳母的阶梯一步步靠近皇权中心，又利用皇帝的软弱昏庸，掌控起了朝廷内外大权，唯我独尊，祸国殃民。以至于“民间偶语，或触忠贤，辄被擒僇，甚至剥皮、封舌，所杀不可胜数，道路以目。”(《明史·魏忠贤传》)他的逐步篡权导致了宦官专权局面的形成：“掖廷之内，知有忠贤不知有皇上；都城之内，知有忠贤不知有皇上……宫中、府中，大事、小事，无一不是忠贤专擅，反觉皇上为名，忠贤为实。”①在这种政治环境下，有很多宵小之徒想要攀附魏忠贤，借此维护和巩固自己的地位和利益。天启六年浙江巡抚潘汝桢向皇帝上奏疏，称魏忠贤忠心为国，广布德政，人们“莫不途歌巷舞”，奔走呼告为他建立生祠，表达对他的祝福与感激。由于得到昏君认可，潘汝桢在杭州建立了全国第一座魏忠贤生祠。这座祠堂的位置定在关帝庙和岳飞庙之间，现在看来颇具讽刺意味。据清初朱彝尊《静志居诗话》卷二十一称：“逆祠之建始浙江，巡抚桐城潘汝桢，择地于关壮缪、岳忠武双庙之间。”②此后官员们出于对政治利益的考虑，为了得到恩宠与升迁，争先恐后为魏忠贤营建生祠。然而伴随明熹宗朱由校天启七年逝世，朱由检继承皇位，开始不动声色地逐元凶、惩奸党，政治空气发生了微妙变化。许多正义之士开始弹劾魏忠贤，最后魏忠贤迫于压力“引疾辞爵”，在皇帝派来逮捕他的官兵到来前悬梁自尽。伴随魏忠贤的倒台，

---

① (清)谷应泰．明史纪事本末[M]．北京：中华书局，1977.

② (清)朱彝尊．静志居诗话[M]．北京：人民文学出版社，1990.

朝廷下令将他曾喧嚣一时的生祠悉数被折价变卖，充作了边防军饷。“德碑生祠，几遍天下”的情况也就不复存在了。在这个过程中，魏忠贤生祠之所以选择岳飞庙和关羽庙之间的位置，是因为魏氏奸党想以忠臣庙宇的光辉遮掩自己奸佞误国的丑行，从而达到粉饰自己、抬高身价的目的。其实魏忠贤奸党对岳飞形象的利用还不止于此。据崇祯二年到十四年陆续完稿的《酌中志》卷十六记载：

> 东厂，自成祖即位，永乐十八年始置。其外署在东安门外迤北。……外署大厅之左小厅，供岳武穆像一轴。厅后砖影壁，雕狻猊等兽、狄公断虎故事，存此者良有深意也。①

魏忠贤掌控的东厂之所以还在外署大厅左小厅供奉岳飞画像一幅，目的在于塑造自己忠君爱国的正面形象。然而奸臣面对忠臣时候，内心的忐忑不安并非常人所能想象。岳飞即使成为奸臣美化自己的工具，也仍然像一面镜子，凛凛寒光让奸臣方寸大乱。《酌中志》卷十六《内府衙门职掌》中记载皇帝朱由校：“先帝最好武戏。于懋勤殿升坐，多点岳武穆戏文，至疯和尚骂秦桧处，逆贤尝避而不视，左右多笑之。”②秦征兰《宫词》也记载了这件事：“天启时，上设地炕于懋勤殿。御宴演戏，尝演《金牌记》，至风魔和尚骂秦桧，魏忠贤趋匿壁后，不欲正视。”此处的《金牌记》是指明代陈衷脉所作的传奇，虽已亡佚，但据祁彪佳《远山堂曲品》条对该剧的评价：“《精忠》简洁有古色，而详核终推此本，且其联贯得法。武穆事功，发挥殆尽。”据此可知，该剧演绎的应当是岳飞勇斗奸臣、护国爱民的故事。魏忠贤之所以在宫廷出演岳飞忠奸斗争故事的时候“趋匿壁后，不欲正视”，或许和当时东林党人的尖锐冲突以及民怨沸腾的社会现实有关。时值明末，矛盾丛生、危机四伏之

---

① (明)刘若愚．酌中志[M]．北京：北京古籍出版社，1994.

② (明)刘若愚．酌中志[M]．北京：北京古籍出版社，1994.

际，东林人士热心于讽议朝政，抨击贪官污吏，反对宦官专权乱政，渴望形成清正廉洁的政治环境。他们与魏忠贤领导的阉党针锋相对、矛盾激烈，赢得了老百姓的支持和拥戴。这种忠奸斗争的政治环境让魏忠贤倍感压力，在看到表演岳飞忠奸戏时回避不欲正视也是情理之中的事情。

五、岳飞替关羽之职

《伏魔宝卷》出现了新的故事情节，写玉帝听闻关公被敕封为帝，天庭尚缺少一帅，于是选岳飞替职为帅："话说圣天子敕封伏魔大帝不提。再说三官奏上玉帝得知。关元帅勅封为帝缺少一帅。玉帝查照分明选岳飞替职为帅。"①

据此来看，关羽升帝后岳飞补了他的旧缺，地位得到升迁，神格低于关羽。这种现象是当时官方政策影响下形成的结果。如前文所述，岳飞在明代信仰里一再地被提起，并且地位不断提升。洪武初于京都建立历代帝王之庙，特以岳飞从祀宋太祖神位。明英宗正统十四年(1449年)"土木堡之变"明军大败，英宗被俘，兵部侍郎于谦以"社稷为重"，请立郕王为明景帝，改元景泰。为了激发人们抗击外侮斗志，徐有贞等人请立汤阴岳飞庙，建成后御赐"精忠之庙"。明神宗万历四十二年，关羽被官方加封为"三界伏魔大帝神威远镇天尊关圣帝君"，同时他原本道坛"三界馘魔元帅"的地位由岳飞替补；佛寺"伽蓝护法神"地位，则换尉迟恭。正如清人赵翼《陔馀丛考》卷三五《关壮缪》记录的那样，"(关羽)又敕封'三界伏魔大帝、神威远镇天尊、关圣帝君'……其道坛之三界馘魔元帅，则以宋岳飞代。"②

车锡伦《中国宝卷研究》提到这部《伏魔宝卷》是"万历末年(四十五年)后出现的宝卷"。③ 从时间上判断，该作品是当时国家祭祀政策的

---

① 伏魔宝卷，明刊浙本。

② (清)赵翼，陔馀丛考，卷三五。

③ 车锡伦．中国宝卷研究[M]．桂林：广西师范大学出版社，2009.

反映。正是受官方意识形态影响，岳飞在文学作品里才以补关羽之缺的形式出现。

六、岳飞成为道教雷部神灵和速报司神灵

明代岳飞开始成为道教雷部神灵。根据明代《精忠记》第 32 出《天策》记载，玉帝念岳飞“忠良贤孝、萃于一门”，将岳飞封为雷部赏善罚恶都元帅：“特差使者封尔岳飞授雷部赏善罚恶都元帅，岳云授雷部都总管，张宪授雷部副总管，得同知三曹事，妻张氏授天仙宫仙姑，女银瓶授地仙府仙姑。”①这证明岳飞于明清时期成为了道教雷部神灵。

无独有偶，还有一些明清时期的绘画也反映了这一现象。如图 5. 1 所示：

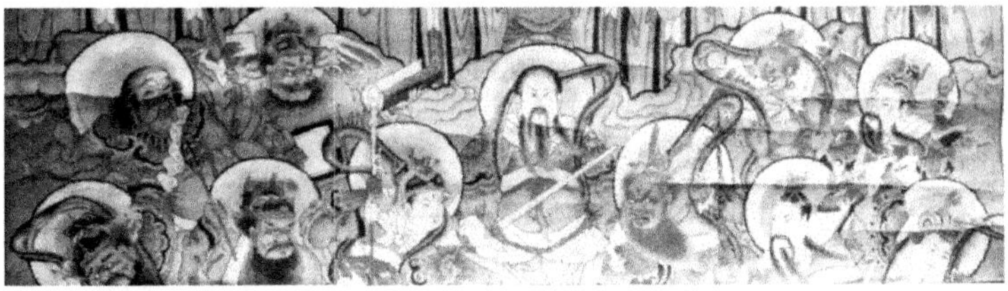

图 5. 1　《道正宗师图》局部图

上面这幅局部图取自清代《道正宗师图》图第三阶，画的是雷部神真十大元帅，右上角手持红樱枪的是雷部神真岳飞元帅。

此处，我们需要追问的是，岳飞为何会变成雷部神灵？要解决这一问题，要从理解古代道教雷部神灵的功能入手。雷神职能，大而言之，可以分为两类：一是掌管气象；二是惩罚恶人。第一点比较好理解，就是调控天气，龙王、风伯、雨师、雷母都要听从雷部调遣。第二点，则是“雷”自然意象的引申义。因为作为自然现象的“雷”有迅疾的特征，这种“迅疾”的特征被人们引申成对人间恶人、恶事迅速做出反应。因

① (明)姚茂良．精忠记[M]．北京：中华书局，1959.

此“雷”被视为天意的代言。《史记·殷本纪》：“武乙无道，暴雷震死。”《神异记》载：“八方之荒，有石鼓，其径千里；其音即雷也，天以此为喜怒之威。”(《太平御览》卷一三引)又比如南宋《夷坚志》中讲不孝子熊二视父亲如路人，“至使乞食”，结果二年后“雷电交至”，雷电之后人们发现熊二被“刓其两目，截其舌，朱字在背，历历可识，曰‘不孝之子’。”①正因为雷神具有这种赏善罚恶职能，人们才选择岳飞加入这个体系，封岳飞为“雷部赏善罚恶元帅”，因为他正直忠诚却以“莫须有”罪被害的悲壮人生成为人们心中永远的痛。面对这种好人遭受苦难、坏人逍遥自在、善良人不得善终、恶人长命百岁的现实，人们或许内心会产生价值观的动摇：是否还应当追求真善美，是否还应该做一个好人？为了排除这种心绪意念的干扰，坚定人们的信心，道教为岳飞编织了这种雷神的角色，让他不仅仅成为一种正直善良的象征，而且可以威风凛凛地掌管人世间的善恶赏罚，从而将人们的视线拉长，让他们相信好人不是只有眼前的苦难，天庭、阴间、神灵都会给予他们最公正的判决与抚慰。这蕴含着人们朴素的善恶、正邪、是非等价值判断，折射出对岳飞的尊敬与爱戴。

此外，这个现象还和当时官方文化政策的推动息息相关。据《万历野获编》记载：“……然又加南宋岳鄂王谥号，见之诰词，不下壮缪，则海内或未及闻也。其最后加岳谥云：‘诛邪辅正大将、精忠武穆帝君，主治洞天福地，统领禋祀蒸尝，协理三十六雷律令，赞七十二候天罡，受命上清，永扬帝化，神霄右监门，靖魔忠勇岳鄂王，荡卤大元帅。’其崇奉亦至矣。今西湖鄂王祠，修饰甚丽，禾郡有称其子孙立祠宇者，何不以此颜其庙，而犹仍宋故称耶？”②官方对岳飞的加谥诰词中涉及“协理三十六雷律令”，这无疑会影响到文学作品对岳飞雷神形象的塑造。

① (南宋)洪迈撰，何卓点校，夷坚志[M]．北京：中华书局，2016.

② (明)沈德符．万历野获编元明史料笔记丛刊卷十四，“加前代忠臣谥号”[M]．北京：中华书局，1959.

除了成为道教雷部赏善罚恶元帅，还有一种说法显示岳飞成为了道教护法元帅之一，和康席、温琼、赵公明并列。这在清代图画里有所体现，见图 5.2：

图 5.2　八大元帅像轴局部图①

该图为清代“八大元帅像轴”之一，从上至下分别是是马、赵、温、岳四大元帅，即华光大帝马灵耀、财神赵公明、温元帅温琼、岳元帅岳飞。

此外，受到雷部赏善罚恶元帅形象影响，明末清初时期还出现了岳飞成为速报司阎君的现象。在《续金瓶梅》第六十二回里写到：“如今泰山酆都城添了速报司，阎君是岳武穆，管此不平的报应，可见感应一

① 取自《书斋与道场：道教文物》，香港中文大学道教文化研究中心、香港中文大学文物馆、香港道教联合会 2008 年版，图版Ⅳ：13。

道，不是俗人眼前因果，反落下乘。”①《燕京岁时记》也写到：“东岳庙有七十二司，司各有神主之，相传速报司之神为岳武穆。”②《京师竹枝词》云：“掸尘会起值三春，七十二司庙内陈。凡有负屈含冤客，岳武穆神报最真。”《护国灵威降恩真君宝卷》也曾提及这个现象：

尔时天仙圣母碧霞洪德元君驾坐万寿宝殿，时有泰山太尉朱帅、速报武穆岳帅、十太保、九州社令……一切众神，侍卫两旁。③

如此众多的资料、纷繁的文体皆提及岳武穆的速报司神身份，由此可知，这种说法在当时民间是比较流行的。它们共同证明了岳飞作为冥间审判机构主宰者形象的深入人心，也体现出了百姓对他功绩的首肯、冤情的不忿和民众惩恶扬善的心理诉求。

七、精忠庙结缘喜神殿

京城精忠庙始建于明朝，地址在前门外东珠市口东晓市西，里面不仅祭祀岳飞，还内设喜神殿，供奉梨园界的祖师唐明皇。如《北平庙宇通检》所云：“明建，祀岳武穆，清康熙己未十八年，因地震倾圮，旋修复，旁有喜神庙，为梨园子弟公所。”④这座精忠庙后来在乾隆五十年(1785年)出现了《重修喜神祖师庙碑志》：

盖闻诗书典籍，深严褒贬之词，杂史歌曲，□□□□之□□以千百世以上之行为，千百世以下犹在目前也。文人学士诗书触目惊心，庸夫愚子无□□，终身昏□，何以□□？何以□过？能得性情

① (清)丁耀亢．金瓶梅续书三种[M]．济南：齐鲁书社，1988.
② (清)富察敦崇．燕京岁时记[M]．北京：北京古籍出版社，1981.
③ 护国灵威降恩真君宝卷，清刊浙本。
④ 许道龄．北平庙宇通检[M]．国立北平研究院总办事处，1936.

之正而已。夫得性情之正者，贤愚共乐，莫善梨园之□□也。夫□者，创自明皇□□元纪，□其出剧叶其宫商，虽小子顽童无不悦观而乐听□是以□甚□□□以恶其奸，是以补经史之不及也。然出剧宫商，必待伶官，始演其真情，□□□泣，□□□□□以□□□现今□□□□□□□□□□□精忠庙侧立祖师庙焉。孰知年深日久，风雨损坏，于乾隆三十二年，梨园□□□□□□□□□□□报不□□而焕然一新，美奂美轮，流丹飞阁，更显然梨园之□□也。今将以为□□注意重修之功，□□□□原以传不朽云。

赐进士及第、内阁学士兼礼部侍郎、钦命提督江西学政加三级刘跃云撰文。举诚弟子、十番□□、钱粮处、中和乐、□索学、外二学、内三学、公官众等，信官众等，景山前两处三学、掌仪司斛斗房、双和班、戬谷班、保和班、裕庆班、端瑞班、余庆班、萃庆班、大成班、王府新班、和成班、大春班、四和班、寿春班、集成班、宜庆班、永庆班、太和班、萃芳班、景和聚、新合聚、和合班、金环班、金庆班、金银班、□□班、金成班、贵成班、太成班、宝成班、玉成班、永祥班、禄和班、松寿班、大德胜班、庆龄班、万家楼、广和楼、裕兴园、长春园、同庆园、中和园、庆丰园、庆乐园。①

在这段碑文底下签名的各个班底、戏园50多个，基本囊括了乾隆朝几乎所有与演戏相关的机构，其中钱粮处、中和乐、弦索学、外二学等隶属于皇家南府，侧面反映出皇家机构也在参与精忠庙的事务。此后这座精忠庙经过多次整修，道光七年《重修喜神殿碑序》提到："燕都精忠鄂王庙侧，旧有喜神圣殿，连年频遭风雨。以致殿宇朽坏。为此同仁乐助，庀材鸠工，有者重修重补，无者新创新建。期年前后落成，上下

① 张次溪．清代燕都梨园史料[M]．北京：中国戏剧出版社，1988.

焕然一新，庶还答报圣恩有所，尤欣神人共受其庇。”①在这份碑文末尾签名的不仅有39个戏园、班社，还有四大徽班之“三庆”领班、率班进京为乾隆八旬寿辰庆祝表演从而打开了徽班进京之门的关键人物高朗亭。另据光绪年间的《梨园聚义庙会碑》显示，精忠庙在光绪年间再次得到修缮复新，这次修葺颇为隆重，碑文由兵部主事亲自撰写，还有刑部军机大臣的书丹，由此可见朝廷对这次整修精忠庙的重视。总体来说，精忠庙屡次修缮不仅有社会四面八方的戏园、班底出资出力，还有京剧界泰斗也加入了这一行列，甚至连皇家机构也参与了一些事务，这都证明这座精忠庙在清代是梨园界非常重要的一道文化景观，因此也获得了非常突出的行业性特征。

京城精忠庙之所以在祭祀岳飞的同时，还内设喜神殿祭祀唐明皇，这和传统城市扩张、城市服务业人群大量增多带来的精神需求有关。和农民安土重迁的生活方式不同，服务业人员的社会流动性比较大，为了获得更好的经济收入，他们进京从事被很多人轻视为“贱业”的服务行业。面对变幻莫测的市场和激烈残酷的竞争压力，他们意识到只有当单一的个体形成关系稳定紧密的群体时，才更便于通过互相帮助和关爱的方式舒缓紧张的精神压力、巩固经济地位和社会地位，安放焦灼的内心。因此他们需要城市提供一定的基础设施来方便联络同行、舒缓精神、壮大自身实力。程歗在《晚清乡土意识》中指出，中国民间信仰的两个社会功能恰是面对这种需求应运而生的：“即精神层次的慰藉功能和行为层次的实用功能。对执着于务实求存这一价值标准的乡里民众而言，他们固然希望从‘诸神救劫’的说教中获得精神支撑，借以消解由于社会压力而引起的心灵焦灼，但他们更希望这种精神慰藉能够落实到社会行为领域，以解决人生的实际需要为归宿。”②精忠庙祭祀行业神现象恰好体现出这两种民间信仰社会功能的结合。作为一个具有开放性和

① 张次溪．清代燕都梨园史料[M]．北京：中国戏剧出版社，1988.

② 程歗．晚清乡土意识[M]．北京：中国人民大学出版社，1999.

容纳性、受到皇权庇护的祭祀场所，客观上能够为来来往往、流动性强的服务业人员提供一个联络彼此的安全稳固地点，方便他们解决人生的实际需求。当梨园子弟意识到这一点，他们会产生因地制宜的想法。他们相信，精忠庙的声望可以使得这一场所成为一个极有辨识度的地标，吸引南来北往的戏曲界同仁共聚一堂。

伴随这种需求日益壮大，清末民初，精忠庙祭祀的行业神已经不局限于唐明皇。根据日本仁井田升博士 1943 年对精忠庙的实地考察和访谈资料显示，当时与庙内神祇有关的行业还涉及建筑行业的瓦匠、木匠、油匠、画匠以及靴鞋行等。靴鞋行所祀始祖孙膑、木匠和瓦匠祭祀的鲁班、油画行业祭祀的吴道子、肥行(粪业)祭祀的“三财”，在精忠庙内皆有塑像。① 仁井田升博士实地考察后，将当时精忠庙内部构造画了下来，此图保存在《仁井田升博士辑北京工商行会资料集(四)》一书中，据此我们可以清晰看到当时岳飞和多位行业神共祀于一庙的现象，见图 5. 3。

此外，梨园子弟将喜神殿设在岳飞庙，还和他们这一行业与岳飞有着深厚渊源相关。恰如俞樾所云，戏剧打动人心的力量其他方式难以匹敌：“天下之物最易动人耳目者，最易入人之心。是故老师巨儒坐皋比而讲学，不如里巷歌谣之感人深也；官府教令张布于通衢，不如院本平话之移人速也。君子观于此，可以得化民成俗之道矣。”②正是依靠戏剧这种动人心弦的传播，岳飞才以更深入人心的方式走进千家万户。焦循《剧说》卷三记载：

> 相传周忠介蓼洲先生初释褐，选杭州司理。杭人在都者，置酒相贺，演岳武穆事。至奸相东窗设计，先生不胜忿怒，将优人捶打而退，举坐惊骇，疑有开罪。明日，托友人问故，先生曰：“昨偶

① [日]仁井田升博士辑．北京工商行会资料集(四)[M]．东京：东京大学东洋文化研究所，1979.

② (清)俞樾．春在堂杂文续编[M]．同治十年曾国藩署刊本复印本。

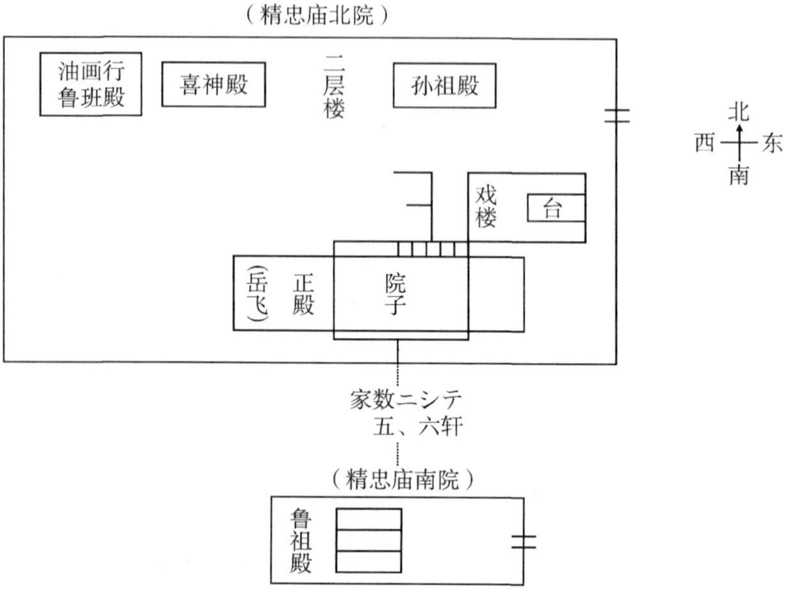

图 5.3　精忠庙局部图

不平，打秦桧耳。”

《极斋杂录》云：吴中一富翁宴客，演《精忠记》。客某，见秦桧出，不胜愤恨，起而捶打，中其要害而毙。众鸣之官，官怜其义，得从末减。①

试想，如果没有借助戏剧的感染力，仅靠官方严肃、刻板、枯燥的道德说教，这种出于对奸臣愤恨进而情感爆发、迅速移情把演员痛打一顿的事情，是绝不可能发生的，这也体现出戏剧教化的魔力。或许统治者正是意识到这个状况，才会大力支持那些宣扬忠孝的岳飞戏。例如，据《酌中志》记载，皇帝朱由校曾在懋勤殿升座时多点“宋岳武穆”戏；另据《升平署档案》显示，清末岳飞戏《牛头山》曾经在宫廷内剧演。伴

① （清）焦循．剧说[M]．上海：古典文学出版社，1957.

随统治者对这种宣传忠孝的岳飞戏的支持，梨园子弟在创作和表演方面都受到了鼓舞。如果说，戏剧是梨园子弟的饭碗，那么岳飞戏作为他们最为熟稔的重要关目，就成了他们碗里营养丰富的一类美食。岳飞在他们那里得到的重视和喜爱也就可想而知。

质言之，既然岳飞戏为梨园表演增加了重要素材，而岳飞又通过梨园子弟的表演而更加芳名远播，我们完全可以说，这两者具有互相支撑、共存共荣的关系。因此爱屋及乌，对于精忠庙，他们也觉得倍感亲切。这或许就是梨园子弟选择将喜神殿安置在精忠庙的心理原因。

小　结

考查自岳飞在世及其身后近千年人们对岳飞信仰的变化，我们至少可以有以下几个方面的发现。

首先，岳飞信仰体现了中华民族千年来“忠孝”的核心价值追求。忠孝观是儒家的核心观念，儒家思想是几千年来封建社会的主流思想。正因为如此，岳飞才会实现由罪臣向功臣的形象转换，才会成为朝廷认可的正祠之神，才会从区域地方神变为全国性神灵。

其次，岳飞信仰的扩展过程也体现了人类学视域下大传统与小传统的融合规律。从整体上看，岳飞得到官方认可、成为正祀之神的整个过程非常符合雷德斐尔德提到的“大传统”和“小传统”之间的互动关系。在《农民社会与文化》一书里，雷德斐尔德认为“大传统”指的是由处在社会统治和支配地位的精英阶层创造的文化，“小传统”指的是由处于被支配地位的社会广大民众所创造的文化。两者关系相互依赖，相辅相成，是文明社会的一种具有普遍性意义的构成模型。“大传统”会从民间“小传统”中汲取力量，将其转化为上层阶级“大传统”认可的内容，而“小传统”也会接受“大传统”的影响和改造。由此可见，无论大传统还是小传统，都不是封闭自足的，他们都是社会文化的一个侧面，是共同撑起文明社会的基石。社会变迁正是在这种“大传统”与“小传统”的互动里悄然发生的。岳飞最初被定为罪臣，后来民间开始自发以各种方式纪念他，最后得到翻案并成为朝廷认可的正祀之神，整个过程体现出国家意识形态与民间文化的相互渗透，折射出这种规律的作用。

再次，在对这种综合性影响的审视中，我们可以发现民间信仰的很多共同特点都在岳飞信仰里有迹可循，其中有两点比较突出。第一点是功利性，所谓功利性指的是，人们选择祭拜的是与自己生活密切相关、可以解决切身问题的神。只有灵验的神才会香火持续旺盛，因为人们对其帮助自己的能力有信心和依赖。用费孝通的话来说就是："我们对鬼神也很实际，供奉他们为的是风调雨顺，为的是免灾逃祸。我们的祭祀有点像请客、疏通、贿赂。我们的祈祷是许愿、哀求。鬼神在我们是权力，不是理想；是财源，不是公道。"①在对岳飞的祭祀中，我们常常能够发现人们出于现实需要而祭祀岳飞的心理。第二点指的是包容性。所谓包容性包括三方面。首先是身份的包容，同一个神灵可能属于道教的同时也属于佛教。就岳飞神形象而言，他叠加了佛、道神灵的不同身份。此外也体现在历时性演变过程中，他作为同一个神可以身兼数种职责。包容性还指空间位置上的共享与兼容。就祭祀场所而言，岳飞祭祀逐渐打破了专祠格局，可以和其他内在品质具有共通性的历史人物共祀于一祠。

① 费孝通．美国与美国人[M]．北京：生活·读书·新知三联书店，1985.

第六章　岳飞故事与家教主题

家庭教育塑造了岳飞家族精忠爱国的优良品质，是理解岳飞家族何以忠孝满门的一把钥匙。本章拟从岳飞母亲姚氏和女儿银瓶两个角度入手，考察岳飞家庭教育故事的文本演变与文化内涵。

第一节　家庭教育文化概论

《左传》为我们描绘过一幅良好的社会秩序蓝图：“君令而不违，臣共而不二，父慈而教，子孝而箴，兄爱而友，弟敬而顺，夫和而义，妻柔而正，姑慈而从，妇听而婉，礼之善物也。”①这种典型的符合儒家理想的和睦关系离不开家庭教育的协调与规范。可以说，家庭教育不仅仅关系到家庭自身，它还是家族乃至于整个民族价值理念、生活观念、文化氛围、生活方式形成自己风格的关键。换言之，一个家庭能否形成和谐稳定的家庭气氛，一个家族能否兴旺发达，一个民族能否自强不息，都和家庭教育的质量有关。

古代教育早期阶段将教育机会和教育资源偏向贵族子弟，后来在孔子的倡导下，教育与平民的接触日益紧密。但古代社会公共教育制度长期不完善，在这种人们不能平等地接受良好的教育情况下，相比于学校，家庭成为了家族对成员进行教育的首要场所。

① 李梦生．左传译注(下)[M]．上海：上海古籍出版社，2004.

家庭教育按照形式大致可分为三种：第一种是世代相传的家学，多存在于封建士大夫家庭，家长们本身具有较高的文化素养；第二种是家塾，多存在于家境殷实的家庭中，他们有钱延请教师在家里为孩子授业；第三种则是家训，家训可以是以诫子书等著作形式存在的，也可以是以长辈口头教育、训诫、指导的方式存在。条件较好的家庭，可以既通过家学、家塾来教育后代，又同时将家训的形式吸纳进来，而条件比较贫苦的家庭，则往往依靠通过言谈身教、耳濡目染的家训形式来实施教育。

中国传统家庭教育因为受到“家国同构”“君法合一”的宗法观念影响，精神实质往往与当时主流社会的文化精神保持一致。这意味着统治阶级将有利于长治久安的理念从家族入手进行灌输，进而通过家庭而落实传输到每个人的身上。通过这种方式，家庭成员将统治阶级的要求内化为衡量自己道德人格和行为习惯的标尺。例如明太祖朱元璋的“圣谕六言”、清代康熙帝的“上谕十六条”，均将家庭制度规范放在主要位置，并举国宣传，这些内容会如盐入水般渗透家庭教育，成为家庭成员恪守的金规玉律。用黑格尔的话来解释这种现象，则是：“中国纯粹建筑在这一种道德的结合上，国家的特性便是客观的‘家庭孝敬’。中国人把自己看作属于他们家庭的、而同时又是国家的儿女。”①

岳飞的性格、气质、追求受到家庭文化里母亲的熏陶较多，岳飞自言他“幼失所怙，鞠育训导，皆自臣母”。而他作为几个孩子的父亲，又把母亲对他的教育传递给了下一代。在这种代际传播的过程里，岳氏家族，满门忠孝，形成了彪炳史册的名将家风。在今天这个道德滑坡的时代，通过岳飞故事去追溯岳飞家庭教育的源流，去感受岳飞名将家风的风采，显得格外有必要。

本章在研究岳飞家庭教育时提取了“母亲”和“女儿”两个切入点进行分析。选取岳母教子角度，如前所述，是因为母亲的角色在岳飞成长

① 黑格尔．历史哲学[M]．王造时，译．北京：三联书店，1956.

过程中，对于他性格的塑造发挥了巨大作用，留下了丰富的传说。在岳飞的众多子女当中，我们选取岳飞女儿银瓶的原因则基于三方面考虑。首先，这个故事具有震撼力。银瓶故事在岳飞故事里面非常醒目，她的投井殉父事迹今人读来非常惊骇，是什么样的精神动力会让一个十二三岁的女童在知道父亲遇难后可以奋不顾身、以卵击石、以死抗争？这是一个引人思索的话题。其次，银瓶故事为了解岳飞家教提供了非常丰富的潜在想象空间。众所周知，封建社会女性的活动范围主要拘囿在家庭里，那么这也意味着银瓶日常生活里接触的耳濡目染会对她的内心发生影响，虽然我们目前没有岳飞直接教导银瓶要如何的文字，但对这个故事的关注有助于我们间接地了解、揣摩她的家庭、她的父亲。最后，银瓶故事文本虽多，但从家教主题切入的专题性论文目前尚未出现。面对这种研究空白，我们希望能运用叙事文化学来更深入、全面地挖掘它的文化价值。

第二节　岳母教子故事的演变与文化内涵

中国古代时期人们接受教育的主要方式之一是家庭教育，即所谓庭训、家训。而在家庭教育中，母训又是其中的重要组成部分，由此所产生的母训文化即使在漫长的父权夫权社会——女性作为一个整体失去了生存选择自由、社会地位大幅度下降的时代——也依然重要。揆其因由，一方面在于从生物学和心理学角度讲，母子关系作为最亲近的血缘关系，容易使子女在生理上、心理上对母亲产生依恋、信赖，因此更容易受其影响；另一方面，传统社会男主外女主内的分工格局客观上将女性活动空间拘囿在家中，将其精神重心放在相夫教子上，因此，对于母亲来说，她们有强烈的自觉意识和充足的机会对子女言传身教。也正因如此，直至今天，我们还常说，母亲们的文明程度关乎子女的、民族的乃至于世界的文明程度。在中华民族漫漫历史长河中，曾经涌现出许多教子有方的母亲，如择邻而居的孟母、铺沙画荻的欧母和刺字岳飞的岳母等。她们的教子故事以及由此衍生出来的母训文化，已经成为中华民族家庭教育、家训文化的典范。岳飞母亲姚氏作为古代“三大贤母”之一，在母训文化乃至整个家庭教育、家训文化中都占有一席之地。但遗憾的是，以往人们只关注姚氏为岳飞刺字“尽忠报国”于脊背、激励他忠心为国、走好人生路的故事，且只注意从“忠孝”角度进行解读，而忽略了故事本身和故事传诵过程中附会进去的更为丰富、深刻的文化内涵。本文旨在全面观照岳飞母亲姚氏教子故事的演变过程，并深入发掘、讨论其中包裹的文化内涵。

一、岳母教子故事的演变

宋元阶段是岳母教子故事的发轫期。该阶段有关岳母教子的故事很少，而且一般只能在史书里面以零星片段形式出现，纪事色彩浓厚。但我们仍能从中感受到岳飞母亲的伟大与无私。据《鄂国金佗稡编》卷 9《遗事》记载：

> 先臣天性至孝，自北境纷扰，母命以从戎报国，辄不忍。屡趣之，不得已，乃留妻养母，独从高宗皇帝渡河。河北陷，沦失盗区，音问绝隔。先臣日夕求访，数年不获。俄有自母所来者，谓之曰：“而母寄余言：‘为我语五郎，勉事圣天子，无以老媪为念也。’”乃窃遣人迎之，阻于寇攘，往返者十有八，然后归。先臣欣拜且泣，谢不孝。①

其中，“母命以从戎报国”“为我语五郎，勉事圣天子，无以老媪为念也”，寥寥数笔，一个先国家而后自身的深明大义贤母形象就跃然纸上。

① （南宋）岳珂编，王曾瑜校注．鄂国金佗稡编续编校注[M]．北京：中华书局，1999.

到明代，大多数文本中对岳母教子故事的叙述，依旧沿袭了宋元模式，直至嘉靖年间《大宋中兴通俗演义》姚氏的形象才开始出现引人注目的变化。该书突破以往史书写实的局限，使姚氏的言谈更具儒家文化底蕴。比如，书中写岳飞因上书被谪，官职被夺，放归田里，姚氏对他失去官职一事看得很淡，不但没有埋怨与批评岳飞，反而安慰鼓励他：

> 用之则行，舍之则藏，此君子之道也。为人子者，能事君，是为忠臣；能事亲，则为孝子。既朝廷不用，尚得我在，吾儿若能竭力事亲，他日亦不失于令名，有何不可？①

在这里，岳母已经能够引用儒家名言开导儿子，只言片语之间，一个不惧不忧、宠辱不惊的贤母形象如在眼前。

我们知道，有宋一代，是儒学复兴的时代。出现了诸如张载、二程、朱熹这样的儒学大家。其影响遍及天南海北。所以，小说中，把岳母拔高为可以恰当引用反映儒家核心思想的经典语言，是一种合理的艺术虚构。如果仅仅认为，这是小说家言的话，倒是与事实可能相差更远。

至清代，在诸多文本中，岳母教子开始与岳飞脊背上的刺字关联在一起，出现了岳母刺字这样的新的故事版本。这是岳母教子故事中，一个重大的突破和演变。

有关岳飞背上刺字的故事，早在《宋史》中即已出现，只不过刺字主体不明。最早的"刺字"情节出现在《宋史·岳飞传》和《宋史·何铸传》中。据《宋史》记载：

> 逮飞系大理狱，先命铸鞫之。铸引飞至庭，诘其反状，飞袒而示之背，背有旧涅"尽忠报国"四个大字，深入肤理。既而阅实俱

① （明）熊大木．大宋中兴通俗演义［M］．北京：中国文史出版社，2003.

无验，铸察其冤。白之桧。桧不悦曰："此上意也。"铸曰："铸岂区区为一岳飞者，强敌未灭，无故戮一大将，失士卒心，非社稷之长计。"桧语塞，改命万俟卨。①

上述文献没有言明刺字主体是谁。但"旧涅"二字，也足以表明岳飞脊背上的字不是新刻。到了明代《大宋中兴通俗演义》中，作者描述岳飞是为了显示自己不从邪的决心而主动让人把"尽忠报国"四字刺在脊背上的，这时的刺字主体依旧不是岳母：

靖康间，见胡马纵横，宋兵畏缩，乡中好汉皆来就他入山为寇。飞谓之曰："大丈夫不著芳名于史册，而为鼠窃狗盗偷生于世可乎？"乃令人于脊背上刺"尽忠报国"四大字，以示不从邪之意。②

到明末冯梦龙的传奇《精忠旗》里，故事变为岳飞主动要求属下张宪为其刺字：

（岳飞）为臣的死有余，使君王踉跄道途。我那圣上啊，是谁贻祸？都因文臣爱钱，武臣惜死，以至如此。怎教人不怨文和武。张宪，你把刀来在我背上深深刻"尽忠报国"四字。〔解袍露背介〕〔末〕怕老爷疼痛。〔生怒介〕唉，我岳飞死且不惧，怕什么疼痛？〔末〕既如此，小人大胆动手了。〔作刻介〕〔生〕我已拼头颅报效朝廷，便损肌肤有何凄楚！〔末〕刻完了。〔生〕与我以墨涅之。〔末应涅介〕〔外与生穿衣介〕〔末〕老爷固然立志报国，何苦忍此疼痛？〔生〕张宪，如今为臣子者，都则面前媚主，背后忘君。我今刻此

---

① （元）脱脱等．元史[M]．北京：中华书局，1977.
② （明）熊大木．大宋中兴通俗演义[M]．北京：中国文史出版社，2003.

四字于背上啊，唤醒那忘君背主的，要他回顾。①

在这里，刺字者演变为张宪。直至刺字故事漂流到清代，岳飞母亲才开始成为刺字的主角。值得引起重视的相关记载有两处：一是传奇《如是观》。其第九出有岳母说唱道："起来！我将'精忠报国'刺入你皮肤了！你当日夜牢记，念君奋力把胡酋退，念亲及早把捷书寄。"与前述不同的是，"尽忠报国"变为"精忠报国"。另一处是在《说岳全传》里：

(岳飞)就将衣服脱下半边。安人取笔，先在岳飞背上正脊之中写了"尽忠报国"四字，然后将绣花针拿在手中，在他背上一刺，只见岳飞的肉一耸，安人道："我儿痛么?"岳飞道："母亲刺也不曾刺，怎么问孩儿痛不痛?"安人流泪道："我儿！你恐怕做娘的手软，故说不痛。"就咬着牙根而刺。刺完，将醋墨涂上了，便永远不退色的了。②

《如是观》的成书年代是明末，早于《说岳全传》。在这两个地方，岳母成为刺字行为的发起者和执行者。自此，岳母刺字的故事完全定型，并开始与家风、家训文化联系在一起，流传至今，成为中华教子故事的典范。此外，在《说岳全传》里出现了岳飞母亲"铺沙折柳"教岳飞写字的故事，这也是新出现的一个值得关注的岳母教子故事。

二、岳母教子故事的文化内涵

通过勾勒岳母教子故事的演变过程，我们可以发现，整个故事在

① (明)冯梦龙著，魏同贤编．墨憨斋定本传奇，冯梦龙全集第11册[M]．南京：凤凰出版社，2007.

② (清)钱彩编订，金丰增次．说岳全传[M]．北京：人民文学出版社，2014.

宋、元、明三个朝代变化不大。到了清代，随着通俗文学的发展和繁荣，通俗文学作家们赋予岳母教子故事以更多内容，交叠起丰富的文化意蕴。总体而言，这些故事是依托忠孝思想形成的。在这个过程中也掺杂着封建社会母以子贵观念和对女子自我价值实现方式的关注。此外需要注意的是，该故事和欧阳修母亲教子故事发生了文本间际的互文性对接。我们试从以下三方面进行解读。

（一）忠孝思想

儒家思想长期是中国社会的主流意识形态。尤其在宋代，出现了张载、二程、朱熹这样的伟大的儒家思想家，也出现了像欧阳修、司马光、王安石、苏轼、范仲淹这样被后世历史学家称作“得君行道”的士大夫群体。他们慨然以天下为己任，践行儒家的道统，对于整个社会的人伦教化起到一种示范和带动作用。他们代表的儒家思想，融化渗透到从公卿将相到贩夫走卒，从庙堂之高到江湖之远的各个层面各色人等。据《鄂国金佗稡编》《宋史》等史料来看，岳飞家庭条件贫苦，世世代代“皆以力田为业”，他的父亲岳和是一位温良恭俭让的农民。母亲姚氏虽未详细介绍，仅仅知道她“故封魏国夫人，赠周国夫人”。① 但根据中国门当户对的古老嫁娶习俗推断，她应当也是农民出身，不太可能受过很好的儒家经典教育。然而她在自己的丈夫去世后，却体现出很高的思想觉悟，即便陷入寡母抚孤的艰难境地，在失陷的河北长期与岳飞隔绝、过着危险困苦的生活时，也还是托人给儿子带话：“为我语五郎，勉事圣天子，无以老媪为念也。”这种先人后己、先公后私的思想，正是传统儒家价值观的体现。

早在先秦时期，孔子言：“君子喻于义，小人喻于利”，后来在“义”“利”之辨基础上衍生出“义”高于“生”的思想，如孟子所言：“鱼，

① （南宋）岳珂编，王曾瑜校注．鄂国金佗稡编续编校注［M］．北京：中华书局，1999.

我所欲也，熊掌亦我所欲也；二者不可得兼，舍鱼而取熊掌者也。生亦我所欲也，义亦我所欲也；二者不可得兼，舍生而取义者也。”这些思想本质上都是在塑造集体利益高于个人利益的心理结构，且逐渐渗透到世世代代中国人的思想中成为根深蒂固的理念和行为方式。岳飞母亲的话，体现出的正是这种“国家”(义)高于“个人”(利)的价值观念。而这种心态的形成和中国自古“家国同构”的社会结构、“以孝治天下”的统治政策密切相关。正如侯外庐所指出的那样：“国家混合在家族里”①，中国封建社会以“家”为“国”的基本单位，“家”在血缘关系基础上构成了“家族”，再由若干“家族”构成“国家”。从规模上讲，国是家的凝聚和升华。从伦理上讲，两者皆以“尊尊、亲亲、长长、男女有别”为基础。封建统治者正是意识到“家”与“国”、“孝道”和“忠君之道”所具有的内在一致性，才会将封建家长制结构扩大为治理封建国家的基本模式，选择“以孝治天下”的统治政策。这就要求，在一个家庭里，子女要遵守孝道，尊敬长辈祖先；而在一个国家里，由臣民所构成的每一个家庭单位都要奉行“忠道”，顺从帝王，服从他们的绝对权威。如果揭开“以孝治天下”这层面纱，会看到古代对孝道的宣扬某种程度上是对当时封建等级制度特别是君权的维护。当君权在“天子受命于天，天下受命于天子”“普天之下，莫非王土”的包装下被抬升到至高无上位置，任何个人、任何权利都不得不臣服于君权。这种思想在统治者一代一代的贯彻推行下逐渐形成了社会个体自觉维护的思维惯性。因此可以说支持姚氏作出“移忠作孝”选择的不仅是她本性上善良朴素的动人情感，更是家国同构社会结构下形成的传统文化心理。这奠定了岳母教子故事的底色。此后历朝历代的岳母教子故事皆以此为基础，如前文所述，在南宋、元、明时期变化不大，在清代《说岳全传》为代表的刺字故事里则达到极致和高峰。

《说岳全传》第二十二回《结义盟王佐假名刺精忠岳母训子》里岳母

---

① 侯外庐．中国古代社会史论[M]．石家庄：河北教育出版社，2000.

为了提醒儿子不从邪、忠君爱国，要在岳飞后背刺字“精忠报国”。岳母认为精忠报国、保持名节不受污染是最大的尽孝，这实际上还是主张“以忠为孝”“移忠作孝”。但刺字行为本身所具有的仪式感大大强化了岳母希望儿子“精忠报国”的心理状态的感染性和震撼力。需要注意的是，刺字过程一波三折。起初，岳飞拒绝了母亲的建议，他认为：“身体发肤，受之父母，不敢毁伤”，最后被母亲说服，才配合刺字，这种对母亲刺字建议由拒绝而服从的过程实际上体现了“忠”与“孝”在其内心的纠结。

历史上的岳飞也曾真实地面对“忠”“孝”难以两全的矛盾。岳母死后岳飞曾希望辞官守丧，而朝廷则希望他接受“起复”命令，放弃辞官计划、为国效力。面对“尽忠”与“尽孝”的的两难局面，一开始，他在写给朝廷的公文《乞终制札子》里坚持“以孝为本”的理念：

> 生不能致菽水之欢，死不能终衰绖之制，面颜有靦，天地弗容。且以孝移忠，事有本末，若内不克尽事亲之道，外岂复有爱主之忠。臣已般挈扶护前来，欲于江州或南康军界营葬。伏望圣慈矜怜余生，许终服制。取进止。①

岳飞在这里表达的是“孝”是“忠”的基础和前提，一个不孝的人，不可能有“忠”。他将“忠孝”的关系理解成因果关系。然而最后岳飞还是在处理“守丧”和“起复”矛盾时，在“尽孝”方面做出了让步。他参加完母亲的葬礼后，接受了朝廷的“起复”，继续回归战场，参加战斗。

如果将南宋历史记载里这段岳飞对“忠孝”难以两全的挣扎与《说岳全传》刺字过程里岳飞因为“身体发肤，受之父母，不敢毁伤”而产生的犹豫对比，会发现两者有内在的一致性。岳飞的犹豫与内心挣扎体现出

---

① （南宋）岳珂编，王曾瑜校注．鄂国金佗稡编续编校注[M]．北京：中华书局，1999.

人性的真实色彩，使其英雄形象由于贴近生活本身而更具亲和力。从这个侧面上说，《说岳全传》对岳飞的塑造很大程度是尊重了历史原型的。

（二）“母以子贵”的传统女性自我价值实现方式

“忠孝”始终是岳母教子故事的主题。如前文所述，在南宋、元、明阶段，人物、情节、思想皆比较单一、一致，然而到了清代，随着封建集权统治力量的加强，岳飞故事里的“尽忠”意识被不断强化，岳母形象中慈爱无私的面貌开始散发出些许现实、功利的味道。

在清初传奇《夺秋魁》里，岳母知道岳飞打死柴贵以后责备儿子：“（老旦）儿吓，指望你上京求名，母子还有出头日子。谁知你反来丧命？”姚氏渴盼儿子参加武举求取功名，并将之作为母子出人头地、过上好日子的希望所在，体现出科举对普通老百姓的诱惑力，真实反映了平常百姓想通过儿孙效力朝廷来提高社会地位和生活质量的功利心态。

回到上文对于岳母刺字故事的分析，如果我们细读文本《说岳全传》第二十二回《结义盟王佐假名刺精忠岳母训子》，也会在“忠孝”主题的笼罩下读出一丝以往被忽略的功利色彩。岳母忧心忡忡地说：

> 做娘的见你不受叛贼之聘，甘守清贫，不贪浊富，是极好的了！但恐我死之后，又有那些不肖之徒前来勾引，倘我儿一时失志，做出些不忠之事，岂不把半世芳名丧于一旦？故我今日祝告天地祖宗，要在你背上刺下“尽忠报国”四字。但愿你做个忠臣，我做娘的死后，那些来来往往的人道：“好个安人，教子成名，尽忠报国，流芳百世！”我就含笑于九泉矣！①

我们以往对刺字行为的解读多放在对“忠君”意蕴方面的挖掘，从

① （清）钱彩编订，金丰增次．说岳全传［M］．北京：人民文学出版社，2014.

这个角度深挖下去，会看到儒家重视名节的思想在熠熠闪光。早在先秦时期，儒家已经把名节看作检验人生成功与否的重要标准。如《论语·卫灵公》云："君子疾没世而名不称焉。"①《论语·子罕》）云："四十、五十而无闻焉，则亦不足畏也矣。"②姚氏哪怕死后到了阴曹地府，只要获得"教子有名"的肯定，也会无愧于心，含笑九泉。这种心态从表面看契合了儒家这种积极入世、重视名节的思想。但从更深层次的心理活动来说，姚氏特别渴望获得"好个安人、教子成名"的肯定，其实也含蓄地折射出对"母以子贵"自我价值实现方式的认同。《太史公自序》中司马迁有一段话颇能解释此处岳母的想法，因此特别值得重视："且夫孝，始于事亲，中于事君，终于立身。扬名于后世，以显父母，此孝之大者。"司马谈认为得到不朽之名会光耀门楣让父母也跟着出名，这是对父母尽了最大的孝道，这种观念可以很好地解释岳母希望儿子"移忠作孝"的心理动力。要更深刻地理解这种心理，就需要了解以姚氏为代表的广大女性长期所处的生存环境与历史地位。对此康有为在《妇女之苦总论》一文曾有过准确总结：

天下不公不平之事，不过偏抑一二人，偏重一二人，则为之讼者、助者纷纭矣。若偏抑千万人，则古今讼者、助者不可言矣。若夫经历万数千年，鸠合全地万国无量数不可思议之人，同为人之形体，同为人之聪明，且人人皆有至亲至爱之人，而忍心害理，抑之，制之，愚之，闭之，囚之，系之，使不得自立，不得任公事，不得为仕宦，不得为国民，不得预议会，甚且不得事学问，不得发言论，不得达名字，不得通交接，不得预享宴，不得出观游，不得出室门，甚且斫束其腰，蒙盖其面，刖削其足，雕刻其身，遍屈无辜，遍刑无罪，斯尤无道之至甚者矣！而举大地古今数千年号称仁

① 杨伯峻译注．论语译注[M]．北京：中华书局，2006.
② 杨伯峻译注．论语译注[M]．北京：中华书局，2006.

人、义士，熟视坐睹，以为当然，无为之讼直者，无为之援救者，此天下最奇骇、不公不平之事，不可解之理矣!①

(三)岳母“铺沙折柳”故事与欧母“铺沙画荻”故事的互文性对接

罗兰·巴特曾指出：“任何文本都是一种互文。在一个文本中，不同程度地以各种多少能够辨认的形式存在着其他文本，譬如，先前文化的文本和周围文化的文本，任何文本都是对过去的引文的重新组织。”②这种互文也存在于岳飞家教故事中。具体言之，主要体现在清代岳母“铺沙折柳”教子写字故事与欧阳修之母“铺沙画荻教子”故事之间存在的文本间际仿拟性互文联系。

《宋史·欧阳修传》载欧阳修：“四岁而孤，母郑，守节自誓，亲诲之学，家贫，至以荻画地学书。幼敏悟过人，读书辄成诵。及冠，嶷然有声。”③

无独有偶，《说岳全传》第三回《岳院君闭门课子周先生设帐授徒》写到：

“我儿，你做娘的积攒得几分生活银子，你可拿去买些纸笔来，学写书法，也是要紧的。”岳飞想了一想，便道：“母亲，不必去买，孩儿自有纸笔。”安人道：“在哪里?”岳飞道：“待孩儿去取来。”即去取了一个畚箕，走出门来，竟到水口边满满地畚了河沙，又折了几根杨柳枝，做成笔的模样。走回家来，对安人道：“母亲，这个纸笔不消银钱去买，再也用不完的。”安人微微笑道：“这倒也好。”就将沙铺在桌上，安人将手把了柳枝，教他写字。把了

① (清)康有为．大同书[M]．北京：华夏出版社，2002.

② 王先霈，王又平．文学理论批评术语汇释[M]．北京：高等教育出版社，2006.

③ (元)脱脱．宋史[M]．北京：中华书局，1977.

一会，岳飞自己也就会写了。①

通过对比，可以发现欧阳修单亲家庭孤儿的身份、贫困的家庭条件、贤惠的母亲、学字的方式几个叙事元素搭建起来的教子故事在姚氏教子故事里均有清晰可辨的痕迹。这种种相似性构成了两个小故事的互文。人们之所以会把它们勾连在一起触发阅读联想、实现审美共振，或许与这两个历史人物本身在现实生活里具有诸多相似性有关。首先，家庭结构具有相似性。欧阳修父亲在欧阳修四岁时去世，生前曾经在泰州、道州做过行政管理和司法方面的小官，他一生为官清廉，死后没有给家人留下“一瓦之覆，一垅之植”。欧阳修母亲面对残破家庭和贫苦条件，以顽强毅力抚养教育他，使他在寡母抚孤的环境里健康成长。而岳飞父亲岳和是一位善良朴实的农民，在后世文本的演绎里较早离开人世的情节也使岳母姚氏陷入了寡母抚孤的境地。其次，性格上具有一致性。欧阳修性格上心系苍生，嫉恶如仇。他在著名的《朋党论》中，曾郑重以道德节操为主要衡量标准区分君子与小人，认为君子“所守者道义，所行者忠信，所惜者名节”。并在生活中贯彻对道义、忠信、名节的坚持，比如在范仲淹得罪吕夷简、被朝廷贬官到南方的时候，谏官高若讷落井下石，欧阳修没有选择沉默，而是愤而写文章斥责他不知“羞耻”。而岳飞也具有这种正直善良、嫉恶如仇的性格特征，他以迎回二帝、收复失地为目标，不向以秦桧为代表的求和派妥协，在逆境中敢于追求正义、理想与独立尊严。最后，两者在社会评价上具有相似性。两者都是宋代的杰出人物，说宋代文章，人们往往推举欧阳修；而说宋代武功神采，人们首先想到的是岳飞。基于这种现实，两者在后世讨论宋代杰出人物代表时往往会被一起提及，比如谢肇淛曾言：

---

① (清)钱彩编订，金丰增次．说岳全传[M]．北京：人民文学出版社，2014.

宋之人物，若王沂公、李文正、司马温公之相业，寇莱公、赵忠定之应变，韩魏公之德量，李纲、宗泽之拨乱，狄青、曹玮、岳飞、韩世忠之将略，程明道、朱晦庵之真儒，欧阳永叔、苏子瞻之文章，洪忠宣、文信国之忠义，皆灼无可议，而且有用于时者，其它瑕瑜不掩，盖难言之矣。①

上述将欧阳修和岳飞作为宋代英杰相提并论的做法，无疑会潜移默化促进两者故事的交叉融合。此外《说岳全传》作为世代累积型作品的成书方式也是促成两者交叉融合的一个重要因素。从创作时间的角度讲，世代累积型创作方式意味着作品成熟过程比较漫长，会辗转经过多个阶段；从作者角度讲，包括社会各个阶层，既有普罗大众，又有文人雅士；从内容来源角度讲，则既有官方正史，也有稗官野史。所有这些都意味着这类作品作为一个长期开放的故事系统，对各时代、各阶层的各种作品具有很强的消化吸收能力。欧阳修母亲“铺沙画荻”教子学字是母训故事里非常著名的一个，在民间具有极广泛的受众。笔者推测，其口耳相传过程中不可能不被岳飞故事众多创作者中的部分作者所知，这很可能会直接或者间接地对岳母教子习字故事产生影响。

总而言之，岳母教子故事体现了中华民族良好的家庭教育传统，它们构成了中华民族精神遗产的一部分，并在一定程度上可以解释岳飞尽忠报国人物性格形成的原因。我们认为，正是这种以儒家价值观为核心的家庭教育在岳飞心里埋下了儒家忠君爱国、兼济天下的种子，指引着他成长为心昭日月、德才兼备的千古名将。而如果要为岳飞子女身上体现出的美好品质寻根溯源的话，又似可从岳母教子故事里体现出的家风、家训文化中找到答案。

岳母教子诚然是母训文化中的一颗璀璨明珠，但我们也应对它的不完美保持一份清醒认识。在该故事流动不居的演变过程中折射出来的封

① (明)谢肇淛．五杂俎[M]．北京：中华书局，1959.

建社会女性对“母以子贵”自我价值实现方式的认可，以及对君权的过分推崇维护，皆体现出当时女性难以摆脱的生存困境与历史局限。

第三节　岳飞女儿银瓶故事的演变与文化内涵

银瓶相传为岳飞幼女，生于建炎三年，死于绍兴十一年，死时年仅13岁。死因据清代《岳鄂王年谱》引《金佗家谱》称，是在父亲岳飞蒙冤后欲向朝廷申诉，被皂隶所阻，悲愤不能自已而跳井。但《鄂国金佗稡编》里却没有相关记载，其真实性遂浮为历史疑云。银瓶是否真实存在的确是一个众说纷纭的话题。《随园随笔》《庭立记闻》《红杏山房闻见随笔》皆认为“安娘乃银瓶之姊也”，却没有给出有力证据，因此缺乏说服力。以朴学大师俞樾的《银瓶征》为代表，认为银瓶真实存在的主要理由是：“在宋时，即见纪载，当非子虚。”这是从时间上作出的推理。通常而言，记载时间越早，意味着离事情发生的时间越接近，对事情原貌的了解有可能越真实，然而也不能一概而论。因为虽然相关记录早在南宋即已出现，但却是出现在文人笔记中，笔记内容道听途说的芜杂性质往往导致所录之事真假难辨。检索同时代史书，并无关于银瓶的相关记载，由岳飞之孙岳珂撰写的《鄂国金佗稡编》里只提到岳飞有女儿安娘，然而从年纪和婚姻推断，安娘和银瓶绝非一人。恰如《倘湖樵书》质疑的那样：“孝宗初追复原官，以礼改葬。访求其后与录用子孙，襁褓以上皆官之。女少者候嫁则官其夫。武穆有女安娘，女夫高祚补承信郎。岳云女大娘，岳雷女三娘，候出嫁日，夫各与补进武校尉，则银瓶小姐殉孝，宁不经御旨追赠，而编中曾不一及之耶？”岳飞平冤昭雪后，朝廷对他的子孙颇为优待，女眷也概莫能外，这对岳家本是一件极为重要的事，这一切也被家族历史的观察者与记录者岳珂一并载入《金佗稡编》。然而纵观从朝廷恩赏到岳珂誊写记录的整个过程，银瓶均不见记载。不得不说，这样的做法有些匪夷所思，也有些不合情理。王曾瑜先生得出的银瓶属虚构形象的结论，很大程度上，也是依据这一点：“若真有此女，当宋孝宗为岳飞昭雪之后，岳霖等肯定要为此姐妹向朝廷申请追赠，而岳珂所编《鄂国金佗粹编》也肯定要表彰其姑母的贞烈。《鄂国金佗粹编》既无只字提及，可知“银瓶小姐”出于传说而无疑。”除了《倘湖樵书》对银瓶存在真实性的质疑，孙楷第先生也在《戏曲小说书录解题》里谈到《说岳全传》“迂谬”失实之处时，提出“银瓶小姐事”“自昔相传，差有依据。然要其大端，真伪混淆，徒为坊市之本悦俗人耳目”的看法。笔者对此颇为认同。由于找不到有力的支撑材料证明银瓶存在的真实性，逻辑上也因为种种漏洞而不能自恰，因此我们有理由推断银瓶是历史文学化产物，是悲剧英雄岳飞的拥趸们因为尊敬、同情岳飞而虚构出的一颗文学子卫星。

银瓶故事的真实性虽然长期被争论，但却丝毫不影响她成为岳飞故事体系的重要分支，事实证明她所具有的相对独立性与亘古不衰的生命力，着实为岳飞文化增色不少。进入20世纪70年代，潮剧中还出现过专以银瓶为主角的新编古代剧《岳银瓶》。进入21世纪，杭州市政府于西湖钱塘门重建风波亭时，还特地在亭旁重建纪念银瓶的“孝女井”。其影响力可见一斑。但遗憾的是，学界对银瓶的研究尚处在浮光掠影的浮泛层面，缺乏系统而深入有力的关照。针对这种研究现状，本文爬梳整理了银瓶故事在南宋、元、明、清的文本流传情况，在此基础上对银瓶故事流变的过程进行归纳分析，并解读故事在增删挪移过程中不断叠加的文化意蕴，最后将其置于岳飞故事的总体流变中，揭示对构建岳飞英雄形象的独特意义。

一、银瓶故事的文本流传

银瓶在文献中的第一次明确记载出现在南宋周密的笔记《癸辛杂识》续集卷下《银瓶娘子签》条目中。元代故事则主要集中于《银瓶小娘辞》《银瓶女》等诗歌作品里。银瓶开始与精卫填海、缇萦救父等典故相提并论。明代记录银瓶故事的不仅仅有雅文学，比如《五清集》《姜蓉诗话》，更有俗文学，如《大宋中兴通俗演义》《精忠记》《精忠旗》等。此时由于银瓶故事影响力增大，“孝”主题进一步突出，银瓶又被称为“孝娥”，随之出现了有趣的文学历史化现象：有人将传说中银瓶殉孝的那口井称为“孝娥井”加以纪念。这个现象随后又兜兜转转重返文学视野，成为文学作品。于是也就有了明代刘瑞的《孝娥井辞》：“天柱绝，日为月，祸忠烈，奸桧孽。娥痛父冤冤莫雪，赴井抱瓶泉化血。血如霓，愤如铁，曹江之娥符尔节。噫嘻！井可竭，名不可灭。”到了清代，《庭立记闻》《随园随笔》《湖壖杂记》《红杏山房闻见随笔》《岳鄂王年谱》等文献，或录入前人诗文，或转述相关传说，继续以不同形式促进银瓶故事传播。其中《说岳全传》尤为值得注意，该书是以往银瓶故事的集大成。然而银瓶形象并未就此完全定型，以《岳家庄》为代表的戏剧在《说岳全传》第四十回框架基础上旁逸斜出，将银瓶故事推向了一个新的高度。

二、银瓶故事的文化内涵

（一）宋代：民间信仰视域下的科举制度与签占结缘

“岳飞女儿”身份与“以死殉孝”的孝女行迹是银瓶故事的底色，所有后世演绎生发都据此而来。据黄梅《岳氏宗谱》《岳飞史迹考》记载，宋孝宗景定二年（1261 年）岳银瓶被敕封为“至一正烈节女，清源妙行，仙宫通灵显圣银瓶娘子”。由此可见，早在南宋时期银瓶已经完成由人而神的转化。此后银瓶一直在民间信仰领域为人所崇拜。如元世祖至元十三年（1276 年）朝廷在西湖书院西庑设银瓶像，俗称“银瓶娘子庙”。明清时期银瓶仍然是民间信仰中香火旺盛、为人祭拜的女神，据《西村集》里面《记银瓶祠、紫阳庵、三茅观九》一文记载：“……共往游银瓶圣女祠。祠故岳鄂王所居也，王遭诬时，家属俱徙岭南，惟女抱银瓶坠井死。杭人义而祀之，迄今香火犹盛，岂其贞烈之性死而犹灵欤？徘徊顾叹共举酒酹之……”。周密《癸辛杂识》中也有银瓶祭祀现象的记载：“太学忠文庙，相传为岳武穆王，并祠银瓶娘子”，需要注意的是，周密的记载还告诉了我们另一个有趣现象：银瓶形象被用于科举占卜。

“其签文与天竺一同。如‘门里心肝卦’，私试得之必中，盖私试摘挂于中门内故也。如‘飞鸿落羽毛’，解试得之者必中，以鸿中箭，则羽毛落。”①由上文来看，《银瓶娘子签》的签文相当于《天竺灵签》，从现存的《天竺灵签》第24首和第66首中也能找到上文提及的“门里心肝卦”及“飞鸿落羽毛”，它们皆可用于占卜科举吉凶。

签占文化源远流长，可上溯至甲骨卜辞、《周易》占卜。作为一种古老的占卜方式，往往采用竹签、签筒等工具随机性选取带有神秘预卜未来性质的诗歌、图画来预测祸福吉凶。据林国平教授考察，中国至迟到宋代科举制度就与签占紧密结合了。这是宋代科举制度竞争压力增大和文人士子渴望榜上有名、求胜心切的心理倾向双重作用的结果。通常而言，签占中所取的神祇是人类所信服、崇拜的，例如观音菩萨、关圣帝、月下老人、城隍、吕洞宾、土地神等。银瓶能够加入这个行列受到人们肯定，其实是银瓶以死殉孝故事内核迎合了儒家“崇德”伦理价值取向的结果。所谓“崇德”即是对道德品质的推崇与尊重，这是儒家的思想基础。孔子提出：“弟子入则孝，出则悌，谨而信，泛爱众，而亲仁。”孟子提出：“生，亦我所欲也，义，亦我所欲也。二者不可兼得，舍生而取义者也。”这些逐渐都成为封建社会的金科玉律。银瓶因为恸父冤而投井的行为使她当之无愧成为烈女、孝女，她的死是对公平正义的追求、对黑暗现实的控诉，体现出美好高贵的品德，因此受到尊敬爱戴，并从普通的女孩形象升级为女神，正是女神的祥瑞色彩和威仪神格使得她可以被应用于科举占卜领域。

(二)元代：异族统治下的孝女形象提升

至元代随着文体版图的扩张，银瓶故事从笔记跨入诗歌，这些作品无不歌颂了银瓶以死殉孝的悲壮行为，并出现了把她和精卫、缇萦典故

① 王德保，岳朝军．文渊阁四库全书岳飞资料汇编[M]．北京：中国社会科学出版社，2015.

并置的新现象。杨维桢《银瓶女》写道："岳家父，国之城；秦家奴，城之倾。皇天不灵，杀我父与兄。嗟我银瓶为我父，缇萦生不赎父死，不如无生。千尺井，一尺瓶，瓶中之水精卫鸣。"精卫是炎帝之少女，名曰"女娃"，"女娃游于东海，溺而不返，故为精卫。常衔西山之木石，以堙于东海"。① 这则神话抗争与复仇意味浓厚，结合银瓶的遭遇、岳飞为奸臣所害的史实和诗歌中"秦家奴，城之倾"对奸臣误国现象的抨击，可知银瓶可与精卫对应，吞噬精卫的大海可以与杀害岳飞的秦桧对应，银瓶和精卫的相似之处在于都孤注一掷反击邪恶势力。此外，这首诗把银瓶和缇萦相提并论，这种现象也出现在元代诗人王逢笔下。在《银瓶娘子辞》里面，他写道："苍梧月落乌号霜，寒泉幽凝金井床。绮疏光流大星白，梦惊万里长城亡。女郎报父收囹圄，匍匐将身赎无所。官家圣明如汉主，妾心愧死缇萦女。井临交衢下通海，海枯衢迁井不改。银瓶同沉意有在，万岁千春露神采。魂今归来风泠然，思陵无树容啼鹃，先王墓木西湖边。"《史记·扁鹊仓公列传》载："文帝四年中，人上书言淳于意受赂，以刑罪当传，西之长安。意有五女，随而泣。意怒，骂曰：'生子不生男，缓急无可使者！'于是少女缇萦伤父之言，乃随父西。上书曰：'妾父为吏，齐中称其廉平，今坐法当刑，妾切痛死者不可复生，而刑者不可复续，岁欲改过自新，其路莫由。妾愿入身为官婢，以赎父刑罪，使得改行自新也。'上闻而悯其意，此岁即除肉刑法。"②缇萦舍己救父的勇气与智慧改变了皇帝心意，帮助父亲化险为夷、转危为安，是不让须眉的女性形象，正如班固所赞叹的那样："百男何愦愦，不如一缇萦。"银瓶因恸父冤而沉井，体现出对父亲的尊敬、维护，这与缇萦何其相似！正因如此，很容易激发诗人的审美联想，将银瓶与缇萦、精卫相提并论。这无疑对银瓶形象的提升具有积极意义。

银瓶故事之所以能够在异族统治的元代受到肯定，很重要的一个原

① 袁珂．山海经校注(增补修订本)[M]．成都：巴蜀书社，1993.

② 司马迁撰，裴骃集解，司马贞索引，张守节正义．史记二十四史点校本[M]．北京：中华书局，2013.

因在于它的精神内核顺应了当时重视孝道的时代潮流。元代异族统治的事实与汉族人浓重的“夷夏之别”观念虽有冲突，但为了维护统治稳定、安抚汉人，元人在汉文化面前做出了让步，他们采取“汉法”治理天下，汉人“以孝治天下”的文化传统也顺理成章地为他们所接受。回眸元代历史，我们会发现，官方统治者采取了一系列手段宣扬孝道，诸如旌表孝节、加封“孝神”等；而汉族文人士大夫本身所具有的维护儒家传统文化的本能欲望也起到推波助澜的作用。比如写下《银瓶女》的杨惟桢在《正统辨》里曾言：“道统者，治统之所在也。尧以是传之舜，舜以是传之禹、汤，禹、汤传之文、武、周公、孔子。孔子没，几不得其传百有余年，而孟子传焉。孟子没，又几不得其传千有余年，而濂、洛、周、程诸子传焉。及乎中立杨氏，而吾道南矣。既而宋亦南渡矣，杨氏之传，为豫章罗氏、延平李氏，及于新安朱子。朱子没，而其传及我朝许文正公。此历代道统之原委也。然则道统不在辽金而在宋，在宋而后及于我朝，君子可以观治统之所在矣。”这颇能代表汉人维护儒家道统的强烈意识，也能对统治者肯定孝文化产生一定触动和影响。正是在这种有助于孝文化生长的环境里，吴澄的《孝经定本》、董鼎的《孝经大义》、朱申的《孝经句解》、贯云石的《孝经直解》、郭居敬的《二十四孝》才能够如雨后春笋般出现。在这种氛围里，银瓶故事以“孝”文化意蕴赢得热情讴歌也就成为一件自然而然的事。

此外，银瓶形象得到美饰和元人对岳飞的推崇也是分不开的，换句话说，元代岳飞形象的不断提升是推动银瓶地位提高的另一个重要因素。元人对岳飞持怎样一种态度？翻阅《宋史》，我们可以感受到统治者对岳飞的重视与肯定：“论曰：西汉而下，若韩、彭、绛、灌之为将，代不乏人，求其文武全器、仁智并施如宋岳飞者，一代岂多见哉！”①元代不仅修史时特别尊重、同情岳飞，而且在保护岳飞坟墓与遗迹方面也做得不错。前面章节我们引述过陶宗仪《南村辍耕录》对岳庙

① (元)脱脱等．宋史[M]．北京：中华书局，1977.

兴废过程的记载，在此不再赘述。从这个记载里，我们能够清晰看到元朝上至朝廷、下至地方各个阶层对岳飞的尊重。这种现象在元代戏剧里也有所反映。比如元杂剧《宋大将岳飞精忠》打破了宋代"新话说张、韩、刘、岳"的中兴四将排序，以众星拱月之势全力塑造岳飞，突出他的贡献。剧中岳飞虽是地位不高的一名小将，却被委以重任，"领兵十万"。再如元人迺贤在《岳坟行》里评价他："岳王烈烈真丈夫，材兼文武唐汉无。"杨维桢在《岳鄂王歌》评价他："生兮人之英，死兮厉之灵。"牟景阳在诗歌里面感慨："天赞中兴第一功，如何主暗与臣庸。"此类作品不胜枚举，侧面可以证明元代人对岳飞是颇为欣赏赞叹的。前面我们提到过，银瓶极有可能是基于人们对岳飞的拥戴而幻化出的文学形象。这也意味着，银瓶因为岳飞而得以存在，她的生命扎根在岳飞故事的土壤，人们对岳飞的态度势必会影响到对她的看法。当岳飞形象乘着时代的巨风昂扬向上，银瓶也必然随之振翅起飞。一言以蔽之，岳飞形象的提升对银瓶形象的变化有着巨大的牵引力。

（三）明清：女性独立平等意识进一步觉醒

明清时期随着通俗文学的繁荣，银瓶故事有了新的载体。该时期是银瓶故事有破有立的异变阶段。一方面，有的作品新壶里装旧酒，承袭了过去银瓶投井的传统故事情节，写银瓶见到父亲蒙冤而死自己却无能为力，于是一死了之，以《大宋中兴通俗演义》第六十七回《何铸复使如金国》为代表。另一方面，银瓶形象开始从女孩、女神向女将方向转变。这种变化并非一步完成，而是以《精忠旗》导夫先路，此时的银瓶虽然行止囿于闺阁，但思想上却流露出可贵的女性独立、平等意识。《精忠旗》中的银瓶不仅仅为父亲亲手缝制战袍、支持父亲杀敌护国，而且流露出对花木兰的艳羡向往："奴家银瓶，虽是女流，常闻父训。每阅《列女传》，最喜他几个有志气的妇人；若读古今书，羞杀那一班没须眉的男子。近见金兵犯阙，主上蒙尘，恨头顶上失错带了这顶冠儿；又见奸佞盈廷，内外扞格，悔粉脸儿不即变成一个铁面。我想木兰是个村家女，换了一双脚儿便替却父亲；缇萦长在闺阃中，写了几行字儿，也感动天子。可见信得此心过，何难去为国为家；办得念头真，分什么是男是女！”①

这段唱词为银瓶增添了几许巾帼不让须眉的勃勃生机，也可视为当时女性自由平等意识的萌芽。李贽等人支持男女平等、肯定情欲、张扬个性的进步言论助推了明代中后期开放的社会风气的形成，或许对银瓶的这种变化带来了潜移默化影响。此外明末内忧外患的政局让很多无力于改变社会现实的知识分子忧心如焚，他们惭愧自己身为男儿却不能保家卫国的同时，开始重新审视那些能够金戈铁马、驰骋战场、不让须眉的女子。这种呼唤、欣赏英雄，同样也呼唤、欣赏女英雄的环境为银瓶悄然转型铺垫了道路。

到了清代末期，道光年间产生的京剧《岳家庄》意味着银瓶女将形象转化的正式完成。该文本事出自《说岳全传》第四十回原有《杀番兵岳云保家属赠赤兔关铃结义兄》。写金兀术与岳飞对阵牛头山，军师献计，打算利用岳飞的孝心，以家属作人质迫使岳飞投降，金兀术采纳了这个建议，派元帅薛礼花豹、牙将张兆奴领兵五千去捉拿岳飞母亲。面对金人袭击，岳云满怀信心、挺身而出，披着衣甲，提着双锤，出阵迎敌，大败金兵，维护了家宅安宁。整个作战过程，不见银瓶。《岳家庄》则改写为银瓶与岳云共同出战击退金兵。这意味着银瓶终于成长为一个真正意志坚定、保家卫国的坚强女性：

(小旦)：哎呀祖母吓(唱摇板)儿虽是女流辈蒙父教道，间习学枪和剑，用在一朝。金兵到，儿岂肯惧怕逃走，祖母母亲吓，番邦贼，笑我家少智无谋。

(正旦摇板)：你父帅，牛头山，必丧贼手。大宋帝沦落在浅

① (明)冯梦龙，魏同贤．墨憨斋定本传奇·冯梦龙全集(第11册)[M]．南京：凤凰出版社，2007.

水滩头。两军阵，交锋时，虎羊争斗，儿吓，怎比得，何阳女，木兰多姣。……

(小旦)：兄弟有此胆量，为姐助你一阵。……

(小旦)：奴岂容胡蛮贼，任意猖狂。

(小旦)：且看我，姐和弟斩将擒王。①

戏剧最后，银瓶与岳云联手杀死敌人首领薛礼花豹和张兆奴，击退了金兵，保卫了家寨安宁。在这个文本中，如果说老旦的唱词代表了儒家传统文化对女子社会角色的限定，那么银瓶的唱词体现出的英雄气概与飒爽身姿则是对传统文化的挑战和逆袭。银瓶在这部戏剧中认为女性照样可以和男性一样"习学枪和剑"，她和岳云一起驰骋沙场，这些实际上都是明清女性独立意识进步的文化缩影。银瓶在《岳家庄》里摇身一变成为助战岳云、征战沙场的铁娘子，意味着孝女—女神—女将三重转变的正式完成。同时代的《湖壖杂记》等文本还记录了有人因为银瓶是女流而主张移出岳庙，由此激怒神灵将其杀死的情节，这其实也可视为女性独立平等意识的另一种表现。

银瓶何以在清代能从封建淑女转化为征战沙场的铁娘子形象？究其原因，一方面得益于兵戎文化与女性文化结合的悠久传统为这种巧妙转型提供了借鉴。西蒙·波伏娃曾言："女人，不是天生的，而是变成的。"自原始社会进入封建社会后，女性地位开始大幅滑落，父系社会长期试图用各种观念束缚女性自然天性的健康发展与对自我的全面认知。董仲舒《春秋繁露》提出："丈夫虽贱，皆为阳，妇人虽贵，皆为阴。"②"阳贵而阴贱，天之制也。"③这些观念经过父系社会政治力量的推动，内化成中国古代女子的行为准则与价值体系，造成了长期"男尊女卑"、重男轻女的性别格局。但这并不意味着所有女子与兵戎文化绝

① 戏考大全[M]. 上海：上海书店，1990.

② 苏舆. 春秋繁露义证[M]. 北京：中华书局，1992.

③ 苏舆. 春秋繁露义证[M]. 北京：中华书局，1992.

缘。在封建社会，花木兰、李波小妹、穆桂英、梁红玉、秦良玉为代表的女将故事仍然是女性与兵戎文化结合结出的硕果。她们驰骋沙场、不让须眉的先锋姿态虽然从存在的数量上说属于小众，但却深深为大众所接纳、喜爱。

另一方面，也和时代环境有关。进入清代，满族统治天下，满族女性长期以来有与男性一起参与渔猎、牧业、农耕、征战等社会活动的传统习惯，且不受儒家思想束缚，她们“执鞭驰马，无异于男”的形象特征在民族大融合过程中会带给中原地区原有的社会观念和民族文化冲击与震荡。此外清代大兴女教也是一个不可不提的因素，随着女子艺术潜能的挖掘与文学修养的提高，女性文学家与女性文学作品大量涌现且数量远超以往各代，于是女性才华相较以往得到了更加全方位的关注，这会间接影响到人们对女性形象的审视与塑造。反映到文学作品里，则体现为对一大批巾帼英雄进行浓墨重彩的描绘。这在《五虎平南演义》《说唐三传》《兰花梦》为代表的一大批长篇通俗文学作品中都有所体现。这些作品中的女将勇气、才能常常与男性持平，甚至凌驾于男子之上，行为决断少了一份传统女性的柔弱特征，多了一份男性的果敢英毅之气和心怀天下的胸襟视野。“男治外事，女治内事”的书写传统由此被进一步打破。这种文化景观在清代颇为壮阔，会有意无意地为银瓶形象转型带来刺激与灵感。

余　论

银瓶形象的丰富发展、情节的增删变化随着时间的推移而消长起伏，忠孝是其永恒的价值追求。作为岳飞故事的一颗子卫星，她对构筑岳飞这个核心人物具有不容小觑的积极意义。

中国自古就有重视家教、家风的优良传统，在家庭中，父母行为会对子女人生观、价值观的形成带来巨大影响。如果一个人的父母正直严明，他们的子女往往会受到熏陶浸染；如果父母不能以身作则，就容易

“上梁不正下梁歪”，引导子女误入歧途。反过来，如果子女深明大义，民众也往往乐于将之归功于与父母的培养教育。因此一定程度上，子女的良好行为是反映其父母精神风貌、家庭氛围的一面镜子，是家庭伦理和家庭美德的集中展现。而银瓶的意义也正在于此。《湖壖杂纪》曾评价银瓶，“忠孝一门，有是父当有是女”。银瓶的优良品质是岳飞教子有方的一个侧面反映，是岳飞家族名将家风的完美展现，而这种良好的家风建设则体现了岳飞的“齐家”能力。《大学》载：“古之欲明明德于天下者，先治其国，欲治其家者，先修其身。”①“修身、齐家、治国、平天下”是儒家由内而外、由小及大的人生理想，也是一个杰出儒将应有的必备素质。银瓶作为岳飞女儿，她的忠孝之举显然和岳飞平日对她的影响以及岳氏家族忠孝满门的家庭氛围难以割裂。可以说，银瓶故事是岳飞“齐家”能力的一个有力注解，岳飞忠君爱国的儒将形象由此得到巩固与提升，银瓶之于岳飞英雄形象塑造的意义与贡献也正在于此。

① (南宋)朱熹．四书章句集注[M]．北京：中华书局，1983.

结　　语

从岳飞故事的演变轨迹来看，岳飞故事总体上经历了从历史到文学的转变。早期的岳飞故事主要集中于史书当中，历史书通常是要以“求真”为终极追求的，但由于受到政治局面、民族情感、史料存佚状况等诸多因素的影响，呈现出了一些不实的色彩，这意味着历史书写过程本身也蕴含着夸张、虚构、想象等文学要素。随着笔记、小说、戏曲、诗歌、绘画等文本形态的不断发展与融入，岳飞故事的文学化历程不断加快，最终实现了由历史人物向文学人物的转化。

从纵向上看，岳飞故事横跨南宋、元、明、清几个阶段。这几个阶段的岳飞故事具有很强的时代承袭性和创新性。南宋是岳飞故事文学化历程的起步阶段，大量后来耳熟能详的人物和情节单元在南宋已经出现。元代是岳飞故事文学化的飞跃阶段，一方面承接了南宋岳飞故事的创作成果，这意味着有的情节和人物在前代有迹可循；另一方面，另辟蹊径，大胆加工创作，为后世提供了许多新人物、新情节。明清是岳飞故事的繁荣阶段，该阶段岳飞故事进一步摆脱了历史书写的限制和束缚，人物形象进一步异变，故事情节更加多元，文体进一步多样化，这对扩大岳飞故事体系的规模、提升岳飞故事的质量都有不容小觑的积极意义。

从横向上看，爱国、忠奸斗争、儒将、民间信仰、家庭教育几个文化单元基本涵盖了岳飞故事的大部分内容。需要注意的是，不同故事主题与文化单元之间的岳飞故事不是孤立、割裂的关系，在整个发展过程里，它们始终彼此碰撞、相互交融，将岳飞文化连接成一张多种要素相互勾连的巨大网络，在互动过程中不断向前发展。

总体上看，岳飞故事的演进过程并不是风平浪静、一帆风顺的，它的发展轨迹起起伏伏、波波折折，与政治、信仰、社会思潮、士人心态、审美观念等要素交织在一起，承载着丰富的文化内涵。对于各个要素而言，我们需要认识到，它们对促进岳飞故事的发展变化所起的作用是不均衡的。政治要素在诸多要素中始终是影响岳飞故事发展变化的首要要素和核心要素，它带动着其他要素发生变化。南宋时期，正是因为岳飞在内忧外患却又重文轻武的政局里失去了统治者的信任，才功败垂成、蒙冤受屈，从功臣转为罪臣。又同样是因为政局变动，高宗退位、孝宗登基，岳飞才逐渐得到平冤昭雪，实现了罪臣形象向功臣形象的转变。这种政治形象的转变也带动了他民间信仰形象的转化，他开始从民间偷偷祭祀的神灵转变为正祀之神。此外，由于金人的入侵加剧了民族矛盾，面对这一现实，人们对岳飞精忠护国的爱国形象与传奇故事津津乐道，这也促进了岳飞爱国英雄形象的深入人心。到了元代，异族统治是政治上的一大特色，蒙古人和金人的民族关系，蒙古人学习中原文化、推崇儒家的心态，使得岳飞故事在政治压力较小的环境里进一步异变，从南宋时期的“中兴四将”之末跃居为抗金功绩第一的爱国英雄形象。这种对岳飞的重视与尊敬的态度也使得岳飞信仰受到较好的保护与传承。此外元代异族统治的政局影响了士人心态，促使他们在岳飞身上投射出“功名纸半张”的空幻意识。明代内外交困、边境扰攘的政治局面和“土木堡之变”，都刺激了岳飞故事的再度繁荣，岳飞神形象也随着官方的大力推崇而得到拔高，得以与关羽共同进入武庙。而明代官场腐败、奸臣误国现象时有发生，是此时政治局面里的另一个引人注目的社会现象，这也带动了岳飞忠奸斗争主题发生异变。与此同时，该时期市民阶层的崛起、文体的丰富、尚俗的旨趣也为岳飞故事注入了活力。到了清代，异族统治者因为身份的敏感而对岳飞采取抑采并施策略，于是，这使得岳飞民间信仰之神的地位出现了波动，关羽信仰的发展势头进一步超越岳飞信仰。另外，由于改朝换代的政局变动使得士人们强烈渴望出现拯救世界的超级英雄，这使得翻案戏大盛。综上所述，我们可以看到，政治要素的确是影响岳飞故事变化发展的核心要素，该要素的变动会带动士人心态、社会思潮、审美趣味等其他要素发生一系列变化，当这些要素共同作用于岳飞故事，岳飞故事就会催生出新的面貌。

参 考 文 献

一、古籍及整理本

[1]袁珂．山海经校注(增补修订本)[M]．成都：巴蜀书社，1993.
[2]管子著，李山译注．管子[M]．北京：中华书局，2009.
[3]苏舆．春秋繁露义证[M]．北京：中华书局，1992.
[4]司马迁撰，裴骃集解，司马贞索引，张守节正义．史记二十四史点校本[M]．北京：中华书局，2013.
[5]班固．汉书[M]．北京：中华书局，1962.
[6]陈寿，裴松之．三国志[M]．北京：中华书局，1959.
[7]李心传．建炎以来系年要录[M]．北京：中华书局，1956.
[8]岳珂．桯史[M]．北京：中华书局，1981.
[9]徐梦莘．三朝北盟会编[M]．上海：上海古籍出版社，1987.
[10]周密．癸辛杂识[M]．北京：中华书局，1988.
[11]罗烨．醉翁谈录[M]．上海：古典文学出版社，1957.
[12]陆游．老学庵笔记[M]．北京：中华书局，1997.
[13]黎靖德．朱子语类[M]．北京：中华书局，1986.
[14]吴自牧．梦粱录．东京梦华录(外四种)[M]．北京：文化艺术出版社，1998.
[15]洪迈撰，何卓点校．夷坚志[M]．北京：中华书局，2016.
[16]干宝撰，汪绍楹校注．搜神记[M]．北京：中华书局，1985.

[17]释道世．法苑珠林[M]．上海：商务印书馆，影印明径山寺刊本，1929.
[18]朱熹．四书章句集注[M]．北京：中华书局，1983.
[19]曾敏行．独醒杂志[M]．上海：上海古籍出版社，1986.
[20]王明清．玉照新志[M]．上海：上海古籍出版社，1991.
[21]脱脱等．金史[M]．北京：中华书局，2000.
[22]脱脱等．宋史[M]．北京：中华书局，1977.
[23]钟嗣成．录鬼簿[M]．上海：上海古籍出版社，1978.
[24]熊大木．大宋中兴通俗演义[M]．北京：中国文史出版社，2003.
[25]冯梦龙著，魏同贤编．冯梦龙全集[M]．南京：凤凰出版社，2007.
[26]谢肇淛．五杂俎[M]．北京：中华书局，1959.
[27]郎瑛．七修类稿[M]．上海：上海书店出版社，2001.
[28]沈德符．万历野获编(元明史料笔记丛刊)[M]．北京：中华书局，1959.
[29]姚茂良．精忠记[M]．北京：中华书局，1959.
[30]静啸斋主人著，李前程点校．西游补校注[M]．北京：昆仑出版社，2011.
[31]沈泰，邹式金．盛明杂剧[M]．北京：中国戏剧出版社，1958.
[32]赵弼．效颦集[M]．北京：古典文学出版社，1957.
[33]赵翼．陔馀丛考[M]．北京：中华书局，1963.
[34]宋濂等．元史[M]．北京：中华书局，1976.
[35]丁耀亢．金瓶梅续书三种[M]．济南：齐鲁书社，1988.
[36]雍正编纂，张万钧、薛予生编．大义觉迷录[M]．北京：中国城市出版社，1999.
[37]周颖芳．精忠传弹词[M]．上海：商务印书馆，1931.
[38]褚人获．坚瓠集[M]．上海：上海古籍出版社，2012.
[39]谷应泰．明史纪事本末[M]．北京：中华书局，1977.
[40]钱彩，金丰．说岳全传[M]．北京：人民文学出版社，2014.

[41]丁传靖．宋人轶事汇编[M]．北京：中华书局，1981.
[42]青莲室主人辑．后水浒传[M]．沈阳：春风文艺出版社，1981.
[43]岳珂编，王曾瑜校注．鄂国金佗稡编续编校注[M]．北京：中华书局，1989.
[44]焦循著，韦明铧点校．焦循论曲三种：剧说·花部农谭·易馀曲录[M]．扬州：广陵书社，2008.
[45]刘烈茂．车王府曲本[M]．沈阳：春风文艺出版社，1999.
[46]钱艾选等．精忠小志[M]．台北：台湾"商务印书馆"，1973.
[47]涂秀虹点校．精忠录[M]．上海：上海古籍出版社，2014.
[48]傅炳熙，傅乃芹．宋元明清咏岳飞广辑[M]．郑州：中州古籍出版社，2015.
[49]《古本戏曲丛刊》编辑委员会．古本戏曲丛刊初集[M]．上海：商务印书馆影印本，1954.
[50]《古本戏曲丛刊》编辑委员会．古本戏曲丛刊二集[M]．上海：商务印书馆影印本，1955.
[51]《古本戏曲丛刊》编辑委员会．古本戏曲丛刊三集[M]．上海：文学古籍刊行社本，1957.
[52]《古本戏曲丛刊》编辑委员会．古本戏曲丛刊四集[M]．上海：商务印书馆影印本，1958.
[53]《古本戏曲丛刊》编辑委员会．古本戏曲丛刊五集[M]．上海：上海古籍出版社本，1986.
[54]王季烈编校．孤本元明杂剧[M]．北京：中国戏剧出版社，1957.
[55]王季思主编．全元戏曲[M]．北京：人民文学出版社，1990.
[56]上海书店编辑部．戏考大全[M]．上海：上海书店，1990.
[57]杜颖陶，俞芸．岳飞故事戏曲说唱集[M]．上海：上海古籍出版社，1985.
[58]王德保，岳朝军．文渊阁四库全书岳飞资料汇编[M]．中国社会科学出版社，2015.

[50]岳飞撰，郭光辑注．岳飞集辑注[M]．郑州：中州古籍出版社，1997.
[60]宁希元校点．元刊杂剧三十种新校[M]．兰州：兰州大学出版社，1988.
[61]殷时学等编．岳飞庙志[M]．郑州：中州古籍出版社，2007.
[62]王学斌编．河西宝卷集粹[M]．北京：中国人民出版社，2010.
[63]康有为．大同书[M]．北京：华夏出版社，2002.
[64]李福清辑，李平编．海外孤本晚明戏剧选集三种[M]．上海：上海古籍出版社，1993.

二、论著类

[1]么书仪．元代文人心态[M]．北京：文化艺术出版社，1993.
[2]么书仪．元人杂剧与元代社会[M]．北京：北京大学出版社，1997.
[3]朱一玄，宁稼雨，陈桂声．中国古代小说总目提要[M]．北京：人民文学出版社，2005.
[4]宁稼雨．中国文言小说总目提要[M]．济南：齐鲁书社，1996.
[5]王森然．中国剧目辞典[M]．石家庄：河北教育出版社，1997.
[6]李修生．古本戏曲剧目提要[M]．北京：文化艺术出版社，1997.
[7]朱海滨．祭祀政策与民间信仰变迁——近世浙江民间信仰研究[M]．上海：复旦大学出版社，2008.
[8]朱一玄、朱天吉．明清小说资料选编[M]．天津：南开大学出版社，2006.
[9]王曾瑜．岳飞和南宋前期政治与军事研究[M]．开封：河南大学出版社，2002.
[10]邱兴跃．明代儒学的世俗化与民间文化心理研究：以明代白话通俗小说为中心[M]．成都：西南交通大学出版社，2013.
[11]庆振轩．河西宝卷与敦煌文学研究[M]．北京：人民出版社，2012.
[12]孙康宜，宇文所安．剑桥中国文学史[M]．北京：生活·读书·新

知三联书店，2013.
[13]庄一弗．古典戏曲存目汇考[M]．上海：上海古籍出版社，1982.
[14]刘世德．中国古代小说百科全书[M]．北京：中国大百科全书出版社，1998.
[15]郭学信．宋代士大夫文化品格与心态[M]．天津：天津人民出版社，1997.
[16]郭英德．明清文人传奇研究[M]．北京：北京师范大学出版社，1992.
[17]郭英德．元杂剧与元代社会[M]．北京：北京师范大学出版社，1996.
[18]郭英德．明清传奇综录[M]．石家庄：河北教育出版社，1997.
[19]黄仕忠，李芳，关瑾华．新编子弟书总目[M]．桂林：广西师范大学出版社，2012.
[20]陈建宪．神祇与英雄[M]．北京：三联书店，1994.
[21]陈美林．章回小说史[M]．杭州：浙江古籍出版社，1998.
[22]陈汝衡．宋代说书史[M]．上海：上海文艺出版社，1979.
[23]陈望衡．中国美学史[M]．北京：人民出版社，2005.
[24]韩酉山．秦桧研究[M]．北京：人民出版社，2008.
[25]刘守华．故事学纲要[M]．武汉：华中师范大学出版社，2006.
[26]申丹．叙述学与小说文体学研究[M]．北京：北京大学出版社，1998.
[27]董上德．古代戏曲小说叙事研究[M]．广州：广东高等教育出版社，2002.
[28]邓广铭．岳飞传[M]．北京：人民出版社，1983.
[29]纪德君．中国历史小说的艺术流变[M]．北京：中国社会科学出版社，2002.
[30]齐裕焜．明代小说史[M]．杭州：浙江古籍出版社，1997.
[31]齐涛主编，郑士有．中国民俗通志·信仰志[M]．济南：山东教育

出版社，2005.
[32]费孝通著，刘豪兴编．乡土中国[M]. 上海：上海人民出版社，2007.
[33]顾颉刚．顾颉刚古史论文集[M]. 北京：中华书局，2010.
[34]龚延明．岳飞评传[M]. 南京：南京大学出版社，2001.
[35]楚渔主编．走上神坛的岳飞[M]. 北京：人民武警出版社，2009.
[36]郑振铎．中国文学研究[M]. 北京：人民文学出版社，2000.
[37]郑振铎．插图本中国文学史[M]. 上海：上海人民出版社，2005.
[38]郑士有，王贤淼．中国城隍信仰[M]. 上海：上海三联书店，1994.
[39]钱穆．中国历代政治得失[M]. 北京：生活·读书·新知三联书店，2001.
[40]钱穆．国史大纲[M]. 北京：商务印书馆，2010.
[41]钱锺书．管锥编(第2版)[M]. 北京：生活·读书·新知三联书店，2007.
[42]余英时．士与中国文化[M]. 上海：上海人民出版社，2003.
[43]刘叶秋，朱一玄编．《中国古典小说大词典》[M]. 石家庄：河北人民出版社，1998.
[45]刘魁立．刘魁立民俗学论文集[M]. 上海：上海文艺出版社，1998.
[46]陈洪．中国小说理论史(修订本)[M]. 天津：天津教育出版社，2005.
[47]陈洪．结缘：文学与宗教[M]. 北京：北京师范大学出版社，2009.
[48]陈大康．明代小说史[M]. 北京：人民文学出版社，2007.
[49]陈颖．中国英雄侠义小说通史[M]. 南京：江苏教育出版社，1998.
[50]陈来．宋明理学[M]. 北京：生活·读书·新知三联书店，2011.
[51]陈鹏翔主编，主题学研究论文集[M]. 台北：东大图书股份有限公司，2004.
[52]陈文新．文言小说审美发展史[M]. 武汉：武汉大学出版社，2002.
[53]蔡毅．中国古典戏曲序跋汇编[M]. 济南：齐鲁书社，1989.
[54]程国赋．明代书坊与小说研究[M]. 北京：中华书局，2008.

[55]程毅中辑注．宋元小说家话本集[M]．济南：齐鲁书社，2000.
[56]陈允吉．佛教与中国文学论稿[M]．上海：上海古籍出版社，2010.
[57]车锡伦编．中国宝卷总目[M]．北京：北京燕山出版社，2000.
[58]傅惜华．元代杂剧全目[M]．北京：作家出版社，1957.
[59]傅惜华．明代杂剧全目[M]．北京：作家出版社，1958.
[60]傅惜华．明代传奇全目[M]．北京：人民文学出版社，1959.
[61]傅惜华．清代杂剧全目[M]．北京：人民文学出版社，1981.
[62]丁锡根．中国古代小说序跋集[M]．北京：人民文学出版杜，1996.
[63]董国炎．明清小说思潮[M]．太原：山西人民出版社，2004.
[64]李安．岳飞史事研究[M]．台北：台湾"商务印书馆"，1977.
[65]李安．岳飞史迹考[M]．台北：正中书局，1970.
[66]李安．岳飞史事研究续集[M]．台北：台湾"商务印书馆"，1987.
[67]赵世瑜．狂欢与日常——明清以来的庙会与民间社会[M]．北京：生活·读书·新知三联书店，2002.
[68]马积高．清代学术思想的变迁与文学[M]．长沙：湖南人民出版社，2002.
[69]江苏社科院明清小说研究中心、江苏省社科院文研所编．中国通俗小说总目提要[M]．北京：中国文联出版公司，1990.
[70]金克木．文化的解说[M]．北京：中国人民大学出版社，2007.
[71]居阅时，翟明安．中国象征文化[M]．上海：上海人民出版社，2001.
[72]傅惜华编．北京传统曲艺总录[M]．北京：中华书局，1962.
[73]宁宗一等编．元杂剧研究概述[M]．天津：天津教育出版社，1987.
[74]岳飞研究会选编．岳飞研究(第一辑)[M]．杭州：浙江古籍出版社，1987.
[75]岳飞研究会选编．岳飞研究(第二辑)[M]．北京：中华书局，1989.
[76]岳飞研究会选编．岳飞研究(第三辑)[M]．北京：中华书局，1992．
[77]岳飞研究会选编．岳飞研究(第四辑)[M]．北京：中华书局，1996．
[78]岳飞研究会选编．岳飞研究(第五辑)[M]．北京：中华书局，2004．

[79]宁宗一等编．明清戏剧研究概述[M]. 天津：天津教育出版社，1992.
[80]龚延明．岳飞研究[M]. 北京：人民出版社，2008.
[81]王曾瑜．宋朝军制初探(增订本)[M]. 北京：中华书局，2011.
[82]葛兆光．中国思想史[M]. 上海：复旦大学出版社，2001.
[83]黄仁宇．赫逊河畔谈中国历史[M]. 北京：生活．读书．新知三联书店，2015.
[84]黄书光．中国社会教化的传统与变革[M]. 济南：山东教育出版社，2005.
[85]黄霖，韩同文选注．中国历代小说论著选(3版)[M]. 南昌：江西人民出版社，2000.
[86]黄霖编，罗书华撰．中国历代小说批评史料汇编校释[M]. 南昌：百花洲文艺出版社，2007.
[87]李豫等．中国鼓词总目[M]. 太原：山西古籍出版社，2006.
[88]李豫等．清代木刻鼓词小说考略[M]. 太原：三晋出版社，2010.
[89]陈来．宋明理学[M]. 北京：生活·读书·新知三联书店，2011.
[90]陈鹏翔主编．主题学研究论文集[C]. 台北：东大图书股份有限公司，2004.
[91]罗斯宁．元杂剧和元代民俗文化[M]. 广州：广东高等教育出版社，2007.
[92]陈平原，王德威，商伟编．晚明与晚清：历史传承与文化创新[M]. 武汉：湖北教育出版社，2002.
[93]王亚南．中国官僚政治研究[M]. 北京：商务印书馆，2010.
[94]王永谦．土地与城隍信仰[M]. 北京：学苑出版社，1994.
[95]张次溪．清代燕都梨园史料[M]. 北京：中国戏剧出版社，1988.
[96]王国维．宋元戏曲史[M]. 长沙：岳麓书社，2010.
[97]王晓传．元明清三代禁毁小说戏曲史料[M]. 北京：作家出版社，1958.
[98]母进炎．岳飞形象史研究[M]. 贵州：贵州人民出版社，2003.

[99]钟敬文．民俗学概论[M]．上海：上海文艺出版社，1998.
[100]乌丙安．中国民间信仰[M]．上海：上海人民出版社，1995.
[101]陶君起．京剧剧目初探[M]．北京：中华书局，2008.

三、论文类

[1]刘畅．语言修辞与思想修辞[J]．贵州社会科学，2013(1).
[2]伏涤修．岳飞题材戏曲的主题嬗变[J]．艺术百家，2008(3).
[3]皮庆生．宋人的正祠、淫祠观[J]．东岳论丛，2005(4).
[4]朱恒夫．岳飞故事：史实的拘泥与民间性的失度[J]．明清小说研究，2005(4).
[5]母进炎．论中国古代戏曲中的岳飞戏[J]．黔南民族师范学院学报，2004(5).
[6]李琳．中国古代英雄诞生故事与民间叙事传统——以岳飞出身、出生故事为例[J]．郑州大学学报(哲学社会科学版)，2006(9).
[7]陈洪．“关帝崇拜”文化现象三题[J]．文学与文化，2015(1).
[8]朱瑞熙．岳飞研究一百年(1901—2000年)[J]．岳飞研究(第五辑)，2004.
[9]邓骏捷．岳飞故事的演变[J]．明清小说研究，2000(3).
[10]李卫东．岳飞崇拜的文化原因再探[J]．华东交通大学学报，1996(3).
[11]包绍明．岳飞故事的流传与演变(上)[J]．福建师范大学学报(哲学社会科学版)，1994(4).
[12]朱眉叔．大宋中兴通俗演义与说岳全传的比较研究[J]．辽宁大学学报(哲学社会科学版)，2000(4).
[13]康保成．清代政治与岳飞剧的兴衰 [J]．中州学刊，1985(2).
[14]朱广文．佛教轮回果报观下岳飞故事的演变[J]．集美大学学报，2009(1).
[15]宁稼雨．主题学与中国叙事文化学的构建[J]．中州学刊，2007(1).

[16]宁稼雨．关于构建中国叙事文化学的设想[J]．厦门教育学院学报，2009(1)．

[17]宁稼雨．木斋《古诗十九首》研究与古代叙事文学研究的更新思考[J]．社会科学研究，2010(2)．

[18]宁稼雨．故事主题类型研究与学术视角换代——关于构建中国叙事文化学的学术设想[J]．山西大学学报，2012(4)．

[19]宁稼雨．中国叙事文化学研究为何要"以中为体，以西为用"——中国叙事文化学研究丛谈之一[J]．天中学刊，2012(4)．

[20]宁稼雨．中国叙事文化学与西方主题学异同关系何在——中国叙事文化学研究丛谈之二[J]．天中学刊，2012(4)．

[21]宁稼雨．文本研究类型与中国叙事文化学的关联作用[J]．天中学刊，2013(6)．

[22]宁稼雨．叙事·叙事文学·叙事文化——中国叙事文化学与叙事学的关联与特质[J]．天中学刊，2014(3)．

[23]宁稼雨．"中体西用"：关于中国神话文学移位研究的思考[J]．学术研究，2014(9)．

[24]宁稼雨．从"AT 分类法"到中国叙事文化学的故事类型分类——中国叙事文化学研究丛谈之五[J]．天中学刊，2015(1)．

[25]宁稼雨．中国叙事文化学与"中体西用"范式重建[J]．南开大学学报，2016(4)．

[26]邹贺．岳飞形象的历史演变探析——以通俗文学作品为中心[J]．渭南师范学院学报，2011(9)．

[27]范军．城隍信仰的形成与流变[J]．华侨大学学报（哲学社会科学版），2007(4)．

[28]尤学工，翟士航．文武之间：宋代"儒将"观念的演变[J]．郑州大学学报(哲学社会科学版)，2016(3)．

[29]翟士航．起源与典范：中国古代儒将谱系的建构[J]．华中师范大学研究生学报，2018(2)．

[30]肖建新．岳飞冤狱与监察制度的异化[J]．中州学刊，2016(1)．
[31]李汇龙，邵晓峰．南宋刘松年《中兴四将图》图像研究[J]．湖北美术学院学报，2014(4)．
[32]吕变庭．略论岳飞与南宋及金朝政局变化的利害关系[J]．河北大学学报，2016(6)．
[33]刘卫英．明清小说宝物崇拜的社会心理学审视[J]．上海师范大学学报(哲学社会科学版)，2013(4)．
[34]周燕来．岳飞负面评价刍议[J]．宁夏大学学报(人文社会科学版)，2009(2)．
[35]郑红翠．明清游冥故事与小说叙事手段[J]．明清小说研究，2014(3)．
[36]巫仁恕．民间信仰与集体抗争——万历承天府民变与岳飞信仰[J]．江海学刊，2015(1)．
[37]石昌渝．清代小说禁毁述略[J]．上海师范大学学报，2010(1)．
[38]张灵，孙逊．从宝卷对小说的改编看民间多神信仰的历史生成[J]．明清小说研究，2013(2)．
[39]范军．佛教"地狱巡游"故事母题的形成及其文化意蕴[J]．华侨大学报(哲学社会科学版)，2005(3)．
[40]谭笑．明代小说戏曲中"秦桧冥报"故事的演变[J]．明清小说研究，2019(2)．
[41]李琳．"何立入冥"故事流变研究[J]．渤海大学学报(哲学社会科学版)，2004(5)．
[42]李琳．"骂阎与入冥"——胡迪故事研究[J]．河南师范大学学报(哲学社会科学版)，2002(2)．
[43]伏涤修．《精忠旗》所涉史实问题考辨[J]．中央戏剧学院学报，2010(4)．
[44]张春晓．论金兀术文学形象流变[J]．中国文化研究，2012(冬之卷)．
[45]康保成．清代政治与岳飞剧的兴衰[J]．中州学刊，1985(2)．

[46]郭英德．论明清文人传奇的忠奸斗争主题模式[J]．四川师范大学学报，1990(4)．
[47]尤学工，翟士航．中国古代社会对“儒将”认识的演变[J]．军事历史研究，2015(5)．
[48]李锐．忠奸之辨：吕思勉与《白话本国史》教科书案[J]．江南大学学报，2018(9)．
[49]李琳．宋元明清岳飞故事研究[D]．北京师范大学博士学位论文，2002.
[50]金成翰．岳飞小说研究[D]．复旦大学博士学位论文，2006.
[51]谭忠国．说岳全传的民俗学阐释[D]．北京师范大学博士学位论文，2011.
[52]杜正乾．中国古代土地信仰研究[D]．四川大学博士学位论文，2005.
[53]王斌．明朝禁戏政策与明代戏剧研究[D]．南京大学博士学位论文，2013.
[54]颜全毅．清代京剧文学史[D]．南京师范大学博士毕业论文，2005.
[55]周锦锋．唐宋笔记小说研究[D]．华东师范大学博士学位论文，2016.
[56]吴琼．明末清初的文学嬗变[D]．上海师范大学博士学位论文，2012.
[57]朱寅．岳珂著述研究[D]．安徽大学博士学位论文，2010.

四、国外文献

[1][美]浦安迪．中国叙事学[M]．北京：北京大学出版社，1996.
[2][美]韩森．变迁之神：南宋时期的民间信仰[M]．包伟民，译．杭州：浙江人民出版社，1999.
[3][美]毛里齐奥·维罗、关于爱国——论爱国主义与民族主义[M]．潘亚玲，译．上海：上海人民出版社，2016.

[4][美]爱德华·希尔斯．论传统[M]．傅铿，吕乐，译．上海：上海人民出版社，2009.

[5][美]保罗·康纳顿．社会如何记忆[M]．纳日碧力戈，译．上海：上海人民出版社，2000.

[6][英]马凌诺斯基．文化论[M]．费孝通，译．北京：华夏出版社，2002.

[7][英]泰勒．原始文化[M]．连树声，译．桂林：广西师范大学出版社，2005.

[8][英]泰勒．人类学：人及其文化研究[M]．桂林：广西师范大学出版社，2004.

[9][英]托马斯·卡莱尔．论英雄、英雄崇拜和历史上的英雄业绩[M]．北京：商务印书馆，2005.

[10][英]维克多·特纳．仪式过程：结构与反结构[M]．黄剑波等，译．北京：中国人民大学出版社，2007.

[11][法]莫里斯·哈布瓦赫．论集体记忆[M]．上海：上海人民出版社，2002.

[12][美]约瑟夫·坎贝尔．千面英雄[M]．上海：上海文艺出版社，2000.

[13][日]仁井田升博士辑．北京工商行会资料集(四)[M]．东京：东京大学东洋文化研究所，1979.

后　　记

《岳飞故事的文本演变与文化内涵研究》一书，系重庆文理学院人才引进项目（2017RWC43）的阶段性成果，是在我的博士论文基础上修订而成的。

真诚感谢在这本书成型和修订过程中提供过温暖帮助的各位良师益友！此外重庆文理学院文化与传媒学院提供了有力资金支持。本书编辑郭静女士校阅不辞辛劳、细心负责。在此一并衷心致谢！

笔者

2020年10月